기묘한
괴담
하우스

기묘한
괴담
하우스

사와무라 이치 지음

BOOK PLAZA

목차

제 1 화

인간이 제일 무섭다는 사람

제1화

인간이 제일 무섭다는 사람

"화장실의 하나코*? 아, 그 옛날이야기?"

하루키가 최근 들어 조금씩 변하기 시작한 목소리로 대답했다.

"옛날이야기라니, 너희한테는 그게 그런 느낌인가 보구나."

나는 격세지감을 느끼며 쓴웃음을 지었다. 사반세기 전에는 모르는 사람이 없을 정도로 유명한 괴담이었건만 지금의 초등학교 6학년에게는 그저 오래된 이야기일 뿐인가 보다. 아니, 괴담이 아니라 도시전설이었던가. 뭐 어느 쪽이어도 크게 상관은 없다. 회사 후배인 시바토라면 이 자리에서 당장 괴담과 도시전설이 어떻게 다른지 일장 연설을 늘어놓겠지만 말이다.

---

* 일본에서 유행한 학교 괴담 중 하나

"그럼 요새는 어떤 얘기가 유행하는데? 인터넷에서 본 것 말고 학교에서 들은 이야기."

나는 TV 소리를 줄이고 소파에 편히 기댔다. 코타츠 아래에서 태블릿을 만지작거리던 하루키가 잠시 손을 멈추고 되물었다.

"꼭 학교여야 돼?"

이것도 시대상이 반영된 질문이다. 요즘 초등학생의 세계는 더 이상 집과 학교에 머무르지 않는다. 학원도 있고, 인터넷 커뮤니티도 있다. 물론 나 때도 학원은 다녔고 거기서 괴담 같은 걸 주워듣기도 했으니 아들과 전혀 접점이 없는 건 아니다.

"학교가 아니어도 네가 직접 들은 이야기라면 아무거나 괜찮아."

"음…."

하루키가 천장을 올려다보았다. 인중에 난 솜털이 눈에 들어왔다. 아직 수염이라고 부를 정도는 아니지만 착실하게 성장하고 있다는 사실이 기뻤다. 동시에 살짝 아쉬운 마음도 들었다.

"왜 우리 옆 동네에 오쿠이 초등학교라고 있잖아? 언덕 위랄까 산 위에 있는 학교."

"아아."

"몇 년 전에 거기 다니던 애가 물에 빠져 죽었다는 얘길 들은 적이 있어. 태풍이 왔을 때 갓길 도랑에 빠졌는데 시체가 발견된 건 도쿄만이었대."

"그 정도면 꽤 큰 사건이잖아?"

"응. 그 후로 태풍이 올 때마다 학교 옆 도랑에 죽은 애가 나타난대. 지나가다가 걔한테 발목을 붙들린 사람이 한둘이 아니라고 하더라고."

하루키가 턱을 긁적이며 진지한 표정으로 말을 이었다.

"거기 도랑이 좀 무섭긴 해. 비가 오면 물살이 엄청 거세지니까."

오쿠이 초등학교는 나도 가본 적이 있다. 하루키가 리틀 야구단 활동을 하던 때였으니 아마도 2년쯤 전일 거다. 시합이 시작되고 얼마 지나지 않아 비가 내리는 바람에 그날 시합은 중단되었다. 집으로 돌아오는 길에 본 도랑은 물이 불어 넘치기 직전이었다. 요란한 소리를 내며 소용돌이치는 흙탕물을 쳐다보던 하루키의 잔뜩 겁에 질린 얼굴이 지금도 기억에 생생하다.

그럴듯한 이야기였다. 물에 빠져 어두컴컴한 하수도를 따라 바다까지 떠내려간 익사체를 상상하면 무섭기도 할 것이다. 상상 속의 희생자가 느꼈을 고통을 괴담으로 만들어 퍼트리는 심리도 충분히 이해가 됐다.

물론 어디까지나 '어린아이라면' 말이다.

"진짜라고 생각하니?"

"설마."

하루키가 부루퉁한 표정으로 나를 쩨려보았다.

"아빠가 얘기해 달라고 하니까 알려준 거잖아."

"그래그래, 미안하다."

나는 바로 사과했다. 방금 한 이야기는 하루키도 딱히 무섭다고 느끼지는 않은 모양이었다. 약간 의외였지만 역시 내 생각이 맞다는 확신이 들었다.

유령이 등장하는 괴담 같은 건 결국 어린아이한테나 통하는 이야기다. 보통은 사춘기 무렵이 되면 다들 자연스럽게 졸업하기 마련이다.

"그럼 하루키 네가 듣고 무서웠던 이야기는 어떤 건데?"

"학원 스토커."

하루키가 기다렸다는 듯 바로 대답했다. 그러고는 신이 나서 설명을 이어 나갔다.

작년부터 다니고 있는 역 앞 보습 학원 '토키니코'에서 중학교 1학년 남자아이가 여학생을 스토킹했다는 이야기였다. 같은 수업을 들으려고 반을 바꾸고, 자습실에서 항상 뒷자리에 앉고, 집에 가는 길에 따라오고….

여학생의 부모가 원장을 찾아간 다음 날, 남학생은 집에서 분신자살을 시도했다. 기적적으로 목숨은 건졌지만 정신이 완전히 망가져 버렸고, 그때부터 매일 밤 학원 주위를 맴돌며 귀가하는 학생들을 남자 여자 가리지 않고 따라다니게 되었다고 한다. 화상으로 심하게 일그러진 얼굴을 커다란 마스크로 가리고, 얼마 남지 않은 머리카락을 휘날리며….

생각할 것도 없이 지어낸 이야기임이 분명했다. 토키니코는 전국적으로 지명도 있는 학원이긴 하지만 역 앞에 분원이 생긴 지는 2년밖에 되지 않았다. 정말로 그런 일이 있었다면 금방 소문이 났을 것이다.

다만 앞서 들은 갓길 도랑 이야기보다 이쪽이 훨씬 더 리얼하게 느껴지는 것은 사실이었다. 집 근처를 어슬렁거리는 수상한 사람의 존재가 귀신 따위보다 훨씬 더 현실적이었다. 역시 가장 무서운 건 살아있는 인간이다.

내 생각이 옳았음을 확신하며 나는 아들의 이야기에 열심히 귀를 기울였다.

"대체 왜 그런 기분 나쁜 얘길 하고 있는 거야?"

한숨 섞인 목소리가 들려왔다. 욕실에서 나온 아내 미사토가 수건을 머리에 두른 채 한심하다는 듯한 얼굴로 이쪽을 보고 있었다.

"아빠가 해 달래."

하루키가 변명하듯 대답했다.

"아빠가? 왜?"

나는 멋쩍은 웃음을 지으며 미사토에게 사정을 설명했다.

"회사 후배한테 부탁을 받았거든. 괴담을 좀 모아 달라고."

"뭐라고?"

미사토가 점점 더 이해가 안 간다는 표정으로 나를 쳐다보았다.

회사 후배인 시바토 코스케에게 괴담을 좀 알려 달라는 부탁을 받은 것은 지난주였다.

딱히 놀라지는 않았다. 시바토가 그쪽 분야 마니아라는 사실은 예전부터 알고 있었기 때문이다. 입사한 해 신입사원 환영회 자리에서 이런 이야기를 나눴던 기억이 난다.

"아마 초등학교 3학년 때였을 겁니다. 감기에 걸려서 학교를 쉰 적이 있었는데 낮에 깨 보니 어머니도 파트타임으로 일하러 나가시고 집에 아무도 없길래 TV를 켰죠. 심령사진 특집을 하고 있더라고요."

안 그래도 작은 체구를 잔뜩 움츠린 채 앉아 있던 시바토가 웃는 낯으로 이야기를 꺼냈다.

"사람들 눈 부분을 검은 매직으로 지워 놓은 그거?"

"네, 맞습니다, 우라베 선배님. 지금도 똑똑히 기억하는데 어디 관광지에서 찍은 사진이 하나 있었거든요. 나란히 서 있는 중년 부부 뒤로 붉게 물든 단풍이랑 검푸른 연못이 보이는데 그 연못 한가운데에서 희고 가는 손이…."

쑥! 하고 나와 있는 겁니다, 라고 시바토가 말했다.

자기 딴에는 극적인 효과를 노린 것이리라. 보통 일상적인 대화에서 의태어는 잘 사용하지 않는다. 연못에 '검푸르다'라는 형용사를 붙여 단풍과 대비시킨 것도 어딘지 모르게 좀 억지스러웠다. 이야기의 핵심이라고 할 수 있는 '희고 가는 손'을 강조하기 위해 밑밥을 깔았다는 느낌이었다.

시바토의 얼굴에서 웃음기가 사라졌다.

듣는 사람을 겁주려고 준비한 이야기다. 직감적으로 확신했다.

하지만 나는 조금도 무섭지 않았다. 솔직하게 그렇다고 말하자 시바토는 낙담한 기색을 감추지 못했다.

"역시 그런가요? 막상 이렇게 각 잡고 얘기하면 무서움이 잘 전해지지 않는 것 같더라고요. 실제로 TV에서 봤을 땐 정말 오싹했는데. 괴담 콘서트 같은 데 다니면서 제 나름대로 연구도 많이 했거든요."

"괴담 콘서트?"

나도 모르게 되물었다. 요즘 같은 세상에 그런 걸 한다는 사실이 믿기지 않았다.

시바토의 설명에 따르면 라이브 하우스나 소극장 같은 곳에서 괴담을 들려주는 행사가 종종 개최된다고 했다. 가장 대표적인 것은 이나가와 준지*가 주최하는 행사지만 그 외에도 괴담사를 자처하는 사람들이 삼삼오오 모여 각자가 수집한 괴담을 선보이는데, 관객들은 객석에 앉아서 듣기만 할 때도 있고 때로는 무대에 올라 직접 이야기를 하기도 하는 모양이었다. 최근에는 도쿄뿐만 아니라 지방에서도 비슷한 행사가 열리는 등 전국적으로 확산되는 추세라고 했다.

"그래서 저도 시간 날 때마다 보러 가는 편이에요. 가끔 무대에 올라 이야기를 할 때도 있고요. 아마추어 중에서도 잘하는 사람은 엄청 잘하는데 저는 아직 그 정도는 아니라서….."

부끄러운 듯, 그러면서도 좋아서 어쩔 줄 모르겠다는 듯 말하는 시바토를 보며 나는 신기한 녀석이라고 생각했다.

시바토는 여전히 괴담 모임을 열심히 찾아다니고 있는 듯했다.

---

* 일본의 인기 괴담사

주변 사람들에게 부탁해 괴담을 수집하고 있다고도 했다.

그래서 얼마 전 시바토에게 혹시 아는 괴담이 없냐는 질문을 받았을 때도 바로 상황을 이해했다.

"괴담 콘서트에서 쓰려고?"

내가 선수를 치자 시바토는 "역시 우라베 선배님! 말 안 해도 바로 아시네요."라며 반색했다.

"아드님한테도 한번 물어봐 주시겠어요? 오래된 괴담도 좋지만 요즘은 어떤 게 유행하는지도 궁금하거든요."

나는 못 말리겠다는 듯 웃으며 알겠다고 대답했다.

"…특이한 사람이네."

내가 설명을 마치자 듣고 있던 미사토가 이해하기 어렵다는 표정으로 중얼거리더니 변명처럼 덧붙였다.

"이나가와 준지라면 한 번쯤 들어 봐도 좋을 것 같긴 한데."

나도 같은 생각이었다. 과거에는, 그러니까 내가 어릴 때는 TV 예능 프로에 출연해서 괴롭힘당하는 역할로 사람들을 웃기던 개그맨이 이제는 일류 괴담사로 이름을 날리고 있으니 어떤 무대인지 궁금하기는 했다.

"좀 특이하긴 하지만 성실하고 일도 잘하는 귀여운 후배야. 부탁을 받았으니 도와주고 싶잖아."

"집에 초대한 적은 없어?"

미사토가 물었다. 지금까지 내 후배며 친구들이 몇 번인가 집에 놀러 온 적은 있지만 시바토는 아직 한 번도 초대한 적이 없었다.

"응, 이 기회에 한 번 부를까? 준비는 내가 할 테니까."

"그래 놓고 갑자기 '내일 온대' 이럴 거면서. 늘 그런 식이라니까. 결국 준비는 다 내 몫이라고."

미사토가 고개를 절레절레 흔들었다. 옆에서 태블릿을 가지고 놀던 하루키도 비슷한 반응을 보였다.

"그러지 말고 당신도 뭔가 아는 괴담이 있으면 준비해 두었다가 들려줘. 그 녀석 엄청 좋아할걸."

"그런 얘길 알고 있을 리가 없잖아."

미사토가 코웃음을 치며 대답했다.

"무서운 건 인간. 이상 끝. 그게 다야."

그러고는 다시 욕실 쪽으로 사라졌다.

··· ☾ ···

다음 주 토요일, 오후 6시.

"우라베 선배님, 형수님, 오늘 이렇게 초대해 주셔서 정말 감사합니다."

테이블 맞은편에 앉은 시바토가 고개를 꾸벅 숙이며 인사했다. 우리 집에 들어오고부터 벌써 세 번째다. 내가 보기에는 좀 지나치다 싶었지만 미사토는 흡족한 표정이었다.

"천만에요. 이런 선물까지 준비해 오셔서 오히려 저희가 고맙죠."

미사토가 손에 든 와인을 살짝 들어 보였다. 시바토가 가져온 선물이었다. 테이블 위에는 미사토가 만든 술안주와 시바토가 백화점에서 사 온 음식들이 놓여 있었다.

"실은 다 이 사람이 준비한 거예요. 저는 통 그런 주변머리가 없어서."

시바토가 멋쩍게 웃으며 옆자리를 쳐다보았다.

검은색 쇼트커트에 검은색 터틀넥 스웨터를 입은 여성이 수줍은 듯 고개를 저었다. 옅은 복숭아색 입술 사이로 새하얀 치아가 엿보였다.

안도 이쿠, 시바토의 약혼녀. 오늘 만찬에 초대했을 때 시바토는 나에게 소개하고 싶은 사람이 있다고 했다. 시바토에게 애인이 있다는 사실을 그때 처음 알았다.

약혼녀와는 작년에 어느 괴담 콘서트에서 만났다고 했다. 옆 좌석에 앉은 것을 계기로 처음 인사를 나누었고, 이후로도 몇 번 비슷한 일이 반복되면서 자연스럽게 사귀게 된 모양이었다. 정식으로 프러포즈를 한 것은 불과 보름 전이라고 했다.

시바토에게 만나는 상대가 있고, 그 상대와 약혼까지 한 상태라는 것도 뜻밖이긴 했지만 그보다도 괴담 공연에 여성이 참석한다는 사실에 깜짝 놀랐다. 듣자 하니 남녀 비율은 반반 정도인 듯했다. 나는 편견에 사로잡혀 있었던 자신을 반성하며 시바토와 약혼녀의 동반 참석을 흔쾌히 승낙했다.

와인으로 건배한 후 자기소개를 겸한 잡담이 이어졌다. 이쿠는 유명한 건축 사무소에서 일한다고 했다. 그녀가 예로 든 예식장과 호텔 중 내가 아는 곳은 한 군데도 없었지만 미사토는 "그 노출 콘크리트로 된 데 말하는 거죠? 거기도요?"라며 눈이 동그래졌다.

나는 취직과 결혼, 그리고 이 신축 아파트를 구입하게 되기까지의 과정을 두 사람에게 간단히 소개했다. 결혼하고 얼마 지나지 않아 아들인 하루키를 갖게 되었다는 말도.

하루키는 학원에서 주최하는 동계 합숙 캠프에 가서 집에 없었다. 내일 밤에 돌아올 예정이었다.

"주말 내내 합숙이라니 빡세네요."

얼마 마시지도 않았는데 벌써 얼굴이 빨개진 시바토가 중얼거렸다. 나는 유리잔을 기울이며 대답했다.

"응, 그렇긴 하지만 아이의 장래를 생각하면 이 주변 공립 중학교에 보내고 싶지는 않거든. 지금 다니는 초등학교에서도 질 나쁜 동급생한테 찍힌 것 같더라고. 다행히 집단 괴롭힘이라고 할 정도는 아니지만 교사들도 보고도 못 본 척할 뿐이고…."

"그렇군요."

"토키니코… 그러니까 학원 친구들이나 선생님들하고 오히려 더 잘 지내는 것 같아. 그래도 합숙 캠프는 가기 싫은 것 같았지만. 어쩌겠어? 싫어도 가야지."

나도 모르게 한숨이 나왔다.

"미안, 아이 얘기는 재미없지?"

"아닙니다."

시바토가 맥주를 마시며 진지한 얼굴로 부정했다.

"공부도 그렇지만 인간관계도 공부 못지않게 중요하니까요. 아이들도 마찬가지예요. 오히려 어른보다 세상이 좁기 때문에 무슨 일이 생기면 훨씬 더 문제가 심각해지죠."

평소보다 말이 빨랐다. 학창 시절에 무슨 일이 있었던 걸까. 본인에게는 민감한 주제인 것 같아서 화제를 바꾸려 하자 시바토가 겸연쩍다는 듯 이렇게 덧붙였다.

"…죄송합니다. 형이 중학생 때 문제가 좀 있었거든요. 집단 괴롭힘으로 인한 등교 거부요. 흔한 일이죠."

"아…."

좋은 대답이 생각나지 않았다. 고의는 아니었지만 후배에게 아픈 기억을 떠올리게 한 것 같아서 미안했다. 피해 당사자는 아니더라도 가족 중에 피해자가 있었다면 남 일 같지 않겠지.

내가 중학생이었을 때는 어땠는지 떠올려 보았다. 집단 괴롭힘을 당한 아이는 몇 명인가 있었다. 타카기, 이와쿠라, 요시노, 스즈모토…. 등교 거부까지 갔던 건 요시노였던가.

미사토가 어색한 미소를 지으며 접시에 담긴 요리를 뒤적거렸다. 뭔가 밝은 주제가 없을까, 애초에 오늘 이 자리를 마련하게 된 계기는 뭐였더라, 하고 고민하고 있을 때였다.

"저도 한때 등교 거부를 했던 적이 있어요. 초등학생 때요."

이쿠가 조심스레 말을 꺼냈다.

"학교는 가지 않고 집에 틀어박혀 무서운 책들을 닥치는 대로 주워 읽었죠. 그 당시 제게는 괴담만이 유일한 위안이었어요. 1년 정도 지나 다시 등교도 하게 되었고요. 그래서…."

그래, 시바토에게 괴담 이야기를 들려주기 위해 만든 자리였다.

"그래서 괴담은 제게 특별해요. 덕분에 시바토 씨랑도 만날 수 있었고."

이쿠가 온화한 눈빛으로 시바토를 쳐다보았다.

"응, 나도 그렇게 생각해."

시바토도 부드럽게 웃으며 동의했다. 과거에 정말 그런 일이 있었는지 아니면 분위기를 바꾸기 위해 이쿠가 만들어낸 이야기인지는 알 수 없었지만 나는 이때다 싶어 방향 전환을 시도했다.

"그럼 이쯤에서 우리 아들한테 들은 괴담을 하나 말해주지."

살짝 억지스럽긴 했지만 아무튼 어색한 분위기에서 벗어날 수 있게 되었다는 생각에 안도의 한숨이 나왔다. 계기를 만들어준 이쿠에게 감사할 따름이었다.

하루키에게 들은 괴담은 반응이 꽤 좋았다. 시바토는 "어떤 느낌인지 알 것 같아요. 저도 산속에 있는 학교에 다녔거든요"라며 흥분한 목소리로 말했고, 이쿠도 눈동자가 반짝였다. 그다지 신선하지는 않지만 공감할 수 있는 소재라는 점이 매력적으로 다가오는 듯했다.

"'갓길 도랑의 소년'이라는 제목을 붙이면 좋겠네요. 아니, '비 오는 날의 도랑' 쪽이 더 나으려나?"

시바토가 고개를 갸웃거렸다. 제목까지 생각한다는 게 조금 웃겼지만 사람들 앞에서 이야기하려면 필요할 수도 있겠다 싶었다.

"하나 더 있어. '학원 스토커'."

내가 붙인 제목을 들은 이쿠의 얼굴에 순간적으로 낙담한 기색이 스쳐 지나갔다. 이야기를 끝까지 들은 시바토도 복잡한 표정으로 "굉장히 현대적이네요"라고 짧게 평했다. 영 시원찮은 반응이었다.

"별로였어? 난 이게 더 무섭다고 생각했는데."

의아해하는 나에게 시바토가 설명해 주었다.

"음, 스토커는 무섭죠. 그건 맞습니다. 저도 무섭다고 생각해요. 하지만 거기서 느끼는 공포는 뉴스에서 끔찍한 사건을 전해 들었을 때와 같은 종류의 공포라는 거죠. 게다가 현실에서는 훨씬 더 끔찍한 일들이 매일같이 일어나고 있잖아요. 지금까지도 일어났었고, 앞으로도 일어나겠죠. 그러니까 뭐랄까…"

"그런 직접적인 공포는 뉴스로 충분하다는 말이죠. 죄송해요, 모처럼 알려 주셨는데."

이쿠가 미안하다는 듯 말했다.

나는 팔짱을 끼고 잠시 생각에 잠겼다. '학원 스토커'는 두 사람의 취향에는 맞지 않는 모양이었다. 말하자면 '탈락'인 셈이다. 두 사람의 설명도 이해가 가지 않는 건 아니었다. 시바토도 이쿠도 현실에서 느낄 수 있는 공포를 원하는 건 아닌 듯했다.

하지만….

"솔직히 잘 이해가 안 되네요."

미사토가 유리잔에 와인을 따르며 입을 열었다.

"뉴스만으로도 충분히 무섭다면 괴담 따위를… 아, 죄송해요, 괴담을 일부러 수집할 필요는 없지 않나요? 두 분은 공포를 느끼고 싶은 거잖아요, 맞죠?"

시바토와 이쿠가 동시에 고개를 끄덕였다. 미사토는 여전히 이해가 되지 않는다는 표정으로 말을 이었다.

"스토커보다 귀신이나 유령이 더 무섭다는 건가요? 아, 혹시 실제로 존재한다고 믿으세요?"

"아니요, 그렇지는 않습니다."

시바토가 애매한 미소를 지으며 대답했다.

"실제로 존재하는지 여부에 대한 판단은 유보하고 있습니다. 그냥 단순히 귀신이나 유령이 나오는 이야기가 재미있다고 느끼는 거죠. 어딘지 모르게 매력적이랄까."

이쿠도 옆에서 고개를 끄덕였다.

"흐음, 그렇군요."

미사토는 심드렁하게 대꾸하고는 손에 들고 있던 와인을 벌컥벌컥 마셨다. 얼굴빛이나 말투는 평소와 같았지만 눈이 약간 게슴츠레했다.

미사토가 테이블에 잔을 탁 내려놓으며 한숨 섞인 목소리로 내뱉었다.

"어른이 돼서 그런지 제 안의 순진함 같은 게 다 사라졌나 봐요."

위험하다. 지금 그 말은 두 사람을 어린애 취급하는 것이나 마찬가지였다. 유치하다고 비웃는 것이나 다름없었다.

"여보, 그건…."

"자주 들어요."

이쿠가 밝은 목소리로 대답했다.

"주변 사람들한테 물어봐도 다들 무서운 건 인간, 아니면 빈곤이나 불경기라고 하죠. 다 큰 어른이 무서워하는 건 그런 것들이라고. 저도 그게 무섭지 않은 건 아니지만…."

"더 매력적이라는 거죠? 괴담이."

내가 옆에서 거들었다. 아까 시바토가 한 말이었다.

이쿠가 "네!" 하고 씩씩하게 대답했다.

"그래도 전 역시 인간이 제일 무서운 것 같은데요…."

미사토는 계속 끈질기게 물고 늘어졌다.

"유령 따윈 전혀 무섭지 않아요. 귀신도 그렇고요. 보라색 거울*이라는 말을 서른일곱이 된 지금까지도 기억하고 있지만 죽을지도 모른다는 생각은 요만큼도 안 하는 걸요."

아내는 어딘지 모르게 의기양양한 표정이었다. 술에 취해서 말이 막 나오는 듯했다. 원래 술버릇이 나쁜 편은 아닌데 오늘은 좀 이상했다. 처음 보는 사람들과 평소에 접할 일이 없는 주제로

---

* 일본의 유명한 도시전설 중 하나인 '보라색 거울'은 스무 살이 될 때까지 보라색 거울이라는 말을 기억하고 있으면 죽는다는 내용이다.

이야기를 해서 그런가 싶었다.

와인을 다시 잔에 채우는 미사토를 보며 이쿠가 짧게 내뱉었다.

"광견병…."

"네?"

미사토가 화들짝 놀라며 고개를 들었다.

"주로 개를 매개로 감염되는 바이러스성 질환이죠. 아직까지 치료제는 개발되지 않았고요. 발병하면 거의 100프로 사망합니다. 고열이 나면서 전신이 마비되고 이윽고 호흡마저 불가능해져서요."

이쿠는 담담하게 이야기를 이어 나갔다.

갑자기 무슨 말을 하는 걸까. 미사토가 중간에 뭔가 한마디 하려고 했지만 이쿠는 개의치 않고 계속했다.

"아시아에서만 매년 3만 명이 광견병으로 사망하고 있습니다. 하지만 일본에서의 감염 및 사망 건수는 최근 60년 넘게 계속 제로였죠. 왠지 아시나요?"

"음…, 반려견 예방 주사 덕분에?"

미사토가 조심스럽게 대답했다.

"맞습니다."

이쿠가 고개를 끄덕였다.

"그리고 지자체 차원에서 대대적으로 들개 퇴치에 나서기도 했고요. 다시 말해 사람들이 끊임없이 노력해 온 덕분이라는 거죠. 과거에는 무서운 것을 없애고 물리쳐주는 사람들이 많이 있었고, 지금도 있습니다. 광견병뿐만이 아니에요. 페스트, 콜레라,

파상풍, 결핵…. 천연두는 더 이상 자연계에는 존재하지 않지만 이것 역시 어느 날 갑자기 저절로 사라진 게 아니라 많은 사람들이 지혜와 힘을 모아서 없앤 겁니다."

이쿠는 여기서 잠시 숨을 골랐다.

"인간이 제일 무섭다고 말하는 사람들 중 자신이 이런 혜택을 누리고 있다는 사실을 제대로 인식하고 있는 사람이 과연 얼마나 될까요? 앞으로 미지의 바이러스나 세균 같은 위협에 노출될 가능성을 우려하는 사람은요? 한 명도 없다고 해도 딱히 놀랄 일은 아니죠. 오히려 세상은 처음부터 안전하고 쾌적하며 무서운 건 인간 정도밖에 없다고 순진하게 믿고 있는 사람이 훨씬 더 많을걸요."

이쿠가 입을 다물었다. 표정은 온화했지만 날카로운 눈빛으로 미사토를 쏘아보고 있었다.

미사토는 와인병을 손에 든 채 그대로 얼어버렸다.

"죄, 죄송합니다, 형수님! 우라베 선배님, 정말 죄송합니다."

시바토가 당황해하며 연신 고개를 숙였다.

"굳이 변명을 하자면, 뭐가 제일 무서운가 하는 주제로 이야기를 하다 보면 자기도 모르게 그만…."

"…죄송합니다."

이쿠도 의기소침한 얼굴로 함께 머리를 조아렸다. 나는 동요한 감정을 추스르며 대답했다.

"아니 뭐 쌍방과실 같은 거니까…. 이쪽에서 먼저 실례되는 말을 하기도 했고."

"아…, 맞아요."

미사토가 자기 뺨을 쓸어내리며 두 사람에게 사과했다.

"죄송해요. 아무래도 제가 좀 취했나 봐요."

나는 분위기를 바꾸기 위해 짝, 하고 크게 손뼉을 쳤다.

"그럼 다시 마셔볼까?"

시바토가 미사토에게서 병을 건네받아 내 빈 잔에 와인을 따라 주었다.

"정말 죄송합니다."

"저야말로 죄송해요."

이쿠와 미사토가 다시 한번 사과를 주고받았다.

"자, 다 같이 건배하자고. 화해하는 의미에서."

내가 잔을 높이 들자 맞은편에 앉은 두 사람도 따라서 잔을 들었다.

네 개의 잔이 테이블 가운데에서 챙, 하고 가볍게 부딪혔다.

··· ☾ ···

소소한 잡담이 이어졌다. 미사토도 이쿠도 아무 일 없었던 것처럼 웃으며 자연스럽게 대화를 나누었고, 시바토도 어느 정도 긴장이 풀린 듯했다. 나는 상황을 무사히 해결했다는 안도감에 가슴을 쓸어내렸다.

화장실에서 돌아오자 이쿠가 난처해하며 웃고 있었다.

"네? 하지만 그런 거 무서워하지도 않고 오히려 싫어하는 거 아니셨어요?"

"모처럼 이런 자리가 마련되었으니 저도 편견을 버리고 한번 들어 보고 싶어서요."

미사토가 대답했다. 이쿠가 의견을 구하듯 시바토를 돌아보았다.

"그렇게 좋아한다고 매력적이라고 잔뜩 어필을 해댔으니 관심이 생길 법도 하지."

시바토가 입안에 든 음식을 우물거리며 말했다. 대화 내용을 보아하니 대충 무슨 얘기인지 짐작이 갔다.

내가 돌아오기를 기다렸다는 듯 이쿠가 자세를 고쳐 앉았다.

"그럼 얼마 전에 친구에게 들은 이야기를 해드릴게요."

역시. 아내가 이쿠에게 괴담을 들려 달라고 청한 모양이었다.

나는 와인을 한 모금 마셨다. 묘하다면 묘한 상황이었지만 좋은 기회라는 생각도 들었다. 이쿠의 실력이 궁금하기도 했다.

"그 친구 A는 대학 입학을 계기로 상경할 때까지 쭉 간사이 지방에 살았다고 합니다. 고등학교 3학년 때 처음으로 입시 학원에 다니기 시작했는데, 역 앞 낡은 상가 건물 2층이었고 강의실이 셋, 자습실이랑 교무실이 각각 하나씩 있었습니다."

이쿠는 차분하게 이야기를 이어나갔다.

"A는 여름 방학 기간에도 매일 학원에 갔습니다. 여름 특강도 있고 자습실에서 공부할 수도 있으니까요. 다른 고등학교 다니는 남학생들과도 친해져서 학원 다니는 게 즐거웠다고 합니다."

그 일이 있기 전까지는요, 하고 이쿠가 덧붙였다.

이제부터가 본론이라는 거겠지. 미사토가 다리를 바꿔 꼬며 잔에 담긴 와인을 마셨다. 시바토는 캔맥주를 손에 들고 흥미진진한 표정으로 귀를 기울이고 있었다. 시바토도 처음 듣는 이야기인 듯했다.

"어느 날, 수업을 듣고 있는데 갑자기 복도 쪽이 소란스러워졌습니다. 아주 어리지는 않지만 어른도 아닌, 동년배쯤 되어 보이는 남녀의 목소리가 들려왔습니다. 어른 목소리도 간간이 섞여 들렸고요. 강사는 수업을 잠시 중단하고 강의실을 나갔다가 바로 돌아왔습니다. 한 학생이 강사에게 무슨 일이냐고 물었습니다. 강사는 이렇게 대답했습니다. '별일 아니니 신경 쓸 거 없게.'"

강사가 말하는 부분은 아주 자연스러운 간사이 사투리였다. 이쿠도 간사이 출신일지 모르겠다는 생각을 하며 나는 머릿속으로 강의실 풍경을 그려 보았다. 형광등, 가지런히 줄 맞춰 놓인 하얀 책상과 의자, 거기 앉은 학생들. 칠판을 등지고 서 있는 학원 강사에게서는 어딘지 모르게 수상한 기운이 느껴진다.

그리고 복도에서 들려오는 말소리.

"강사는 아무 일도 없었다는 듯 수업을 이어갔습니다. 복도에서 나는 소리도 계속해서 들려왔습니다. 무슨 말을 하는지까지는 알 수 없었지만 적어도 즐거운 느낌은 아니었다고 합니다. 다급한 말투와 긴박한 분위기가 강의실 벽과 문 너머로 느껴졌다고요. A는 도저히 수업에 집중할 수가 없었습니다. 다른 학생들도 마찬

가지였습니다. 시간이 지나면서 복도 쪽 소란은 점차 잦아들었고
이윽고 쥐 죽은 듯 조용해졌습니다."

이쿠가 잠시 뜸을 들였다.

"수업이 끝나자 학생 몇 명이 기다렸다는 듯 복도로 튀어 나갔
습니다. A도 따라 나갔지만 딱히 이상한 점은 없었다고 합니다.
강사는 교무실로 돌아가버려서 더 물어볼 수도 없었습니다. A
는 어쩐지 공부할 기분이 들지 않아 그날은 자습실로 가지 않고
그냥 집으로 돌아왔습니다. 그로부터 며칠 후, 친하게 지내던 남
학생에게 이런 이야기를 들었다고 합니다. 그때 그 의문의 소리가
들린 직후에 남자 화장실에 가 보니 바닥에 붉은 액체가 점점이
떨어져 있었다고."

"설마… 피?"

미사토가 물었다.

"남학생 말로는 '그래 보였다'고 합니다. 세면대에도 검붉은
무언가를 닦아낸 흔적이 남아 있었다고요. 하지만 그게 정말 피인
지 아닌지 확인할 방법은 없었다고 합니다."

그야 그렇겠지. 겉보기에 비슷해 보이는가 아닌가, 피를 단독으
로 식별하는 기준은 그 정도밖에 없다. 직접 혀로 핥아서 확인할
수도 없는 노릇이니까.

"강사들에게 물어도 아무 일도 없었다는 대답밖에 돌아오지
않았습니다. 변태가 출몰했다고 주장하는 학생도 있었지만 자세한
내용을 아는 사람은 아무도 없었습니다. 그날 이후 A는 아무래도

뭔가 찜찜해서 학원에서는 수업만 듣고 공부는 집에 와서 하게 되었습니다. 그렇지만 2학기에도 학원은 계속 다녔고, 지망 대학에도 무사히 합격했다고 합니다."

이쿠는 그러고는 입을 다물었다. 잠시 기다렸지만 이야기를 재개할 기미는 보이지 않았다.

미사토가 눈을 깜박였다.

"어… 그러니까…."

잘 이해가 가지 않는다는 표정이었다. 그럴 만도 했다. 무엇 하나 설명된 것이 없으니까. 그냥 수상한 사람이 침입했던 거 아닌가 싶기도 했다. 실제로 그럴 가능성이 높았다. 화장실에 묻어 있었다는 피는 복도에서 난 소리와 관계가 있어 보이지만 사실은 아무 상관이 없을 수도 있다. 딱히 무섭지도 않았고 대단한 반전이 있는 것도 아니었다. 귀신도 등장하지 않았다.

"음…."

어떻게 반응해야 할지 망설여지기는 나도 마찬가지였다. 그때.

"당시 그 입시 학원에서 강사 아르바이트를 하던 남자가 있었습니다. 이름은 유게 신이치. 당시 나이 스물한 살의 대학생이었습니다."

이쿠가 다시 입을 열었다. 시바토의 얼굴에 안도하는 표정이 떠올랐다.

"A가 그 묘한 사건을 겪은 직후, 유게는 학원을 그만두었습니다. 그리고 대학을 졸업한 후에는 교토의 작은 입시 학원에서 강사로 일하게 됩니다. 5년 후, 그곳에서 나와 이번에는 홋카이도에 있는 초등학생을 대상으로 한 사립 학원에 들어갑니다."

갑자기 구체적인 이름이 등장하는 것이 살짝 이상하다고 느꼈지만 나는 잠자코 이쿠의 이야기에 귀를 기울였다. 가명인 걸까. 그런 것치고는 흔치 않은 성이었다.

"이듬해 유게는 경찰에 체포되었습니다."

이쿠가 천천히 말했다. 공기 중에 팽팽한 긴장감이 감돌았다. 아니, 긴장한 것은 내 심장이었다. 이야기가 다시 움직이기 시작했다.

"혐의는 강제추행, 피해자는 초등학교 4학년 남자아이였습니다. 초범이었지만 죄질이 나쁘다는 이유로 유게는 징역 8년의 실형 선고를 받았습니다."

미간에 주름이 잡히는 것이 느껴졌다. 추악한 범죄를 상상하니 기분이 더러워졌다. 미사토도 비슷한 심정인지 잔뜩 찌푸린 얼굴로 손에 든 와인을 들이켰다.

이쿠는 완벽한 무표정이었다.

"복역 후 유게는 오키나와에서 다시 학원 강사 자리를 구했습니다."

이쿠가 두 손을 테이블 위에 조용히 내려놓으며 의미심장하게 말했다.

"이름을 바꿨기 때문에 범죄자라는 사실은 아무에게도 들키지 않았다고 합니다. 그곳에서 3년 정도 일하고 유게는 또 다른 곳으로 이직했습니다."

이쿠가 나와 미사토를 번갈아 가며 쳐다보았다.

"새로운 직장은 바로 여기 도쿄에 있는 초등학생 대상 보습

학원이었습니다. 현재도 그곳에서 일하고 있습니다. 학원 이름은
'토키니코'."

"네?"

화들짝 놀라는 미사토의 반응에는 아랑곳하지 않고 이쿠가
천천히 마지막 한마디를 덧붙였다.

"오늘 내일 진행되는 동계 합숙 캠프에도 참가 중입니다."

"뭐… 뭐죠?"

미사토가 날카로운 목소리로 다그쳤다. 나도 머리에 피가 쏠렸다.

"지금 그건 대체 무슨 의미죠?"

"딱히 의미는 없습니다."

이쿠는 담담한 말투로 대답했다.

"친구에게 들은 이야기와 제가 조사한 내용을 말씀드린 것뿐이
에요."

"그게 아니라 지금 그 이야기를 우리한테 하는 의도가 뭐냐고요."

미사토의 입꼬리가 부자연스럽게 올라가 있었다. 어떻게든 평온
함을 유지하려고 애쓰는 게 느껴졌다.

이쿠는 전혀 아무렇지도 않아 보였다. 놀란 것 같지도 않고 당황
한 기색도 없었다. 시바토는 굳은 표정으로 이쿠를 뚫어지게 쳐다
보고 있었다.

들리는 것이라고는 냉장고가 웅웅 돌아가는 소리뿐이었다.

이쿠가 입을 열었다.

"모르셨나요?"

그러고는 어설픈 배우처럼 고개를 갸웃거렸다.

"아들을 맡길 학원에서 어떤 사람들이 가르치고 있는지 전혀 알 아보지 않았다. 진학률과 입소문만 믿고 안심하고 있었다. 성범죄 상습범이라고 추정되는 사람이 일하는 곳에 매주 아들을 보내고…"

"거짓말!"

탕, 하고 미사토가 테이블을 내리쳤다. 나와 시바토는 깜짝 놀라 몸을 움츠렸지만 이쿠는 눈 하나 깜짝하지 않았다.

"그, 그걸 내가 믿을 것 같아요?"

미사토가 떨리는 목소리로 말했다.

"물론 제 얘기만 듣고 믿으실 거라고는 생각하지 않았어요. 좀 불안하긴 하겠지만 곧이곧대로 다 믿지는 않으시겠죠."

이쿠가 발치에 놓아둔 가방에서 태블릿을 꺼내 액정을 몇 번 터치하더니 우리 쪽으로 내밀었다.

"유게가 체포되었을 당시의 신문입니다."

신문 기사를 스캔한 파일 같았다. 기사 제목은 '제자를 성추행한 학원 강사 체포'. 기사 내용 중 '유게 신이치 용의자(28)'라는 부분에 노란색 형광펜으로 표시가 되어 있었다.

얼굴 사진도 함께 실려 있었다. 둥근 얼굴에 안경을 쓴 남자가 입을 꾹 다문 채 정면을 노려보고 있었다.

"그리고 이건 학원 사이트에서 가져온 겁니다."

이쿠가 가늘고 긴 손가락으로 화면을 넘겼다.

'강사 소개'라는 페이지에 머리를 노랗게 염색한 남자의 상반신 프로필 사진이 게재되어 있었다. 활짝 웃고 있는 남자의 사진 아래 적힌 이름은 '이시구로 유스케'였다.

머리색과 다소 마른 체구라는 점을 제외하면 전체적으로 유게와 많이 닮았다는 인상을 받았다.

한 장 더 넘기자 같은 금발 남자의 사진이 얼굴 부분만 확대되어 나타났다. '이시구로 유스케'. 한 장을 더 넘겼다. 이번에 나온 '이시구로 유스케'는 수염이 있었다.

페이지 왼쪽 상단에 '보습 학원 토키니코'의 로고가 보였다.

"어떠세요? 이제 믿어지시나요?"

이쿠가 사무적인 말투로 물었지만 나와 미사토는 아무 대답도 하지 못했다.

무슨 말을 하려는 건지는 이해했다. 당신네 아들이 다니는 학원에 위험한 사람이 강사로 근무하고 있다, 이 얘기를 하고 있는 거다. 내용상으로는 조언이나 경고라고 볼 수 있겠지만 고맙다는 생각은 전혀 들지 않았다.

대체 무슨 꿍꿍이인 걸까, 이 여자는.

"참고로 한 가지 더 알려 드리자면,"

이쿠가 태블릿을 테이블 위에 내려놓으며 말했다.

"토키니코에 전화해서 확인해 봤습니다. 동계 합숙 캠프에 대해서요. 전화를 받은 직원이 깜짝 놀라더라고요. '저희 학원에는 동계 합숙 캠프라는 커리큘럼은 존재하지 않습니다.'라고 하던데요."

"거짓말!"

나도 모르게 소리를 질렀다. 무의식중에 자리에서 벌떡 일어나려고 했으나 다리에 힘이 들어가지 않아서 몸이 휘청였다.

끈적한 식은땀이 등줄기를 타고 흘러내렸다.

하루키가 무사한지 걱정이 되었다.

"네, 방금 한 말은 거짓말입니다."

이쿠가 아무렇지도 않게 대꾸했다. 미사토는 기가 막혀서 말이 제대로 안 나오는 듯했다.

"자… 장난도 정도껏…."

"장난하는 게 아닙니다. 저는 진지해요. 두 분께 진지하게 말씀드린 거예요. 그리고 확신했습니다."

이쿠가 왜 이러는지 짐작조차 가지 않았다.

"괴담 따위는 유치하다, 정말로 무서운 건 인간이다, 이렇게 떠들어대는 사람일수록 방심하고 있는 경우가 많아요. 자기 주위에서는 진짜 무서운 일은 일어나지 않을 거라고 아무 근거도 없이 믿어 의심치 않는 사람들. 한마디로 순진하다는 겁니다. 그러니까 겨우 이 정도로 입에 거품을 물죠. 이시구로 강사도 이제는 개과천선해서 성실하게 아이들을 가르치고 있을 수도 있잖아요?"

이쿠가 한심하다는 듯 경멸을 담은 눈으로 나를 올려다보았다.

"…그런 것 같네요."

그때까지 가만히 있던 시바토가 갑자기 입을 열었다.

"정말이지 이렇게까지 방심할 줄이야."

피식 코웃음을 치는 시바토를 돌아보며 이쿠가 한 차례 고개를 끄덕였다.

"시바토…, 이게 무슨…."

"우라베 선배님."

시바토가 의자에서 일어나며 말했다.

"그리고 형수님. 두 분 다 스스로 생각하는 만큼 이성적이지도 냉철하지도 않으세요. 귀신을 무서워하는 어린애와 별반 다를 게 없어요. 아니, 오히려 애들보다도 생각이 짧은 거죠. 무서워하지 않는 건 상상하지 않기 때문이거든요. 아무것도 생각하지 않으니까 무서운 줄 모르는 거라고요."

"시바토!"

나는 버럭 소리를 질렀다.

"너까지 대체 무슨 헛소리를 하는 거야?"

"헛소리라뇨, 전 사실을 말하고 있을 뿐이에요."

시바토가 테이블을 짚은 채 상체를 내 쪽으로 천천히 기울였다.

"사실을 하나 더 말씀드리자면, 이 여자를 저는 두 분께 제 약혼녀라고 소개했죠. 괴담 콘서트에서 우연히 만나 사귀게 되었다고요. 그런데 그게 정말일까요? 저희 둘 사이에 연애 감정이 존재하는지 두 분이 보면 아시겠어요? 결혼을 전제로 사귀고 있는지 아닌지 어떻게 확인하실 건데요? 사실은 이 집에 들어오기 직전에 현관 앞에서 처음 만난 사이일 수도 있잖아요? 생판 모르는 사람을 집에 들인 걸 수도 있다고요."

"무슨 그런 말도 안 되는…."

"말이 안 된다고 생각하는 근거는 뭔데요? 저랑 이 여자는 정상
인이다, 두 분이 그냥 그렇게 믿고 계신 거잖아요. 객관적인 이유
는 전혀 없죠. 두 분은 일면식도 없는 수상한 사람을 집에 들이신
겁니다. 같은 회사에서 함께 일하는 후배라는 사실 외에는 잘 알
지도 못하는 저라는 사람이 하는 말만 믿고."

시바토가 빠른 어조로 쏟아냈다. 붉게 충혈된 눈동자와는 대조
적으로 얼굴은 새파랗게 질려 있었다. 시바토가 대체 무슨 생각인
지, 왜 이러는 건지 도무지 영문을 알 수가 없었다. 가슴속에서는
화가 치밀어 오르고, 머릿속은 물음표로 가득했다.

이 자식이 뭘 잘못 먹었나.

물론 틀린 말은 아니었다. 나와 시바토는 회사 선후배에 불과하
다. 이쿠에 대해 하나도 모르는 것도 사실이다. 우리 부부는 시바
토가 하는 말을 그대로 받아들였을 뿐이다.

하지만 그렇다 하더라도 지금 시바토가 하는 말은 억지였다.
자기를 믿어서는 안 되고, 이쿠를 수상하게 여기라는 말을 하고
싶은 건가.

틀린 말은 아니지만 전혀 현실적이지 않은 지적이었다.

그런 것들을 일일이 의심하고 들면 정상적인 생활이 불가능할
터였다.

나는 두 사람을 번갈아 쳐다보았다.

문득 옆에 앉은 미사토의 시선이 느껴졌다. 미사토는 겁에 질린

듯 굳은 표정으로 나를 올려다보고 있었다. 이 상황을 어떻게든 해결해 달라고 호소하는 듯한 눈빛이었다.

"이만 돌아가 줘."

나는 두 사람에게 말했다.

"감정이 잘 정리가 안 되네. 싸울 생각은 없으니 일단 이 집에서 나가 줘. 시바토 너랑은 월요일에 회사에서…."

갑자기 집이 기우뚱했다.

그렇게 생각한 순간, 다리에서 힘이 풀렸다.

반사적으로 뻗은 손이 테이블에 채 닿기도 전에 나는 그 자리에 맥없이 쓰러졌다. 의자가 넘어가면서 요란한 소리를 냈다.

시야 한구석에서 미사토가 테이블에 머리를 쿵, 하고 찧는 것이 보였다. 미사토의 몸이 그대로 바닥으로 미끄러져 내렸다. 접시가 부딪치는 소리, 유리잔이 쓰러지고 깨지는 소리.

어떻게든 일어나 보려고 했지만 손에도 다리에도 힘이 들어가지 않았다. 소리조차 낼 수 없었다. 테이블 너머로 시바토와 이쿠의 발이 보였다.

"우라베 선배님."

멀리서 시바토의 목소리가 들려왔다.

"의심도 없이 벌컥벌컥 마시니까 그렇죠. 생판 모르는 남한테 받은, 뭐가 들었는지도 모르는 와인을."

소리는 기묘한 울림을 동반하며 내 머리를 뚫고 지나갔다.

쿡쿡거리며 웃는 소리가 들렸다. 이쿠가 자리에서 일어나며 자못 유쾌하다는 듯 말했다.

"아슬아슬했네요."

"십년감수했습니다."

시바토가 딱딱한 존댓말로 대답했다.

"만에 하나 계산이 잘못되기라도 했으면…"

"시바토 씨."

이쿠가 시바토의 말을 가로막았다.

"두 분 다 아직 의식은 있어요."

앗, 하고 시바토가 입을 다물었다.

"정말이에요. 와인에 넣은 건 단순히 몸이 안 움직이게 하는 약이거든요. 일종의 마취제 같은 거죠. 물론 한 번에 과다복용하면 사망하기도 하지만 그 정도로 많이 넣지는 않았어요. 알코올의 영향도 충분히 고려했고요."

이쿠는 천천히 테이블을 돌아서 이쪽으로 다가왔다. 나는 그녀의 얼굴을 올려다보았다.

홀가분한 표정으로 옅은 미소를 띠고 있었다.

"보세요, 저를 쳐다보잖아요. 잘 들리는 것 같네요."

나는 힘겹게 혀를 움직여 말을 하려고 했다. 하지만 입에서 나오는 거라곤 '아, 아' 하는 소리뿐이었다.

이쿠가 머리카락을 쓸어 올렸다. 얼굴이 기이한 형태로 일그러졌다. 입꼬리가 올라가고, 눈은 초승달처럼 가늘어졌다.

이 표정은 '기쁨'이다. 이쿠는 나를 보며 즐거워하고 있었다.

전신이 바짝 오그라들었다. 심장이 터질 듯 세차게 뛰었다.

"우라베 씨…라고 하셨나요?"

이쿠의 얼굴에서 미소가 사라졌다.

"잘 이해가 안 되시죠? 내가 대체 왜 이런 일을 당해야 하나 싶으세요? 자업자득이에요. 아까 저랑 이 사람이 얘기한 것처럼 지나치게 방심하고, 상상하지 않았기 때문이죠. 주의 깊게 살펴봤다면 충분히 눈치챌 수 있었을 겁니다. 저도 시바토 씨도 와인은 한 방울도 마시지 않았다는 걸요. 저는 몇 번 잔에 입을 갖다 댔을 뿐이고, 시바토 씨는 처음부터 캔 맥주만 마셨죠. 잔을 손에 든 건 다 같이 건배할 때뿐이었어요."

이쿠는 양쪽 무릎을 손으로 짚으며 나에게 얼굴을 가까이 가져다 댔다.

"이상하지 않으셨어요? 시바토 씨가 약혼했다는 이야기는 오늘 처음 들었잖아요. 회사에서 그렇게 친한데 왜 진작 말해 주지 않았을까, 왜 숨긴 걸까 싶지 않던가요? 뭐 애초에 숨긴 게 아니라 새빨간 거짓말이었지만요."

"에…"

왜, 하고 나는 나오지 않는 목소리를 필사적으로 쥐어짰다.

이쿠가 무표정한 얼굴로 심드렁하게 대꾸했다.

"시바토 씨한테 물어보세요. 제가 한 일이라곤 무대를 준비한 것뿐이니까요. 그리고 두 분을 살짝 무섭게 해 드린 정도?"

발걸음을 돌려 멀어져 가는 이쿠와 교대라도 하듯 시바토가 다가오더니 내 옆에 쪼그려 앉았다.

"너… 이…."

"우라베 선배님, 저희 형 기억하세요?"

시바토가 나를 똑바로 내려다보았다. 무슨 말인지 알 수가 없었다.

"…역시 그렇군요. 집단 괴롭힘 때문에 학교에 오지 않게 된 중학교 때 친구 따위를 기억할 리가 없죠. 자기와는 상관없는 일이라고 생각하는 사람이라면 더더욱."

시바토는 긴 한숨을 내뱉었다.

"형은 내내 선배님을 원망했어요. '우라베만큼은 친구라고 믿었는데…', 자기 방에 틀어박혀 이불을 뒤집어쓰고 매일같이 그렇게 중얼거렸어요. 열여섯에 목매달아 죽을 때까지 계속. 부모님은 그 사건을 계기로 이혼하셨고, 저는 어머니를 따라가게 되면서 성이 바뀌었죠. 요시노에서 시바토로."

거짓말하지 말라고 반박하려 했지만 혀가 꿈쩍도 하지 않았다. 간신히 숨을 쉬는 게 고작이었다. 거짓말이라고, 그럴 리가 없다고 머릿속이 어지럽게 돌아갔다.

"이 정도면 충분하죠? 여기서부터 어떻게 할지에 대해서는 의뢰받은 바가 없으니까요."

이쿠의 목소리가 들렸다.

"네."

시바토가 고개를 들며 대답했다. 그러더니 바로 "어?" 하며 일어났다. 잠시 실내를 돌아다니는가 싶더니 복도 쪽으로 나가서 현관문을 열었다가 다시 닫았다.

"이상하네, 순식간에…."

나는 무슨 일이 일어났는지 전혀 파악하지 못한 채 시바토의 목소리와 발소리가 들리는 쪽으로 의식을 집중했다. 발소리가 부엌으로 향하더니 무언가를 찾는 듯 찬장을 여닫는 소리가 들렸다.

"이거면 되려나."

시바토가 중얼거렸다.

"그렇게 똑똑하고 착했던 형을 우라베 선배님은 배신한 겁니다. 죽음으로 몰아넣었단 말입니다. 쉽게 용서할 수 있을 리가 없죠."

시바토가 다시 내 옆으로 돌아와 얼굴을 바짝 들이댔다.

손에는 부엌칼이 들려 있었다.

"이날이 오기만을 손꼽아 기다려 왔습니다. 치밀하게 계획을 세우고 준비를 했죠. 뭐 입사하고부터는 별로 어려울 게 없었지만요."

잔뜩 치켜뜬 시바토의 두 눈이 이글거렸다.

"역시 그 사람 말이 맞아요. 세상에서 제일 무서운 존재는 인간이라고 말하는 사람이라고 해서 딱히 인간을 경계하는 건 아니란 말이죠. 오히려 경계가 더 허술하면 허술했지. 그렇게 생각하지 않으세요, 우라베 선배님?"

칼끝이 나를 향했다.

"그만… 둬…."

나는 몸을 힘껏 비틀었다. 머리로는 그럴 생각이었지만 몸은 꼼짝도 하지 않았다. 전신이 식은땀으로 축축하게 젖었다. 흘러내리는 땀이 눈에 스며들어 따가웠다.

누군가가 내 심장을 움켜쥐기라도 한 것처럼 숨쉬기가 힘들었다. 심장이 미친 듯이 뛰었다. 터질 듯한 심장 박동이 온몸을 타고 전해져 고막을 흔들었다. 이쿠가 말한 마취제 때문일까. 아니, 그것 때문만은 아니었다.

공포다.

나는 공포에 떨고 있었다.

죽음을 눈앞에 두고. 과거에 저지른 잘못의 대가를 치르게 되었다는 사실에.

"이제 와서 뭘 그렇게 무서워하세요?"

시바토가 천연덕스럽게 물었다.

"이런 일은 얼마든지 일어날 수 있다고, 평소부터 그렇게 생각하고 계셨다면서요? 귀신을 보거나 사진에 이상한 게 찍히는 것보다 훨씬 더 현실적인 상황이잖아요."

그러더니 부엌칼을 고쳐 잡았다.

으으, 하고 미사토가 신음 소리를 냈다. 시바토가 그쪽으로 시선을 돌렸다.

"…형수님은 어떻게 할까요?"

느긋한 말투였다.

당장 그만둬!

나는 버럭 소리쳤다. 그럴 생각이었다.

이제는 정말 아무 소리도 나오지 않았다.

몸은 점점 더 굳어 갔다. 땀이 비 오듯 흘러내렸다.

도망치고 싶다. 소리 지르고 싶다. 울면서 애원하며 제발 목숨만
은 살려 달라고 빌고 싶다.

적어도 아내만은, 미사토만이라도.

끊임없이 흐르는 눈물 탓에 앞이 잘 보이지 않았다. 시바토가
다시 내 쪽으로 몸을 돌렸다.

"정했습니다. 형수님도 죽이기로요. 우라베 선배님이랑 같이."

그러고는 부엌칼을 힘껏 치켜들었다.

제 2 화

구원과 공포

제2화

구원과 공포

저는 2007년, 지바현에 위치한 비교적 번화한 동네에서 태어났습니다. 역 앞은 저녁이 되면 분주하게 오가는 사람들로 북적였지요. 밤이 되면 백화점과 수많은 가게의 조명이 역 앞 일대를 환하게 비추었습니다. 시끌벅적한 분위기에 덩달아 기분이 좋아졌던 것을 기억합니다.

물론 이제는 압니다. 그 동네, 그 역 주변은 그다지 치안이 좋지 않았다는 사실을요.

검은 양복을 멋지게 차려입은 사내들은 아마도 유흥업소 삐끼였겠지요. 교복 비슷한 옷을 입은 예쁜 언니들은 술집 종업원이었을 테고요. 네온사인으로 반짝이는 간판에는 '무료 안내소'라고 적혀 있었을 겁니다. 패거리를 지어 몰려다니던 금발의 양아치 오빠들이 소심해 보이는 회사원을 골목으로 끌고 들어간 것은 돈을 뜯어내기 위해서가 아니었을까요.

신기한 일입니다.

사실을 알게 된 후에도 그 동네가 싫어지지 않는다는 것이요. 눈을 감으면 어느 겨울날의 풍경이 떠오릅니다. 유례없이 많은 눈이 내린 해였습니다. 아마 1월이었을 겁니다. 거리에 쌓인 눈, 그 위로 쏟아지는 화려한 네온사인, 버스와 택시의 불빛들. 길을 가는 사람들은 모두 행복하고 기분이 좋아 보였습니다. 그때 저는 두 살, 아니 세 살쯤 되었으려나요. 나이도 정확하게 기억하지 못하면서 거리 풍경만큼은 선명하게 떠올릴 수 있는 것은 기억 속의 엄마가 웃고 있었기 때문인지도 모릅니다. 당시 아직 이십 대 초반이었음에도 불구하고 깊게 파인 주름살과 진한 다크서클이 사라질 틈도 없이 늘 피곤에 절어 있던 엄마. 그래도 제게는 누구보다 예쁜 엄마였습니다.

저는 역에서 가까운 낡은 아파트에 엄마 주리아와 둘이서 살고 있었습니다.

아빠는 처음부터 없었습니다. 엄마가 임신 사실을 알리자 종적을 감추었다고 합니다. 아빠는 호스트, 엄마는 매춘부였습니다. 아빠가 도망가고 얼마 지나지 않아 엄마는 밤의 세계에서 빠져나와 공장에서 일하기 시작했습니다. 제가 어느 정도 컸을 때도 여전히 그 공장에서 일하고 있었습니다.

저를 낳기 전까지 엄마가 어떻게 살아왔는지 자세히는 밝히지 않겠습니다. 엄마는 사랑도 돈도 없는 집에서 자라 중학교 2학년 때 원조교제를 시작했고, 고등학교도 가지 않은 채 밤거리에서 몸을 팔며 살아왔다고 합니다. 무서운 일은 수도 없이 많이 겪었다고 합니다. 생명의 위협을 느낀 적도 한두 번이 아니었겠지요. 엄마의 왼쪽 팔에는 불량배들이 장난삼아 하는 자해와는 차원이 다른 심한 화상 자국이 남아 있었습니다.

저희 두 모녀는 매우 검소하게 살았습니다. 아니, 정확히 말하자면 찢어지게 가난했습니다. 여름에는 덥고 겨울에는 추운 세 평짜리 목조 아파트는 열악하기 그지없는 환경이었습니다. 제대로 된 식사를 한 기억은 거의 없고, 늘 마트에서 유통기한이 임박한 빵과 반찬들을 사 와서 끼니를 때웠습니다.

공장에서 받는 월급은 쥐꼬리만했고 근무시간은 길었으며 복지도 형편없었지만, 엄마는 예전에 하던 일로 돌아가려고는 하지 않았습니다. 공장 일을 아무리 열심히 해도 생활은 전혀 나아지지 않았습니다. 게다가 엄마는 돈을 관리하는 법이나 살림하는 법을 배운 적이 없었습니다. 누가 알려줘도 제대로 따라 하지 못했습니다. 글은 제대로 읽을 수 있었는지조차 의문입니다.

여러분은 저희 엄마가 무식하고 한심하다고 생각하시나요? 저희 엄마를 비웃을 수 있는 사람은 세상에 단 한 명도 없습니다.

사람이 본래 지니고 태어난 지성이나 사고력은 사실 비슷비슷합니다. 롤 모델에 따라서 현자가 될 수도 있고 바보가 될 수도 있는 것이 바로 인간입니다. 엄마가 무지했던 것은 부모님에게 제대로 된 교육을 받지 못했기 때문입니다. 교사나 주위 어른들이 그런 엄마에게 손을 내밀지 않았기 때문입니다.

저희 엄마가 어리석은 것은 엄마 탓이 아니며, 여러분이 똑똑한 것은 여러분이 잘나서가 아닙니다. 이 점을 착각해서 교만하게 굴어서는 안 됩니다.

…제가 좀 흥분했네요. 죄송합니다.

아무리 아닌 척해도 아직 많이 미숙합니다. 그래 봤자 중학교 2학년짜리 어린애니까요. 그 사실이 너무 부끄럽고, 이렇게 사람들 앞에서 이야기하는 것도 사실은 너무 긴장돼서 당장이라도 도망치고 싶습니다.

…따뜻한 격려와 응원 감사합니다. 덕분에 힘이 나네요. 그럼 용기 내서 계속해 보겠습니다.

놀랍게도 엄마는 입덧에 대해서도 진통에 대해서도 전혀 아는 바가 없었습니다. 엄마가 임신했다는 사실을 알고 이것저것 살뜰하게 가르쳐 준 사람은 같은 업소에서 일하던 선배 여성이었고, 살 집과 일할 곳을 찾아봐 준 사람은 업소 점장이었습니다. 두 분이 도와주신 덕분에 저는 이 세상에 태어날 수 있었다고, 영유아기를 무사히 살아남을 수 있었다고 생각합니다.

하지만 아무리 친절한 사람이라고 해도 평생 옆에서 도와줄 수는 없는 노릇입니다. 그분들에게는 그분들의 생활이 있고 인생이 있으니까요. 그러니 스스로 살길을 찾아야지요.

엄마도 그 정도는 알고 있었지만 그저 미련하게 새벽부터 일어나 몸이 부서져라 일하고 밤늦게 돌아와 쓰러져 자는 것 외에는 아무것도 하지 못했습니다. 선배도 점장도 어느샌가 우리 곁을 떠나갔습니다.

"엄마가 바보라서 미안해."

가끔 술을 마시면 엄마는 울면서 이 말만 반복했습니다. 저는 무슨 뜻인지도 모르면서 그냥 같이 울었습니다.

엄마는 새 상대를 찾을 생각은 하지 않았습니다. 제가 걱정되었기 때문입니다. 여자 몸의 구조에 대해서도 잘 모르고, 육아서를 제대로 읽은 적도 없고, 주위의 도움을 받아가며 겨우 저를 키우던 엄마였지만 그래도 딸이 남자에게 험한 짓을 당할지도 모른다는 생각은 했던 것입니다. 이것만 봐도 엄마가 어떤 환경에서 자랐는지 대충 짐작이 갑니다. 그리고 엄마가 저를 얼마나 사랑했고 지켜주려 했는지도요.

하지만 역시 엄마는 세상 물정을 너무 몰랐습니다.

제가 초등학교 1학년 때 일입니다. 입학하고 얼마 지나지 않아 저는 매일 똑같은 옷을 입는다, 냄새가 난다, 지저분하다 등의 이유로 같은 반 친구들에게 괴롭힘을 당하기 시작했고, 그런 저를 보며 엄마는 어떻게 하면 좋을지 매일같이 고민했습니다. 공장에서 일을 할 때도, 집안일을 할 때도, 장을 볼 때도요.

식료품이나 소모품은 집 근처 마트나 편의점에서 구입했지만 그 외의 것들, 그러니까 가구나 옷, 제 장난감 등은 어디에서 샀을까요?

맞습니다, 엄마가 주로 이용한 곳은 인터넷 중고 거래 사이트였습니다.

돈도 시간도 계획성도 없고 머리도 나쁘지만 스마트폰 정도는 갖고 있는 저희 엄마 같은 사람들은 모바일 중고 거래 사이트에서 저렴한 중고를 구입합니다. 동시에 사용하지 않는 물건, 필요 없어진 물건을 싼값에 팔아 돈으로 바꾸기도 하고요.

그날도 엄마는 이불과 제 옷을 사기 위해 중고 거래 사이트를 둘러보고 있었습니다. 그러다 우연히 수제 액세서리를 파는 '마나 리가야'라는 계정을 발견하게 됩니다. 비용을 줄이기 위해 자사 쇼핑몰을 운영하는 대신 중고 거래 사이트에서 물건을 파는 소매업자는 당시에도 꽤 많았습니다.

마나 리가야의 주력 상품은 비즈를 꿰어 만든 팔찌와 목걸이였습니다.

〔치유: 신비한 기운으로 가득한 K산에서 채굴한 파워 스톤 '오메가 마린' 100% 37개〕, 〔개운: 최고급 마나 오라 주입〕, 〔LOVE & BABY: 천사를 잉태하게 해주는 엔젤 주얼 new color 레몬 옐로우〕….

상품 페이지에는 이런 문구들이 적혀 있었습니다. 자세히 읽어본 적은 없지만 대충 이런 느낌이었습니다.

그곳에서 엄마가 구입한 상품은 가장 값이 싼 팔찌였습니다.

5일 후 집으로 배송된 상품은 싸구려 분홍색 돌멩이를 이어 붙인 조악한 물건이었습니다. 당시 여섯 살이었던 제 눈에도 그리 좋아 보이지는 않았습니다. 엄마도 내심 실망한 눈치였지만 지푸라기라도 잡고 싶은 심정이었겠지요. 아니, 잡을 수밖에 없었을 겁니다. 엄마는 팔찌를 손목에 낀 채 잠들었고 다음 날 아침에도 그 상태 그대로 집을 나섰습니다. 그리고 길가 전봇대 아래에 복권 한 장이 떨어져 있는 것을 발견합니다.

평소에 다니던 길이 아니었습니다. 엄마 말에 따르면 그날은 왠지 다른 길로 가 보고 싶었다고 합니다.

일단 출근해서 휴식 시간에 인터넷에서 확인해 보니 10만 엔에 당첨된 복권이었습니다.

그날 밤, 복권을 1만 엔짜리 지폐 열 장으로 바꿔 온 엄마는 제게 이렇게 말했습니다.

"파워 스톤이 인도해 준 거야."

저는 순진하게 그 말을 믿었습니다. 엄마와 함께 기뻐하며 분홍색 팔찌에 감사했습니다. 싸구려라고 생각했던 비즈에서 찬란한 빛이 뿜어져 나오는 것 같았습니다. 어딘지 모르게 신비로운 기운이 감도는 것 같기도 했고요.

비즈가 가져다준 돈으로 새 옷을 잔뜩 샀습니다. 그 옷들을 입고 학교에 가니 주위의 괴롭힘도 줄어들었습니다.

정말 기뻤습니다. 엄마는 저보다 훨씬 더 기뻤겠지요.

엄마가 마나 리가야의 액세서리를 사 모으게 되기까지는 그리

오랜 시간이 걸리지 않았습니다. 이듬해에는 옆 동네 아파트에서 개최되는 '살롱'에도 참석하게 되었습니다. 그리고 엄마는 그곳에서 마나 리가야의 대표인 쿠시나다 세이라와 만나게 됩니다.

마나 리가야와 쿠시나다 세이라에게 갖다 바치는 돈은 점점 늘어갔습니다.

… ☾ …

그날의 마지막 호구는 야마시타 주리아라는 젊은 여성이었다. 중고 거래 사이트 '유피테리'에 개설한 온라인 쇼핑몰에서 액세서리를 구입한 것을 계기로 작년부터 마나 리가야, 아니 정확히는 쿠시나다 세이라의 신자가 된 싱글맘. 즉 우리의 전형적인 먹잇감.

역시 이 전략은 잘못되지 않았다.

미조구치 츠요시는 사무용 의자에 몸을 뉘었다. 눈앞에 놓인 네 대의 모니터 중 화면이 사등분된 오른쪽 두 대에서는 살롱 내부에 설치된 여덟 대의 카메라로 촬영 중인 영상이 흘러나오고 있었다.

호구인 여자들이 여기 와 있는 동안 미조구치는 자신의 사무실, 즉 아파트 제일 안쪽에 위치한 두 평 남짓한 방에서 한 발짝도 나오지 않았다. 살롱은 그녀들만의 신성한 장소, 세상과 단절된 공간이어야 했다. 그런 분위기를 연출하기 위해서는 단순히 인테리어를 우드와 그린으로 통일하고 잔잔한 명상 음악을 틀고 아로마향을 피우고 호흡법을 지도하는 것만으로는 충분하지 않았다.

무엇보다 그녀들을 괴롭히고 고민하게 만드는 존재, '남자'를 차단할 필요가 있었다. 사냥감을 포획하는 데 가장 중요한 것은 바로 이런 부분이다.

주리아는 현관에서 스태프와 인사를 나누며 거실로 들어왔다. 거실은 말하자면 살롱의 메인 룸이다. 이어폰을 통해 주리아와 스태프의 대화가 들려왔다.

"오늘은 신상품인 화이트 리가야 스톤을 하고 왔어요."

"네, 탁월한 선택이시네요. 이렇게 옆에 서 있기만 해도 기분 좋은 기운이 저한테까지 전해지는걸요."

"역시 그런가요? 요즘은 코도 아주 시원해요. 원래 비염이 좀 있거든요."

중국에서 대량으로 수입해 들여오는 장난감 팔찌에 주리아가 말하는 효과가 있을 리가 없었다. 하지만 본인이 그렇게 믿는다면, 그래서 행복하다면 된 거 아닌가. 이것이야말로 윈윈 관계라고 할 수 있지 않을까. 마나 리가야는 돈을 벌고, 호구는 구원받는다. 이전에 하던 다른 일들에 비해 훨씬 건설적인 사업이었다. 예를 들어 보이스 피싱 같은 것보다는.

"보이스 피싱이라…."

미조구치는 혼잣말로 중얼거렸다.

보이스 피싱이란 주로 노인들을 상대로 전화를 걸어 가족인 척하며 돈을 빼앗는 사기를 일컫는 말이다. 미조구치도 상대방의 아들이나 손자를 가장해 수차례 거액의 돈을 뜯어냈다. 성공률도 뜯어낸 돈의 액수도 패거리 내에서는 꽤 상위에 속했다.

하지만 이제는 돈을 입금하라고 요구하는 경우는 거의 없다. 최근에는 푼돈 주고 사람을 고용해서 직접 돈을 받아오게 하는 방법이 주를 이루었다.

입금하라는 게 아니니까, 직접 만나서 돈을 건네니까 보이스 피싱은 아니라고, 사기는 아닐 거라고 믿는 노인은 생각보다 많다고 한다. 이건 지금까지도 연락하고 지내는 당시의 동료에게 전해 들은 내용이었지만, 그가 현역일 때도 상황은 비슷했다.

아들을 가장한 사기범이 많다는 소문이 퍼졌을 때는 여자가 전화를 걸었다. 위자료나 합의금을 대신 내 달라는 패턴이 세간에 많이 알려지자 이번에는 국세청에서 세금 환급 건으로 연락했다는 패턴으로 갈아탔다. ATM에 사기 주의 경고가 붙게 되면서부터는 ATM을 이용하는 대신 편의점에서 선불카드를 구입해 우편으로 보내게 했다. 요즘 가장 많이 사용되는 방법은 '소송당하고 싶지 않으면 이 계좌로 합의금을 입금하라'는 내용의 엽서를 발송하는 것이었다. 이런 방법을 택하게 된 이유는 물론 전화 사기 수법이 지나치게 보편화되었기 때문이다.

결국 내용 자체는 예나 지금이나 다를 게 없었다. 딱히 진화했다고 보기도 어려웠다. 그저 겉으로 보이는 부분에 조금 변화를 주었을 뿐이다. 그래도 그 노력을 귀찮아하지 않고 열심히만 하면 꾸준히 돈을 벌 수 있었다.

마나 리가야의 운영도 대체로 비슷한 느낌이었다. 잡동사니에

영적인 기운이 깃들어 있다고 선전해서 그 말을 믿는 어리석은 사람들에게 비싼 값으로 팔아넘긴다. 90년대에 전국적으로 수많은 피해자를 양산한 유명 컬트 집단의 수법을 그대로 따라 한 것이다. 그것이 바로 마나 리가야의 방식이었다.

길거리 전단지 홍보 같은 것은 하지 않았다. 단순 알바만으로도 월수입 300만 원을 올릴 수 있었던 시절, 다시 말해 돌을 던지면 부유한 사람이 맞던 시절에는 효과가 있었겠지만 불경기로 모두가 힘든 지금 같은 시기에는 효과를 기대하기 어려웠다.

효과는 둘째치고 애초부터 부자를 상대로 장사할 생각도 없었다. 예전과는 달리 돌을 던지면 가난한 사람이 맞는 시대이니 가난뱅이를 타깃으로 삼는 것은 당연했다. 게다가 가난한 사람은 이런 상술에 대해 경계심이 없다. 자신은 돈이 없으니 호구가 될 리 없다고 믿는 것이다. 돈이야 없으면 빌려 오게 하면 그만이었다.

그래 봤자 한 사람에게서 뽑아낼 수 있는 액수는 빤했지만 이 역시 사람 수를 늘리면 해결되는 문제였다. 가난한 사람들이 가장 많이 찾는 곳은 중고 거래 사이트다. 그러니 중고 거래 사이트 '유피테리'에서 마나 리가야의 액세서리를 판매하는 것은 지극히 합리적인 결정이었다.

다만 마나 리가야에서는 조상님의 업보를 씻어내기 위한 영험하고 값비싼 도자기 같은 것은 취급하지 않았다.

요즘 호구들이 원하는 것은 저렴한 럭키 아이템이었다. 평소 몸에 지니고 다니는 것만으로도 행운이 찾아오는 액세서리. 물론 근저에 깔린 호구들의 생각은 예나 지금이나 다를 게 없었다.

이 도자기만 있으면 과거의 업보에서 풀려날 수 있겠지.

이 팔찌를 차고 다니기만 하면 행운이 찾아오겠지.

한마디로 안이한 생각이었다. 게으르고 뻔뻔했다.

인간은 진보하지 않는다. 아무리 시대가 바뀌어도 변함없이 빈틈이 존재한다. 하지만 호구를 사냥하는 방법까지 그대로여서는 안 된다. 이 업계에서는 여전히 삼류 잡지의 지면을 빌려 값비싼 지갑이나 돌멩이를 광고하는 사람들이 존재한다. 그런 잡지를 사서 읽는 사람이 얼마나 된다고. 마치 가뭄으로 물이 말라 바닥이 다 들여다보이는 연못에 낚싯줄을 드리우고 물고기를 기다리는 격이다. 어리석기 짝이 없는 사람들.

고루한 동업자들을 마음속으로 한껏 비웃어준 다음 미조구치는 다시금 모니터를 주시했다. 주리아가 거실 한구석에 엎드려 절을 하고 있었다. 그 앞에는 흰색 천을 두른 긴 머리의 중년 여성이 가부좌를 틀고 있었다. 마나 리가야의 대표인 쿠시나다 세이라였다. 올해 나이가 쉰이라고 했던가.

세이라는 미조구치가 5년 전 참석했던 심령 이벤트에서 만난 자칭 힐러였다. 마나 리가야에서는 액세서리를 직접 만들지는 않았지만 오라 주입은 실제로 하고 있었다. 물론 미조구치에게는 그저 세이라가 팔찌를 손에 들고 몇 번 심호흡을 하는 걸로밖에 보이지 않았지만.

"따님⋯ 아이린 양은 건강하게 잘 지내고 있나 보네요."

세이라가 주리아에게 말을 건넸다.

"어머, 그걸 어떻게 아세요?"

"보이는걸요. 주리아 씨 머리 위에 금빛 테두리가. 아이린 양의 오라가 주리아 씨의 오라와 합쳐져서 금색으로 빛나고 있는 겁니다. 모든 것이 순조롭게 흘러가고 있다는 증거지요. 아, 아이린 양에게 드디어 친구가 생겼나 보네요. 여자아이가 세 명."

"어머!"

"이름은… 유미, 마미카, 아리사."

"이름까지!"

"알다마다요."

세이라가 미소를 지으며 천천히 고개를 끄덕이자 주리아가 손으로 입을 틀어막았다. 고개를 숙이고 있어 얼굴은 보이지 않았지만 울고 있는 모양이었다. 이어폰을 통해 흐느끼는 소리가 들려왔다.

한 편의 코미디를 보는 듯했다.

메일로, 문자로, 그리고 이 살롱에서 주리아는 자신의 온갖 근황을 다 털어놓았다. 자신이 겪은 일, 주위에서 일어난 일을 세이라에게 전부 쏟아낸다는 느낌이었다. 세이라가 알고 있는 방대한 정보는 모두 주리아가 직접 제공한 것이었다. 하지만 주리아 본인은 자기가 메일에 무슨 내용을 적었는지 정확히 기억하지 못할 터였다. 아니, 대부분 잊어버렸을 것이다. 세이라는 그 점을 꿰뚫어 보고 마치 지금 자신이 감지해 낸 것처럼 연기하고 있을 뿐이다.

사실 세이라에게는 자신이 사기를 저지르고 있다는 자각이 전혀 없었다. 자신은 특수한 능력을 지닌 힐러이며, 사람들을 구해야 한다는 사명을 띠고 있다는 착각에 사로잡혀 꿈과 현실을 분간하지 못하는 상태였다. 무엇보다 세이라는 진심으로 호구들이 행복해지기를 바랐다. 마나 리가야의 잡동사니를 구입하는 고객들, 이 살롱을 방문하는 손님들을 정말로 구원하고자 했다. 지금 이 순간에는 야마시타 주리아의 행복을 기원하고 있었다. 다시 말해 세이라는 '진짜'였다.

처음에는 '진짜'를 마나 리가야의 대표로 삼아도 될지 고민했지만, 미조구치는 세이라에게 걸어보기로 했다. 물론 치밀한 계산도 깔려 있었다. 무슨 일이 생겼을 때를 대비한 희생양. 만에 하나 일이 터지면 세이라에게 다 덮어씌울 작정이었다. 이 여자가 하는 말에 따랐을 뿐이라고, 나도 속은 거라고, 피해자라고.

화면 너머에서는 세이라와 주리아가 마주 보고 앉아 눈을 감고 심호흡을 하고 있었다. 오라로 대화를 나누고 있는 것일 수도 있고, 파동으로 연결되어 있는 것일 수도 있으며, 그것도 아니면 몇억 광년 떨어진 우주에서 보내오는 신비로운 에너지의 입자를 느끼고 있는 것일 수도 있다. 실제로 두 사람이 무엇을 하고 있는지 미조구치로서는 알 길이 없었고, 알고 싶지도 않았다.

주리아는 돌아가는 길에 500ml짜리 페트병에 든 '리가야의 물'을 두 병 사 갔다. 안에 든 것은 세이라의 오라로 분자 구조를 재배열(했다고 세이라가 주장)한 신성한 물, 미조구치가 보기에는 그냥 수돗물이었다. 한 병에 3천 엔. 주리아가 이날 지불한 금액은 수강료까지 합쳐서 총 2만 엔이었다.

주리아가 돌아가고 몇 분 후, 미조구치는 사무실에서 나왔다. 스태프가 보고한 오늘치 매상을 확인하며 세이라에게 말을 건넸다.

"오늘도 고생 많으셨습니다. 방금 오셨던 분, 주리아 씨는 어떤 가요?"

"그 아이는 소질이 있습니다."

세이라가 자신의 양쪽 손목을 덮고 있는 수많은 팔찌를 내려다보며 지친 얼굴로 대답했다.

"높은 수준의 파동이 느껴지고, 무엇보다 열심히 하려는 의지가 강해요. 다른 사람들보다 훨씬 더. 지금보다 좀 더 속도를 올리면 5년, 아니 3년 안에 모든 것을 전수할 수 있을 겁니다."

"세이라 님 같은 진정한 힐러가 될 수 있다는 말씀이신가요?"

"본인이 노력하기에 달렸지요. 자질만 놓고 말하자면 그 정도로 대단한 수준은 아니에요."

세이라는 불편한 듯 가슴을 쓸어내렸다. 감기라도 걸린 걸까. 이유가 무엇이든 대표, 아니 교주님 건강에 이상이 있다는 건 큰 문제였다.

세이라는 자리에서 일어나 손목에 찬 팔찌를 짤랑거리며 부엌 쪽으로 가더니 냉장고에서 캔에 든 에너지 음료를 꺼내 벌컥벌컥 들이켰다. 우수 고객, 즉 신자들에게는 이런 종류의 음료수는 절대

마시지 못하게 하지만 본인이 마시는 건 괜찮은 듯했다.

"몸은 괜찮으신가요?"

"네. 다만 오늘은 기의 흐름이 그다지 좋지 않네요."

"옷이 너무 얇아서 추우신 게 아닐까요?"

"이게 좋아요. 마(麻)의 기운이 영혼을 정화시켜 주니까요. 미조구치 씨도 그런 기름 냄새나는 양복은 안 입는 게 좋을 텐데."

"집에서는 벗고 있습니다. 게다가 팔찌는 항상 차고 있는걸요."

미조구치는 그렇게 말하며 자신의 왼쪽 손목을 들어 보였다. 흐릿한 빛깔의 흰색 팔찌와 연녹색 팔찌가 채워져 있었다. 흰색은 사악한 기운을 몰아내고, 연녹색은 영혼을 정화시켜 준다고 했던가.

세이라가 계속해서 콜록거리며 말했다.

"주리아 씨에게 전해 주세요. 본인이 원하기만 한다면 언제든 힐러가 되는 방법을 가르쳐 주겠다고."

주리아에게서 뽑아낼 생각이다. 표적을 정한 것이다.

미조구치는 가끔씩 이 여자가 자기보다 훨씬 더 악질적이고 극악무도한 사기꾼이 아닐까 하는 생각이 들곤 했다. 무엇보다 본인은 정말로 선행을 베풀고 있다고 생각한다는 점이 가장 놀라웠다. 세상 사람들을 구원하고 구제하는 것이 자신의 사명이라고 믿어 의심치 않는다는 사실이. 미조구치는 때때로 세이라의 말과 행동에 진심으로 오싹해졌다. 하지만.

"알겠습니다."

회사 입장에서는 좋은 일이었다.

스태프가 퇴근하고, 미조구치는 차로 세이라를 집까지 바래다주었다. 차를 타고 가는 내내 뒷좌석에서 목을 쓸어내리는 세이라를 보다 못해 미조구치는 팔을 뻗어 감기약을 건넸다.

"대표님이 쓰러지시면 많은 사람이 슬퍼합니다."

"공업적으로 제조된 약품은 독이나 다를 바 없어요."

"리가야의 물과 함께 드시면 괜찮지 않을까요?"

흠, 하고 세이라가 잠시 고민하는 기색을 보였다.

"맞는 말이네요. 미조구치 씨, 훌륭해요. 지금까지 열심히 수행한 보람이 있네요."

"감사합니다."

미조구치로서는 별생각 없이 던진 말이었지만 세이라는 미조구치의 대답이 꽤 마음에 든 것 같았다.

교외에 위치한 낡은 아파트 앞에서 세이라를 내려 주었다. 물욕이 거의 없는 세이라는 지극히 검소한 삶을 살았다. 지금 사는 집은 부모에게 물려받은 유산이고, 상속받기 전까지는 월세 수십만 원짜리 목조 아파트에 살았다고 했다. 돈 계산에도 그리 밝지 못했다. 이 점도 미조구치로서는 반길 만한 요소였다.

세이라를 내려주고 미조구치도 집으로 향했다. 미조구치와 가족들이 사는 집은 도심의 최고급 아파트였다.

"아빠!"

현관문을 열고 들어서자 딸 레오나가 잠옷 차림으로 쏜살같이 달려왔다. 전속력으로 달려와 덥석 안기는 바람에 엉거주춤한 자세로 팔을 뻗고 있던 미조구치는 그대로 엉덩방아를 찧고 말았다. 품에 안긴 레오나가 꺅꺅 귀여운 비명을 지르며 좋아했다. 미숙아로 태어났을 때는 걱정도 많이 했지만 지금은 더할 나위 없이 건강하다. 지난달에 네 살 생일을 맞이하고부터는 더욱 기운이 넘치는 듯했다.

욕실 문이 열리더니 드라이어를 손에 든 아내가 얼굴을 내밀었다.

"레오나, 시간이 많이 늦었으니 시끄럽게 굴면 안 돼."

"방금 시끄럽게 군 사람은 레오나가 아니라 나야."

"당신은 왜 신발 위에 앉아 있는 거야?"

"신발 위에 앉으면 안 돼."

딸이 아내의 말투를 흉내내어 말했다. 미조구치는 딸을 일으켜 세운 다음 주머니에서 팔찌를 꺼냈다. 집에 오는 길에 창고에 들러 챙겨 온 신상품이었다. 서로 다른 크기의 돌을 꿰어 만든 팔찌는 피처럼 붉은빛을 띠고 있었다.

"레오나, 선물이다."

"우와, 예쁘다!"

레오나는 팔찌를 받아들자마자 바로 손목에 찼다. 너무 커서 흘러내리길래 미조구치가 한 번 더 감아 주었다. 레오나는 잔뜩 신이 나서 엄마에게 달려가 자랑했다.

"어머, 예쁘네."

"응!"

"이게 몇 개째?"

"음…, 여섯 개째!"

"당신이 또 사 온 거야?"

"응."

미조구치는 아내에게 자신이 무슨 일을 하는지 제대로 얘기한 적이 없었다. 제대로 된 일이 아니라는 것 정도는 아내도 알고 있겠지만 그 이상으로 자세히 알려고 들지는 않았다.

"전부터 궁금했는데 이거 그거야? 파워 스톤 같은 거?"

"그냥 장난감이야."

미조구치가 대답했다.

"애들이 갖고 놀기 딱 좋은 장난감."

"장난감!"

레오나가 좋아서 어쩔 줄 모르겠다는 듯 팔찌를 찬 팔을 붕붕 휘둘렀다.

··· ☽ ···

좋은 기운을 불러오는 팔찌를 구입해 착용하고, 나쁜 기운을 몰아내기 위해 살롱에 다니며 리가야의 물을 사 마시는 것.

거기서 멈췄다면 좋았을 텐데. 하지만 엄마는 그 이상을 바랐습니다. 지금까지 살아온 삶의 부채를 갚겠다는 생각이었겠지요. 그리고 한 가지 더.

타인의 기대를 받는다는 게 좋았을 겁니다. 젊은 육체가 아니라, 욕망의 배출구로서가 아니라, 누군가가 자신의 내면을 필요로 한다는 사실이요. 그래서 그 기대에 부응하고 싶었을 겁니다. 숭배의 대상인 쿠시나다 세이라 같은 영적인 힘을 손에 넣을 수 있다고, 쿠시나다 세이라의 후계자가 될 수 있다고 생각했겠지요. 무엇보다 쿠시나다 세이라가 그러길 바라고 있다고요.

가진 게 아무것도 없는, 아무것도 아닌 존재. 스스로를 그렇게 생각하는 엄마 입장에서는 무언가가 될 수 있는 기회를 도저히 놓칠 수 없었겠지요. 그에 비하면 좋은 기운을 불러오는 것 따위는 사소하기 그지없는 문제였습니다. 저의 존재도요.

엄마는 점점 더 자주 세이라의 살롱을 드나들기 시작했습니다. 수강료는 어느샌가 1회 5만 엔으로 치솟았지만 '너에게만 전수해주겠다'라는 말이라도 들은 걸까요, 엄마는 순순히 그 돈을 갖다 바쳤습니다.

그리고 엄마는 다시 밤일을 시작했습니다. 개인적으로도 손님을 받았습니다. 스마트폰과 SNS, 이 두 가지만 있으면 얼마든지 가능한 일이었습니다.

그래도 부족한 돈을 충당하기 위해 대부업체에서 돈을 빌리고, 눈 깜짝할 사이에 다중채무자가 되어 사채까지 끌어다 쓰게 되었습니다.

어느 겨울날의 일입니다.

"이제 세 번만 더 가면 세이라 님처럼 될 수 있어."

학교에서 돌아온 저에게 엄마가 말했습니다. 창백한 낯빛에 뺨은 쑥 들어갔고 오직 눈동자만이 이상할 정도로 밝게 빛나고 있었습니다.

"힐러가 되는 거야. 아이린 너도 보이지? 이 아름답고 부드럽고 성스러운…."

오라 얘기라는 건 알았지만 저에게는 보이지 않았습니다. 보일 리가 없었습니다. 이제 더 이상 악질적인 사기 집단의 헛소리를 진지하게 받아들일 나이는 아니었으니까요.

"아이린."

엄마가 제 손을 잡고 말했습니다.

"엄마가 아는 아저씨랑 좀 만나 주지 않을래? 만나서 같이 있어 주기만 하면 돼."

당시 저는 초등학교 4학년이었습니다. 친구는 많지 않았지만 그래도 어디서 주워들은 건 있었기에 엄마가 무슨 말을 하고 있는 것인지 바로 감이 왔습니다.

"부탁이야. 딱 한 번만. 그 아저씨, 처음밖에 관심이 없거든."

여러분도 눈치채셨죠?

엄마는 딸의 처녀를 팔 계획이었습니다. 급기야 그런 생각까지 하게 된 겁니다. 저는 엄마의 손을 뿌리쳤습니다. 당장 마나 리가 야에서 나오라고, 그게 불가능하다면 팔찌만 사면 안 되겠냐고 애원했습니다. 미숙한 사고력과 부족한 어휘를 총동원해가며 열심히 설득했습니다.

제 말을 듣고 있던 엄마가 몸을 부들부들 떨기 시작했습니다. 손목에 찬 팔찌들이 서로 부딪혀 달그락거렸습니다. 엄마가 갑자기 괴성을 지르며 저에게 달려들었습니다. 몸싸움을 벌이는 과정에서 손가락이 걸렸는지 팔찌가 툭 끊어졌습니다.

엄마는 바닥에 엎드려 사방으로 흩어진 비즈를 허겁지겁 주워 모으기 시작했습니다. 가쁜 숨을 몰아쉬며 울고 있는 것 같았습니다. 방구석에 웅크려 앉아 떨고 있는 제 모습은 눈에 들어오지도 않는 듯했습니다.

지금이라면 이해할 수 있습니다.

쉽게 손에 넣은 행운은, 치유는, 구원은, 그만큼 쉽게 사라질지도 모른다. 엄마는 그런 강박관념에 시달렸습니다. 무의식중에 자신의 어리석음을 깨닫고, 그래서 불안에 떨었겠지요. 팔찌가 끊어짐과 동시에 마음속에 내재되어 있던 불안감이 폭발해 엄청난 공포에 사로잡혔을 겁니다.

필사적으로 비즈를 주워 모으는 엄마를 뒤로한 채 저는 집을 뛰쳐나왔습니다. 엄마가 저한테 무슨 짓을 시키려고 했는지 생각하면 구역질이 치밀어 올랐습니다. 숨이 차올랐지만 멈추고 싶지 않았습니다.

도망치고 싶었습니다. 하지만 초등학생이 갈 수 있는 곳은 한계가 있었습니다. 발걸음이 향한 곳은 학교 근처에 있는 공원이었습니다. 어린이용 놀이 기구뿐 아니라 노인들이 가벼운 운동을 즐길 수 있는 운동 기구도 눈에 띄었습니다.

날이 추워서인지 공원에는 아무도 없었습니다. 벤치도 놀이기구도 텅텅 비어 있었지만 저는 구석에 있는 화단 앞으로 가서 쪼그리고 앉았습니다. 나무에 가려 공원 입구에서는 잘 보이지 않는 위치였기 때문입니다.

겉옷을 입지 않아 얼어 죽을 것 같았지만 도저히 더는 움직일 수가 없었습니다. 몸을 덜덜 떨며 주위를 둘러보다가 문득 얼마 전 친구에게 들은 소문이 떠올랐습니다.

도시전설이라고 해야 할까요. 진심을 다해 부르면 나타나서 마음에 들지 않는 상대를 대신 죽여주는 '우에스기 에이코 씨'의 도시전설.

방법은 간단합니다. 죽이고 싶은 상대의 이름을 적은 종이를 두 번 접어서 이 공원 구석에 있는 바로 이 화단에 묻은 다음 네 차례 주문을 반복합니다.

"우에스기 에이코 씨, 우에스기 에이코 씨. 배고파서 굶어 죽은 우에스기 에이코 씨. 당신의 날카로운 칼을 뽑아 들 때가 왔습니다."

의미불명이긴 하지만 인상적인 문구였습니다. 지금도 이렇게 한 글자도 빠짐없이 완벽하게 외우고 있을 정도니까요.

주문을 다 외우고 나면 우에스기 에이코 씨가 눈앞에 나타나 죽이고 싶은 상대가 누구냐고 묻는다고 합니다. 이때 막힘없이 제대로 대답하면 우에스기 에이코 씨가 상대를 죽여줄 것이고, 만약 조금이라도 머뭇거리면 우에스기 에이코 씨의 입에서 날카

로운 칼이 튀어나와 불러낸 사람을 갈가리 찢어 죽인다는 내용이
었습니다.

말도 안 되는 얘기였지만 저는 그대로 한번 따라 해 보기로
했습니다. 현실에 저항하는 수단, 지금 이 상황에서 벗어나기 위한
방법으로 제가 시도할 수 있는 것은 고작 그 정도에 불과했습니다.
저는 어리고 무력했습니다. 그런 자신이 너무 한심해서 눈물이
나올 지경이었지만 글자를 적는 손을 멈추지는 않았습니다. 저보
다 먼저 시도한 사람이 있었는지 덤불 사이에 빛바랜 종이 몇 장
과 빨간 볼펜이 떨어져 있길래 그걸 사용했습니다.

'마나 리가야', '쿠시나다 세이라'. 신중에 신중을 기해 '우에스기
에이코 님께', '야마시타 아이린 드림'이라고도 적었습니다. 그러고
는 손바닥을 맞대고 주문을 네 번 반복했습니다.

아무 일도 일어나지 않았습니다. 갑자기 누군가 제 눈앞에 나타
나는 일도, 공기의 움직임이 변하는 일도 없었습니다. 당연한 일이
었지만 저는 크게 실망했습니다. 다시 화단 가장자리에 쪼그리고
앉아 두 팔 사이에 얼굴을 묻고 아무것도 생각하지 않으려 했습
니다.

바로 그때.

"안 춥니?"

여자 목소리가 들렸습니다. 저는 깜짝 놀라 그 자리에서 벌떡
일어났습니다.

검은색 쇼트커트 머리에 검은색 코트를 입은 여자가 제 앞에

서 있었습니다. 키가 크고 마른 체구에 중성적인 외모여서 목소리만 들어서는 남자인지 여자인지 잘 구분이 가지 않았습니다. 피부는 눈처럼 하얗고 눈동자는 새까맣게 빛났습니다.

"안 춥니, 아이린?"

상대방이 내 이름을 알고 있다는 사실에 심장이 덜컥 내려앉았습니다. 무서웠습니다. 설마 엄마가, 아니면 저를 사려던 아저씨가 보낸 사람인가 싶어서요. 두려움에 숨이 막혔습니다.

"이름을 불러서 놀랐니?"

여자의 물음에 저는 작게 고개를 끄덕였습니다. 추위에 입술이 얼어붙어 말을 할 수가 없었습니다.

"거기 쓰여 있길래."

여자가 제 무릎 쪽을 가리키며 말했습니다. 여자의 손끝을 눈으로 따라가던 저는 순간 '앗!' 하고 비명을 지를 뻔했습니다.

땅에 묻은 줄만 알았던 종이가 무릎 위에 펼쳐져 있었기 때문입니다.

"그거, 요즘은 이름까지 적어야 하는 거니? 그 사이에 룰이 바뀌었나 보네. 흠…."

"으…."

"아, 미안. 많이 춥지?"

여자는 코트를 벗어 제 어깨에 덮어주었습니다. 그리고 가까이 있는 자동판매기 쪽으로 성큼성큼 걸어가더니 페트병에 든 홍차를 손에 들고 돌아왔습니다. 오렌지색 뚜껑이 달린 따뜻한 홍차였습니다.

"소문을 들어서 따라 해 봤어요. 이름은 제가 그냥 쓴 거고요."

홍차 덕분에 몸을 좀 녹일 수 있었던 저는 여자의 질문에 대답했습니다. 그녀는 옆에 앉아 제 이야기를 들으며 "이게 아직 남아 있었을 줄이야." 하고 감탄한 듯 중얼거렸습니다.

"옛날부터 있었어요?"

"응. 이 동네뿐만 아니라 여기저기서 유행했지. 주문의 내용 같은 디테일은 조금씩 다르지만 이름은 다 똑같아."

"우에스기 에이코 씨."

"전국의 우에스기 에이코 씨들은 꽤나 불편했겠지만 말이야. 원한을 갚아주는 살인 청부업자와 이름이 같다니 너무 끔찍하잖아."

"원한이 뭐예요? 청부업자는요?"

"아직 너무 어려운 말이었나."

여자는 쿡쿡 웃으며 종이를 들여다보았습니다. 제 눈앞까지 다가온 오똑한 코와 시원한 눈매, 기다란 속눈썹을 저는 넋을 잃고 바라보았습니다. 정신이 아득해졌습니다. 집에서 겪은 일도 그 순간만큼은 다 잊어버릴 정도로. 증오와 슬픔으로 가득 찬 편지를 남이 읽고 있다는 사실도 그다지 신경 쓰이지 않았습니다.

"이건 사람 이름이니?"

그녀가 '마나 리가야'라는 글자를 손가락으로 짚으며 물었을 때, 저는 너무 창피한 나머지 반사적으로 종이를 가로채서 온몸으로 가렸습니다.

"부끄러워하지 않아도 돼."

여자가 부드러운 목소리로 달랬지만 저는 말없이 고개를 저었습니다. 여자가 다시 물었습니다. 장난기 어린 목소리로, 아이처럼 순수하게.

"응? 이름 맞아?"

"몰라요."

"가르쳐주지 않을래?"

"싫어요."

"우에스기 에이코 씨한테는 가르쳐줬으면서?"

"싫어요."

"왜? 그 정도는 가르쳐줄 수 있잖아."

"싫다니까요!"

저는 꽥 소리를 질렀습니다. 수많은 감정이 한꺼번에 솟구쳐서 저도 모르게 눈물이 쏟아졌습니다.

눈을 감고 있는데 여자의 목소리가 들렸습니다. 얼굴을 바짝 들이대고 있는 게 느껴졌습니다.

"미안해, 아이린."

여자가 제 머리에 가볍게 손을 얹으며 말했습니다.

"아무리 아이라고 해도 싫은 일도 있고 슬픈 일도 있는 법인데. 아니, 아이라서 더 괴로울 수도 있겠다. 이런 주문에 기대는 수밖에 없으니까."

그러고는 천천히 제 머리를 쓰다듬어주었습니다. 뼈마디가 느껴질 정도로 말랐지만 부드럽고 따뜻한 손이었습니다. 저는 어느샌가 고개를 들어 바로 앞에 있는 그녀의 눈동자를 쳐다보았습니다.

"이건 사람 이름이니?"

"아니요, 회사 이름이에요."

"회사?"

"아마도. 액세서리를 팔기도 하고, 힐러가 될 수 있다면서 돈을 뜯어 가는 회사."

"이 사람은?"

"그 회사의 높은 분."

"흠…."

여자는 잠시 먼 곳을 바라보는 듯하더니 다시 고개를 돌려 정면에서 제 눈동자를 똑바로 들여다보며 이렇게 물었습니다.

"죽여줬으면 좋겠어?"

진지한 얼굴이었습니다.

살짝 고민했지만 저는 힘껏 고개를 끄덕였습니다. 어딘지 모르게 현실과는 다른, 마치 꿈이라도 꾸고 있는 듯한 기분이었습니다.

"그리고… 엄마가 원래대로 돌아오면 좋겠어요."

"원래대로?"

"빚쟁이들에게 쫓기며 두려움에 떨지 않았으면 좋겠어요. 살이 많이 빠졌는데 다시 건강해졌으면 좋겠어요. 일도 원래 하던 일을 했으면 좋겠어요. 지금은 많이 힘들어 보이니까."

"그건 좀 어려운데. 일단 한 번에 다 해결하기는 힘들고, 하나씩 해결한다고 하더라도 시간이 많이 걸릴 거야."

여자가 미간을 찌푸리며 대답했습니다. 저는 다급히 덧붙였습니다.

"하지만 이게 더 중요해요. 그 사람들은 솔직히 아무래도 상관없어요."

"역시 그렇긴 하지."

"그래도 그 사람들이 죽으면 엄마가 원래대로 돌아올지도 모르니까. 그 사람들이 싫은 것도 있지만 엄마가 다시 건강해질 수만 있다면, 그 사람들이 죽어서 엄마가 좋아질 수만 있다면 빨리 죽어버렸으면 좋겠다는 생각에…."

말이 잘 나오지 않았습니다. 스스로도 믿기지 않을 정도로 강한 의지를 가지고 행동에 옮겼건만 말로는 제대로 표현할 수가 없었습니다. 도저히 논리정연하게 설명할 수가 없었습니다. 답답한 나머지 다시 눈물이 났습니다. 고개를 숙인 제 옆에서 여자가 나지막한 목소리로 속삭였습니다.

"애들은 원래 그런 거야. 어른이 되어도 크게 다르지 않아. 다들 생각 없이 말하고, 정작 생각하는 건 제대로 말하지 못하지."

"정말요?"

"그래."

"어른도요?"

"그렇다니까. 그래서 우에스기 에이코 씨가 있는 거야."

"네?"

대답은 돌아오지 않았습니다. 고개를 들자 여자는 이미 사라진 후였습니다. 주위는 어두컴컴하고 아무리 둘러봐도 사람 그림자도 보이지 않았습니다. 제 어깨에 걸치고 있던 코트도 어느샌가 사라졌습니다.

손에 쥔 페트병은 차갑게 식어 있었습니다.

··· ☾ ···

마나 리가야의 액세서리를 자주 구입하는 단골은 늘지도 줄지도 않았다. 다른 중고 거래 사이트를 알아보는 방법도 있지만 판로 확장이 반드시 좋은 것만은 아니었다. 말도 안 되는 이유로 시비를 거는 진상 고객이나 사소한 일로 트집을 잡는 정신세계 마니아, 재미 삼아 실태를 파헤치려고 드는 놈팡이 등 이상한 놈들의 레이더 망에 걸릴 가능성이 높아지기 때문이다.

오래가기 위해서는 살롱의 고객을 늘리는 편이 더 나을 것이다. 최근에는 세이라의 힐링을 받기 위해 멀리 도호쿠나 규슈에서 찾아오는 '신자'도 생겼다. 모두 여자였다. 돈 있는 사람은 한 명도 없었지만 다들 빚을 져서라도 세이라의 기운을 받고자 했다. 아니 오라를 느끼러 오는 거였던가, 함께 대우주와 이어지기 위해서였던가.

세이라도 신이 나는지 매일 수십 개의 페트병에 담긴 수돗물의 분자 구조를 바꾸고, 끊임없이 찾아오는 신자들과 대화를 나누고, 힐링에 힘을 쏟았다. 지금 이 순간에도.

미조구치는 모니터를 돌아보았다. 현관에서 세이라와 스태프가 오늘의 마지막 손님을 배웅하고 있었다.

현관문이 닫히는 소리와 함께 세이라가 벽에 쓰러지듯 기대는가 싶더니 그대로 주르륵 주저앉아버렸다. 놀란 스태프가 세이라의 어깨를 잡고 흔들었다.

미조구치는 사무실을 박차고 나가 서둘러 현관 쪽으로 향했다.

"괜찮아요, 아무것도 아니에요."

발소리를 듣고 미조구치가 왔다는 사실을 알아차린 세이라가 힘겹게 미소를 지어 보였다. 치아 사이로 벌어진 틈이 눈에 들어 왔다.

"잠깐 현기증이 났을 뿐이에요. 아무래도 기운을 많이 쓰다 보니…."

"그러니까 무리하지 마시라고 그렇게…."

"미조구치 씨."

세이라가 미조구치의 말을 끊었다.

"제게는 사명이 있습니다. 저를 필요로 하는 이들을 올바른 방향으로 이끌어야 한다는 사명이요."

거기까지 말하고 세이라가 한바탕 거친 기침을 토해 냈다. 미조구치는 세이라의 기침이 잦아들기를 기다렸다가 조용히 말을 건넸다.

"알겠습니다. 그럼 내일도 예정대로 진행하겠습니다."

"네. 그렇게 해주세요."

세이라는 비틀거리며 자리에서 일어나 스태프의 부축을 받으며 거실 쪽으로 사라졌다. 미조구치가 문득 바닥을 내려다보니 긴 머리카락이 잔뜩 떨어져 있었다. 세이라의 머리카락이었다. 청소는 항상 신경 써서 하고 있으니 이 머리카락들은 불과 몇 분 사이에 빠진 것일 터였다.

무리를 하고 있는 것이 분명했다. 세이라는 자신의 건강을 희생해서라도 현재 상태를 유지하고 싶은 듯했다. 무슨 일이 있어도 예전으로는, 미조구치와 만나기 전으로는 돌아가고 싶지 않은 것이리라.

심령 계열 합동 이벤트 행사장의 구석진 부스에 홀로 외로이 앉아 오지 않는 손님을 하염없이 기다리던 5년 전으로는. 딱히 예쁘지도 않고 화술이 뛰어나지도 않은 초라한 중년 아줌마로는. 세이라가 말하는 오라라는 것을 미조구치는 한 번도 본 적이 없었지만 당시 그녀의 주위는 유독 어두워 보였고, 무겁고 우울한 기운으로 가득했다.

'신자'뿐만 아니라 '교주'도 마나 리가야에게 구원을 받은 것이다. 그리고 두려워하고 있었다. 앞이 보이지 않아 불안에 떨던 과거의 불행한 자신으로 돌아가게 될까 봐.

이대로 가면 쿠시나다 세이라와 신자들의 결속, 아니 일종의 공동 의존은 더욱 강해질 것이다. 아예 종교 법인으로 등록해버릴까 싫기도 했다. 신흥 종교 단체로 한밑천 잡을 수 있지 않을까.

그 분야를 잘 아는 몇몇 지인들의 얼굴을 떠올리며 미조구치는 사무실로 돌아갔다.

뒷좌석에 앉은 세이라는 눈을 감은 채 때때로 숨쉬기가 괴로운 듯 가슴을 쥐어뜯었다. 운전을 하던 미조구치가 몇 번인가 괜찮냐고 물었지만 그때마다 '아무 문제 없어요', '집에 가서 좀 자면 깨끗한 기운을 다시 채울 수 있으니까 괜찮아질 거예요'라는 대답밖에 돌아오지 않았다.

세이라를 아파트 앞에 내려준 미조구치는 바로 다시 출발하지 않고 잠시 차 안에 가만히 앉아 있었다. 세이라의 몸 상태에 대해 생각하며 한편으로는 딸인 레오나를 떠올렸다. 레오나도 어제부터 감기 기운이 있어서 학교에 가지 못하고 집에서 쉬고 있었다. 아내 말에 따르면 먹은 걸 다 토했다고 하는데 그렇게 말하는 아내도 열이 좀 있는 듯했다. 요즘 감기가 유행인가. 안 그래도 몸이 안 좋은 세이라가 감기까지 걸리면 큰일이었다. 미조구치는 자신도 조심해야겠다는 생각이 들었다. '신자'들로부터 계속해서 착실히 빨아들이기 위해서라도. 내일 살롱에 오는 사람은 주리아였던가. 한동안 모습이 보이지 않더니 겨우 돈을 마련한 모양이었다.

10분 정도 이런저런 생각을 하다가 다시 핸들을 잡고 액셀을 밟았다.

주택가를 벗어날 즈음 스마트폰이 울렸다. 창고 경비를 맡고

있는 부하에게서 걸려 온 전화였다. 핸들에 달린 통화 버튼을
눌렀다.

"무슨 일이야?"

"미조구치 씨, 무슨 일 있으셨어요?"

차내 스피커에서 젊은 청년의 목소리가 흘러나왔다.

"갑자기 그게 무슨 소리야?"

운전을 하며 되묻자 부하가 그제야 안심한 듯 대답했다.

"오후에 계속 전화했는데 안 받으셔서요. 메시지 보낸 것도 확인
을 안 하시고 메일도 자꾸 반송돼서 걱정했어요."

"뭐? 그럴 리가."

오늘은 아침부터 계속 사무실에만 있었는데 부하로부터 연락이
온 적은 한 번도 없었다.

"다른 번호로 잘못 건 거 아냐? 음성 사서함이나 문자로 이상한
내용을 남기지는 않았겠지?"

"그건 걱정 안 하셔도 돼요. 아무튼 이상하네요."

"그래서 용건이 뭔데?"

"아, 낮에 사람이 왔었어요. 재고를 보여 달라길래 무슨 소리를
하는 건지 모르겠다고 시치미를 뗐더니 그냥 돌아가긴 했는데."

"누군데?"

"젊은 여자요. 귀엽다기보다는 멋있는 쪽에 가까웠고요."

"그런 걸 묻는 게 아니잖아. 어디서 나온 누구냐고."

"모르겠는데요."

"뭐?"

이 자식은 창고 문지기 노릇도 제대로 못 하는 건가. 버럭 호통을 치려는데 부하가 불쑥 이렇게 말했다.

"근데 좀 이상하더라고요."

"…뭐가."

"그 여자가 떠나면서 이렇게 말했거든요. 당신만이라도 빨리 도망치라고. 마나 리가야의 다른 관계자들은 이미 늦었다고요."

부하는 무슨 뜻인지 모르겠다며 웃었다.

동업자가 훼방 놓으러 온 건가. 아니면 상품을 구매한 후 효과를 보지 못한 고객이 직접 클레임을 걸러 온 건가. 그런 것치고는 너무 약했다. 그 여자가 와서 한 일이라고는 그저 창고지기 상대로 헛소리를 좀 지껄인 것뿐이니까.

전방의 신호가 빨간불로 바뀌었다. 브레이크를 밟으며 천천히 속도를 줄이는데 부하가 덧붙였다.

"아, 그리고 하나 더요."

"뭔데."

"전화하겠다고 그러던데요. 그 여자가 미조구치 씨한테 직접 전화하겠다고."

"그게 무슨 소리야? 그 여자가 내 번호를 안다고?"

"아니요, 저도 물어봤는데 번호는 모른다고 했어요. 아 맞다, 처음엔 이름도 모르더라고요. 여기 총괄하는 사람한테 전화하겠다고만 했거든요."

"뭐?"

"그래서 제가 알려줬죠. 미조구치 씨 이름이랑 전화번호랑."

"이 바보 같은 자식이!"

미조구치는 주먹으로 핸들을 내리쳤다. 한바탕 욕설을 퍼붓자 부하가 울먹이는 목소리로 싹싹 빌기 시작했다. 거칠게 통화를 끊고 나니 신호가 파란불로 바뀌어 힘껏 액셀을 밟았다.

잔뜩 인상을 찌푸린 채 혀를 쯧쯧 차며 한참을 달리는데 다시 전화가 왔다.

[발신자 정보 없음]

이런 표시가 뜨는 경우는 보통 해외에서 온 전화다. 실제로 종종 연락을 주고받는 해외의 지인도 몇 있었다. 하지만….

미조구치는 문득 안 좋은 예감이 들었지만 애써 외면하며 핸즈 프리 버튼을 눌렀다.

"여보세요."

"미조구치 씨 되시나요?"

젊은 여자 목소리였다. 높지도 낮지도 않은 차분한 톤.

"누구시죠?"

"갑자기 전화드려 죄송합니다. 저는 일전에 마나 리가야의 상품 을 구입한 사람입니다. 확인하고 싶은 게 있어서요."

불만 고객인가. 어찌 됐든 미조구치의 전화번호를 알고 있는 것 을 보면 부하가 말한 여자일 가능성이 높았다.

"그런 문제라면 번거로우시겠지만 유피테리 사이트의 판매자 계정으로 연락 주시면 감사하겠습니다."

"급한 용건이라서요."

"아, 네."

미조구치는 쓴웃음을 지으며 커브를 틀었다.

"지금은 시간도 많이 늦었으니 내일 다시 연락 주시겠습니까? 제가 지금 운전 중이라…."

"장사 계속하고 싶지 않으세요?"

"네?"

"미조구치 씨가 하고 계신 장사요. 외로운 사람들을 속여서 약자의 등골을 빨아먹는 비즈니스. 구원이라는 명목의 공포로 사람을 옭아매서 없는 돈을 만들어 갖다 바치게 만드는 악질적인 상술…."

"고객님, 어디가 좀 아프신 거 아닌가요?"

미조구치가 대놓고 비아냥거렸다. 사기성 협박 전화를 걸 때 주로 사용하던 말투였다.

"아픈 데는 없습니다. 마나 리가야에 딴지를 걸 생각도 없고요. 다만 제가 구입한 상품에 대해 한 가지 확인하고 싶은 게 있어서요."

"아, 그런 사정이 있으셨군요."

"네, 그런 사정이 있었습니다."

지금 나랑 장난하자는 건가. 그런 것치고는 말투에서 감정이 전혀 묻어나지 않았다. 배짱이 좋은 건지 아니면 그냥 생각이 없는 건지 알 수가 없었다. 좋아, 어디 한번 들어나 보자. 미조구치는 몸에 힘을 풀고 시트에 등을 기댔다.

"구입하신 상품이 어떤 건가요?"

"울트라 힐링 스톤 레드 오라 팔찌요."

현재 마나 리가야의 베스트셀러. 레오나에게도 예전에 하나 선물한 적이 있는 제품이었다.

"무슨 문제라도 있으신가요?"

"굉장히 선명한 붉은색이라서 저도 모르게 넋을 잃고 쳐다보게 되더군요. 보기만 해도 기분이 좋아진달까 그 속으로 빨려 들어갈 것만 같달까."

"마음에 드셨다니 다행입니다."

"티벳산 파워 스톤이라고 했던가요?"

"네, 맞습니다."

사실은 싸구려 중국산이었다.

"상품 설명 페이지에는 쿠시나다 세이라 님의 오라를 주입했다고 적혀 있던데요."

"네, 하나하나 정성껏 만들어진 제품입니다."

"그렇다면 그분이 가까이에서 직접 보고 확인하셨다는 말인가요?"

"네, 그렇습니다."

"이상하네요. 그렇다면 말이 앞뒤가 맞지 않는데요."

여자가 거기서 입을 다물었다.

"무슨 말씀이신지?"

미조구치가 물었다.

"제가 좀 알아봤거든요. 팔찌 사진을 인터넷에서 검색해 보기도 하고, 광물이나 보석에 대해 잘 아는 사람을 찾아가서 물어보기도 하면서요."

교통량이 많아지기 시작했다. 바로 옆 추월 차선을 트럭이 무시무시한 속도로 지나갔다.

"미조구치 씨."

"네."

"세계 어느 나라에서나 빈부 격차는 점점 더 벌어지고 있습니다."

"네?"

"일본도 예외가 아닙니다. 1억 국민이 모두 중산층이라고 불리던 시대는 예전에 지나갔죠. 그렇기 때문에 마나 리가야 같은 장사가 성립하는 것이고요."

"아, 그렇습니까?"

미조구치는 비꼬는 말투를 굳이 숨기려 하지 않았다.

"부유한 사람은 극히 일부에 불과하고 대다수는 가난에 허덕이고 있습니다. 돈도 물건도 모두 부자들에게 흘러 들어가고 반대쪽으로 흐르는 경우는 없습니다. 하나만 빼고요."

"흠, 그게 뭐죠?"

"쓰레기입니다."

여자가 단호하게 대답했다.

"쓰레기는 빈곤층이 거주하는 구역에 버려집니다. 제대로 처리되거나 오염 물질이 깨끗하게 제거되는 경우는 거의 없죠. 그냥 버려진 채 그대로 방치됩니다. 19세기부터 양극화가 진행된 개발도상국 같은 경우에는 너무 많은 쓰레기가 쌓인 나머지 사방이 모두 쓰레기 산으로 둘러싸인 지역도 있습니다. 필리핀의 스모키 마운틴, 케냐의 단도라 지구…."

대체 무슨 얘기를 하는 걸까.

"그런 쓰레기 산에도 사람이 삽니다. 달리 갈 곳이 없는 가난한 사람들이요. 비위생적일 뿐만 아니라 공기 중에 유독 물질이 떠다니는 장소에서 먹고 자면서 매일같이 쓰레기 더미를 뒤져 찾아낸 잡동사니를 팔아 근근이 살아가지요. 아이들도 예외가 아닙니다."

그래서 결론이 뭐라는 거지. 역시 머리가 좀 이상한 진상 고객인가. 미조구치는 지긋지긋하다는 듯 고개를 저으며 건성으로 대답했다.

"아, 네. 그래서요?"

여자가 잠시 뜸을 들였다가 말을 이었다.

"당신이 지금까지 사들인 돌은 티벳산도 중국산도 아닙니다. 애초에 돌도 아니고요. 아시아에 위치한 어느 조그만 나라의 쓰레기 산에서 아이들이 주워 모은 유리 조각입니다. 음식물 쓰레기에

서 발생하는 열에 장시간 노출된 유리가 한번 녹았다가 다시 굳으
면 그런 색으로 변한다고 하네요. 물론 유해 물질도 잔뜩 포함되
어 있겠지요. 아이들의 원한과 저주도요."

"…헛소리."
미조구치는 그 한마디를 겨우 내뱉었다. 얼굴에 닿는 따뜻한
바람이 참을 수 없이 불쾌했지만 도저히 송풍구까지 손을 뻗을
수가 없었다. 핸들을 조작하는 게 고작이었다.
"유리는 그런 식으로 변형되지 않아. 유리돌과 비슷하게 생기
긴 했지만 그건 오랜 시간 파도에 깎이고 쓸려서 그렇게 된 거야.
열 때문에 변한 게 아니라고."
"그래서 저주라고 말씀드린 겁니다. 폐가 썩고 목이 문드러져서
앙상하게 야위어 죽어가는 수많은 아이들의 원혼이 유리를 돌로
바꾼 거죠. 정신력이 물질세계의 법칙을 뛰어넘은 겁니다."
"그런 건 불가능해."
"불가능하지 않아요. 리가야의 물과 마찬가지로 얼마든지 가능
하죠. 무엇보다 제게는 그 아이들이 고통에 몸부림치는 얼굴이
보이는걸요. 비즈 하나에 한 명씩. 울면서 살려 달라고 부르짖고
있어요."
"무슨 그런 개소리를."
미조구치는 일부러 쿡쿡 소리 내어 웃었다. 여자는 아무런 반응
도 보이지 않았다.

"이봐, 그게 다야?"

대답이 없었다.

"고객님, 잠꼬대는 이제 다 하신 건가요?"

여전히 아무 대답이 없었다.

"야!"

미조구치는 손바닥으로 핸들을 내리쳤다. 순간 손바닥이 축축하다는 사실을 깨달았다. 땀이다. 손바닥에 땀이 잔뜩 배어 있었다.

"미조구치 씨."

여자가 무미건조한 목소리로 미조구치를 불렀다. 그리고 이렇게 물었다.

"짐작 가는 데가 있으시죠?"

셔츠 아래로 식은땀이 흘러내렸다. 불쾌한 느낌이 전신을 휘감았다. 몇몇 장면들이 머릿속을 빠르게 스치고 지나갔다. 쿠시나다 세이라의 기침과 바닥에 떨어진 대량의 머리카락, 레오나의 구토, 아내의 발열.

지금까지 집에 가져다준 수많은 팔찌들.

"세이라 님은 눈치채지 못하셨나요? 세이라 님께 힘을 전수받은 분들도요? 그것 참 이상한 일이네요."

"헛소리 집어치워."

"진지하게 말씀드리는 거예요. 저는 마나 리가야가 계속해서 발전해 나가기를 바라고 있으니까요. 이런 데서 주저앉기라도 하면…."

"닥쳐! 죽고 싶냐!"

윽박지르다가 핸들을 잘못 움직이는 바람에 차체가 오른쪽으로 심하게 흔들렸다. 뒤따라오던 차의 신경질적인 경적 소리에 서둘러 핸들을 바로잡았다.

온몸이 땀투성이였다.

"무서우신가요?"

여자가 물었지만 미조구치는 아무 대답도 하지 못했다.

"신기하네요. 어디서 났는지도 모르는 돌을 파워 스톤이라고 떠받드는 사람이 있는가 하면 싸구려 장난감이라고 비웃는 사람도 있죠. 그렇게 비웃던 사람이 갑자기 독이다 원한이다 하며 두려움에 떨기도 하고요. 정말이지 이상하다고 생각하지 않으세요?"

미조구치는 이번에도 대답하지 못했다.

자동차 타이어가 아스팔트와 마찰하면서 빚어내는 엄청난 진동이 그대로 몸에 전해지는 느낌이었다. 현기증이 나고 속이 울렁거렸다. 팔찌를 차고 있다는 사실을 깨닫고 힘껏 잡아 뜯었다.

차체가 또다시 크게 흔들렸다.

비즈가, 여자의 말에 따르면 유리 조각이, 차 안 여기저기로 어지럽게 흩어졌다. 바닥, 조수석, 뒷좌석. 몇 개는 창문에 부딪혀 날카로운 소리를 냈다.

목이 불편하고 꺼끌꺼끌한 느낌에 연달아 기침이 나왔다. 목에 걸린 가래를 조수석에 뱉었다. 기분 탓이다. 암시에 걸린 거다. 눈앞이 흐린 건 피곤해서이고 숨이 잘 안 쉬어지는 건 창문을 닫고 있기 때문이다.

서둘러 창문을 열고 차가운 바깥 공기를 들이마셨지만 답답함은 사라지지 않았다.

레오나의 얼굴이 떠올랐다. 아내의 얼굴도. 두 사람 모두 얼굴이 검붉게 부풀어 오르고, 눈알은 지금 당장이라도 튀어나올 것만 같았으며, 목을 부여잡은 채 괴로운 듯 몸부림치고 있었다.

미조구치는 자신이 거칠게 숨을 몰아쉬고 있다는 사실을 깨달았다. 피리라도 부는 것처럼 높고 날카로운 소리가 났다.

"더 늦기 전에 서두르시는 편이 좋을 겁니다."

"닥쳐."

"그래도 안전 운전하시고요."

"닥치라고!"

신호가 노란불에서 빨간불로 바뀌고 있었지만 아랑곳하지 않고 전속력으로 뛰어들었다. 액셀을 밟으며 신경질적으로 전화를 끊었다. 끊자마자 [발신자 정보 없음]에서 바로 다시 전화가 걸려 왔지만 미조구치는 무시하고 계속 달렸다.

집 근처에 다다랐을 때는 숨이 턱에 닿은 상태였다. 머리가 끓어넘칠 것만 같았다. 목이 부어올라 침을 삼키기만 해도 타는 듯한 고통이 느껴졌다.

문득 백미러를 들여다본 미조구치는 저도 모르게 비명을 내질렀다.

빼빼 마른 아이들이 뒷좌석을 가득 메우고 있었다. 일곱 명,

여덟 명, 아니 그보다 훨씬 많았다. 다들 피골이 상접한 몰골에 지저분한 옷을 두르고 있었다. 졸린 듯한 표정에 눈동자는 흐리멍덩한 데다가 입에서는 침이 줄줄 흐르고 시트를 움켜쥔 손은 새까맸다.

거울 너머로 시선이 마주쳤다.

눈을 뗄 수가 없었다.

날카로운 경적 소리와 급브레이크 소리가 울려 퍼졌다.

곧 엄청난 충격이 미조구치를 덮쳤다.

··· ☾ ···

엄마는 딸을 파는 건 포기했지만 그 대신 딸의 나체 사진을 팔기로 했습니다. 저는 머리를 비우고 엄마 앞에 서서 사진을 찍혔습니다. 추워서 얼어 죽을 것만 같았던 제게는 선택의 여지가 없었습니다.

살롱에서 마지막 수업을 받는 날, 엄마는 밝은 얼굴로 집을 나섰습니다. 돌아온 것은 예정보다 훨씬 이른 시간이었습니다.

세이라 님이 안 오셨다. 운영자도 안 왔다. 그래서 살롱을 열 수가 없다.

1층 공동현관 앞에서 당황한 얼굴로 서성이던 여성 스태프가 엄마에게 그렇게 말했다고 합니다. 액세서리를 구입한 옥션 사이트에 문의를 남겨도 답은 오지 않았고, 얼마 지나지 않아 계정 자체가 삭제되었습니다. 마나 리가야는 아무런 전조도 없이 그야말로 연기처럼 사라져버린 것입니다.

엄마는 한동안 넋이 나간 듯했습니다. 아무것도 손에 잡히지 않는지 계속 방에 누워만 있었습니다. 가끔 한밤중에 흐느껴 우는 소리가 들리기도 했습니다.

하지만 저는 걱정보다는 안도가 컸습니다. 어찌 된 사정인지는 모르겠지만 결과적으로 엄마는 마나 리가야에서 벗어났으니까요. 그것만으로도 너무 행복했습니다.

매일 밤 이불을 덮고 누워 공원에서 만났던 그 여자를 생각했습니다.

우에스기 에이코 씨를요.

원하는 상대를 대신 죽여주는 초자연적인 존재. 그녀는 실제로 존재했습니다. 제가 이 두 눈으로 똑똑히 봤는걸요.

지금 생각하면 그때 이미 저는 첫발을 내디뎠던 것이 아닌가 싶습니다. 진실에, 진리에 다가서기 위한 첫 번째 계단에 올라섰던 것입니다.

엄마는 다시 일을 시작했지만 여전히 밤에 나가는 일이었습니다. 낮과 밤이 바뀌어 항상 피곤에 절어 있었고 저를 신경 쓸 여유는 전혀 없어 보였습니다. 팔찌도 계속 차고 있었습니다.

원래대로 돌아온 것은 아무것도 없었습니다. 최악의 결과는 피했지만 그렇다고 상황이 좋아진 것도 아니었습니다. 게다가 저 역시 엄마가 안쓰럽기는 했지만 솔직히 말해서 돈을 받고 제 사진을 판 엄마를 용서할 수 없었습니다.

어떻게 하면 좋을까.

그렇게 고민하던 어느 날 밤, 저는 꿈에서 목소리를 들었습니다.

신의 목소리였습니다.

하얀 옷에 하얀 수염, 더없이 온화한 눈매를 지닌 신이 구름을 타고 천천히 내려왔습니다. 그러고는 저에게 이렇게 말했습니다.

"기억해 내거라, 너의 원래 모습을."

눈을 뜨니 아침이었습니다. 저는 어제까지의 저와는 전혀 다른 사람이 되어 있었습니다. 전부 다 기억이 났습니다.

전생에 저는 천계에 사는 빛의 전사였습니다. 인간계를 내려다보던 중에 엄마를 발견했고, 그녀의 상냥함과 아름다움에 푹 빠졌습니다.

저는 엄마의 아이가 되기 위해 이 세상에 태어난 빛의 전사였던 것입니다. 엄마를 너무나도 사랑한 나머지 엄마를 지키기 위해 이 세상에 내려왔던 것이지요.

엄마에 대한 나쁜 감정은 모두 흔적도 없이 사라졌습니다.

밤일을 마치고 돌아온 엄마에게 모든 사실을 털어놓자 엄마는 눈물을 흘리며 기뻐했습니다. 태어나줘서 고맙다고, 역시 신은 존재했다고 말하며 저를 꼭 껴안았습니다. 저도 울면서 엄마를 힘껏 끌어안았습니다. 울음을 그친 후, 엄마를 설득해서 집에 있는 팔찌를 모두 쓰레기통에 버렸습니다.

제가 있으면 충분하기 때문입니다.

저라는 신이 있으면 엄마는 충분히 행복해질 수 있으니까요.

이렇게 해서 저희 두 사람은 진리의 길, 전도의 길을 걷게 되었습니다. 그렇지, 엄마? 네, 저기 계신 분이 저희 엄마이십니다. 큰 박수, 감사합니다. 정말 감사합니다.

우선은 제 오라를 주입한 펜던트와 팔찌를 노점에서 파는 것부터 시작했습니다. 마나 리가야의 싸구려 장난감과는 차원이 다른, 진짜 오라가 들어간 물건이었습니다.

처음에는 주위에서 압박이 들어오기도 하고 사악한 무리들의 방해를 받기도 했지만, 우연히 매체에 노출된 것을 계기로 조금씩 신도가 늘어갔습니다. 『엄마는 천사가 됐어』로 잘 알려진 그림책 작가 타케다 크리슈나 씨와 전생 기억술사 이노마타 슈헤이 씨로부터도 많은 도움을 받았습니다.

최근에는 이런 강연 의뢰도 많이 들어와서 더 많은 분들을 진리로 인도할 수 있게 되었습니다. 오늘 말씀드린 내용을 자세하게 풀어쓴 책도 지난달에 출간되었습니다. 제목은 『빛의 전사는 중학교 2학년: 아이린 전도의 서』입니다. 강연이 끝난 후 저쪽 매대에서 판매할 예정입니다. 한 권 한 권, 한 장 한 장 제 오라를 꼭꼭 눌러 담은 한정판으로, 가격은 2만 5천 엔입니다. 많이들 구입해 주시기 바랍니다.

오늘 와주신 모든 분들께 진심으로 감사드립니다.

··· ☾ ···

강연은 성황이었다.

도심에 위치한 빌딩의 대규모 임대 회의실. 모인 사람은 100명 남짓 되어 보였다. 지금은 다들 먹이를 쫓는 금붕어처럼 강연장 한쪽 구석에 마련된 매대에 떼를 지어 모여 있었다. 조금 전까지 단상 위의 소녀가 하는 말에 고개를 끄덕이고, 감탄사를 연발하고, 눈물을 훔치던 사람들이다. 소녀가 이야기를 마치자 우레와 같은 박수가 터져 나왔다.

천계에서 내려온 빛의 전사 아이린을 숭배하는 사람들.

아이린은 강연이 끝난 후 어디론가 사라지고 지금은 아이린의 엄마가 매대를 맡고 있었다. 미조구치는 회의실 한 귀퉁이에 우두커니 서서 그 모습을 바라보았다.

사고로 너덜너덜해진 두 다리는 여전히 잘 움직이지 않기 때문에 굵은 지팡이를 짚어서 겨우 몸을 지탱하고 있었다. 오른쪽 팔은 90도 꺾인 상태로 굳어버렸고, 손가락도 마비되었다. 목소리도 거의 나오지 않았다.

녹아내린 얼굴은 마스크와 선글라스, 비니로 감추었다.

그날, 미조구치가 운전하던 차는 트럭과 충돌했다. 납작하게 찌그러진 차는 도로에서 한 바퀴 구른 다음 뒤집힌 채 멈췄다. 곧 거센 불꽃이 치솟았고, 차체에 깔린 미조구치의 전신은 화염에 휩싸였다.

의사와 간호사들은 그러고도 죽지 않은 게 기적이라고 했다. 하지만 수술과 재활 치료를 아무리 반복해도 원래 상태로는 돌아가지 못했다. 그리고 입원 중에 아내와 딸이 죽었다는 사실을 알게 되었다. 두 사람 모두 집에서 죽은 채로 발견되었다고 했다.

미조구치는 슬펐고, 동시에 모골이 송연해졌다.

전화기 너머로 여자가 한 말이 잊히지가 않았다.

그 돌, 아니 그 유리 조각 때문이다.

유리 조각 안에 담긴 아이들의 원한이 나를 공격하고, 내 가족을 죽였다.

천벌을 받은 것이다.

쿠시나다 세이라와는 연락이 닿지 않았다. 부하들도 전화를 받지 않았다. 사고로 병신이 되었다는 소문을 듣고 모두 등을 돌린 모양이었다. 길길이 화를 내고 날뛰어 봐도 아무 소용없었다.

미조구치는 온몸을 짓누르는 고통에 신음하며 집 안에 틀어박혀 하루하루를 보냈다.

머릿속에 떠오르는 것이라곤 백미러에 비친 아이들의 눈동자뿐이었다. 그때마다 심장이 오그라들고 식은땀이 흘렀다. 간신히 잠이 들어도 악몽 때문에 금방 깼다. 아이들이 자신을 물끄러미 응시하는 꿈이었다.

오랜만에 평정심을 되찾고 우체통을 확인하러 아파트 로비로 내려간 어느 날 저녁.

잡다한 전단지 중 한 장이 눈에 들어왔다. 빛의 전사 아이린의 강연회 안내문이었다.

〈괜찮아요. 신은 있는 그대로의 당신을 사랑하시니까요.〉

얼굴 사진 옆에 이런 문구가 적혀 있었다.

예전 같았으면 코웃음을 치며 그 자리에서 전단지를 구겨 버렸을 것이다. 하지만 미조구치는 그 전단지를 소중히 들고 돌아와 몇 번이고 다시 읽은 다음 강연장을 찾아갔다. 그때부터 이동 가능한 범위 안에서 개최되는 행사는 모두 참석해 그녀의 말에 귀를 기울였으며, 강연장에서 판매하는 물건을 구입하는 데 적지 않은 금액의 돈을 쏟아부었다.

저축은 금세 바닥이 났지만 전혀 개의치 않았다.

이 소녀는 나를 구원해 줄 것이다. 그런 생각이 들었기 때문이다.

말로는 설명할 수 없는 힘에 의한 천벌이 존재한다면 말로는 설명할 수 없는 힘에 의한 구원도 존재할 것이다. 공포가 존재한다면 평안도 존재할 터였다.

구원받고 싶다. 빛의 전사 아이린에게 구원받고 싶다.

만신창이가 된 이 몸에 깃든 고통을 조금이라도 덜어주길 바랐다.

그런 심정으로 계속해서 돈을 갖다 바쳤다.

실제로 어느 정도 효과는 있는 듯했다.

아이린을 만나 이야기를 듣는 것이 즐거웠다. 괴로운 나날을 잠시나마 잊을 수 있었다. 차 안에서 있었던 일을 떠올리는 횟수도 확연히 줄었으며, 그때 느꼈던 참을 수 없는 공포도 서서히 흐릿해져 갔다.

하지만 오늘은 달랐다.

사라지리라 기대했던 공포가 다시금 미조구치의 마음을 비집고 들어와 깊게 뿌리를 내렸다. 사방으로 줄기를 뻗어 미조구치의 몸속 여기저기를 사정없이 찔러댔다.

호구다.

빛의 전사 아이린과 그녀의 어머니는 미조구치와 세이라의 사기에 넘어간 희생양이었다. 얼굴은 잘 기억나지 않지만 오늘 아이린이 말한 내용에서 유추컨대 거의 틀림없었다.

이럴 수가. 구원은 존재하지 않는 것인가.

등골까지 빨아먹은 상대에게 이번에는 내 등골을 빨아먹히고 있는 것인가.

도망치고 싶다. 하지만 도망칠 수 없다.

미조구치에게 여기 말고 갈 곳 따위는 존재하지 않았다.

"매번 찾아 주셔서 감사합니다."

상냥한 목소리가 들렸다.

미조구치는 목소리가 들려온 쪽으로 몸을 틀었다.

빛의 전사 아이린이 서 있었다. 천사 같은 미소를 지으며 미조구치의 딱딱한 팔을 살며시 잡았다.

미조구치의 비틀린 입술 사이로 소리가 흘러나왔다.

"오오, 오⋯."

"아무 말도 안 하셔도 됩니다."

빛의 전사 아이린은 그렇게 말하고는 미조구치를 부축해 걷기 시작했다. 발걸음은 여유로웠지만 팔을 잡은 손에서 강한 의지가 느껴졌다. 절대로 놓치지 않겠다는 강한 의지가.

미조구치는 아무런 저항도 하지 못한 채 매대 쪽으로 질질 끌려 갔다.

제 **3** 화

아이들의 세계

제3화

아이들의 세계

학교 다녀왔습니다, 하며 현관문을 열고 들어서자 못 보던 신발이 놓여 있었다. 낡은 어른용 오렌지색 운동화. 그늘진 현관에서 그 운동화만 홀로 희미하게 빛나고 있는 것 같아 보였다.

거실 안쪽에서 엄마의 웃음소리가 들려왔다. 다른 여자 목소리도 함께였다. 얌전하고 조심스러운 목소리의 주인이 누구인지는 바로 알 수 있었다. 어린아이 목소리도 간간이 들렸다. 틀림없었다.

가슴이 죄어들었다.

우울한 기분으로 내 방 앞을 그대로 지나쳐 화장실에서 손을 씻고 입을 헹궜다. 되도록 소리가 나지 않도록, 집에 왔다는 사실을 엄마와 손님들이 알아차리지 못하도록 조심하면서.

내 방으로 돌아와 방문을 열려고 하는 순간, 엄마 목소리가 들렸다.

"코타로 왔니?"

엄마가 거실문을 열고 이쪽을 보며 핀잔을 주었다.

"집에 왔으면 왔다고 인사를 해야지."

"네."

나는 빠르게 잘못을 인정했다.

"손 씻었어?"

"응."

"손이 젖었다는 건 제대로 안 닦았다는 말이잖아."

엄마는 허리에 손을 얹고 짐짓 화가 난 표정을 지으며 후우, 하고 보란 듯이 한숨을 내쉬었다.

"그렇게 화낼 일도 아닌데 뭘."

키가 큰 편인 엄마의 등 뒤에서 작고 귀여운 목소리가 들리더니 어깨 너머로 불쑥 단발머리가 나타났다.

미도리카와 노부의 엄마였다.

"코타로, 안녕? 아줌마 잠깐 놀러 왔어."

아이 같은 얼굴로 웃으며 인사하는 아줌마 옆에는 머리를 양갈래로 묶은 소녀가 서 있었다. 노부의 여동생인 하나였다. 올해 초등학교에 입학할 예정이라고 들었다.

"안녕하세요."

나는 두 사람에게 인사했다.

"노부랑 같이 왔니?"

"아니요, 오늘은 따로 왔어요."

어제는 같이 왔다, 오늘은 사정이 있어서 따로 움직였을 뿐이다, 그렇게 들릴 만한 표현을 반사적으로 선택했다. 그런 표정도 지어 보였다. 사실은 꽤 오래전부터 노부와는 등하교를 함께하지 않고 있었다.

"그랬구나. 아무튼 코타로가 집에 왔으니 노부도 곧 오겠네."

아줌마는 내 거짓말을 전혀 눈치채지 못한 듯했다.

"아마도요."

옆에서 듣고 있던 엄마가 끼어들었다.

"왜 같이 안 왔는데? 너희 싸웠니?"

"그런 거 아니야. 어쩌다 보니 그렇게 됐어."

내 대답을 듣고 아줌마가 후후, 하고 웃었다. 그러고는 즐거움과 서운함이 섞인 목소리로 혼잣말처럼 중얼거렸다.

"하긴 이제 곧 6학년이니까 예전처럼 하루 종일 붙어 다닐 나이도 아니긴 하지."

뭔가 더 말하려고 하는 엄마에게 숙제를 해야 한다고 둘러대며 방으로 들어와 문을 닫았다. 아예 잠가버리고 싶었지만 방문은 잠그면 안 된다는 것이 우리 집 규칙이었다. 찰칵, 하고 문 잠기는 소리가 나는 즉시 엄마가 달려올 터였다. 그것만은 피하고 싶었다. 지금은 조금이라도 빨리 세 사람으로부터 떨어지고 싶었다.

작은 스토브를 켠 다음 책상 위에 수학 문제지와 연습장을 꺼내 놓고 의자에 앉았다. 문제지를 보다가 책상 위에 놓인 탁상 시계를 쳐다보다가 천장을 올려다보다가 다시 문제지를 쳐다보다가… 그러고 있는데 복도에서 소리가 들렸다. 누군가 방문을 노크했다.

"네."

문밖에 서 있는 사람은 노부의 엄마였다.

"방해해서 미안."

"괜찮아요."

"아줌마가 만든 쿠키를 좀 가져왔으니까 나중에 먹으렴. 먹기 전에 엄마한테 꼭 말씀드리고."

"네."

"그렇게 예의 차리지 않아도 돼."

아줌마는 웃을 때 잇몸이 드러났다. 웃으면 눈썹이 팔자로 쳐져서 울고 있는 듯한 인상이 되었다. 키가 작고 마른 것까지 포함해서 노부와 똑 닮았다는 생각이 들자 다시금 가슴이 아파 왔다.

"아, 응."

어릴 때 하던 것처럼 반말로 대답하자 아줌마는 그럼 다음에 또 보자며 작게 손을 흔들어 보이고는 방문을 닫았다.

입으로는 이만 돌아가겠다고 하면서도 엄마와 아줌마는 수다를 멈출 생각이 전혀 없어 보였다. 방문 너머에서 두 사람의 대화가 계속해서 들려왔다. 하나는 빨리 집에 가고 싶은지 옆에서 칭얼대고 있었다.

평소와 다름없는 일상이었다. 여느 때 같으면 그저 웃으며 흘려 들었을 것이다. 엄마들끼리 사이가 좋네, 그렇게 오래 얘기했으면서 아직 더 말할 게 있을까, 하고.

하지만 오늘은 달랐다.

엄마들의 목소리가 귀에 거슬려서 참을 수가 없었다. 나를 비난하고 탓하는 것만 같았다.

나는 귀를 막고 책상에 엎드려 마음속으로 아줌마에게 사과했다.

아줌마, 죄송해요. 저 이제 노부랑 안 친해요. 싸우거나 절교한 게 아니에요.

전 노부를 따돌리고 있어요.

현관 쪽에서 즐거운 듯한, 너무 즐거워서 도저히 참지 못하겠다는 듯한 웃음소리가 들렸다.

노부와 처음 만난 것은 초등학교 2학년 새 학기가 시작되고 사흘째 되는 날이었다. 1학년을 마치고 전학을 온 나는 아는 사람이 한 명도 없는 교실에서 잔뜩 주눅이 들어 있었다. 그런 내게 처음으로 다가와 말을 걸어 준 사람이 노부였다. 당시 노부는 머리가 길어서 여자애 같다고 생각했던 기억이 난다.

우리는 죽이 잘 맞았다. 관심사가 같았기 때문이다. 특촬물*을 좋아한다는 것뿐만 아니라 옛날에 만들어진 『성기사 파르지팔』

---

* 특수촬영물. 고지라, 울트라맨 등과 같이 특수촬영기법을 사용해 제작한 영상물

을 재방송으로 보고 팬이 되었다는 점까지 똑같아서 세상에 이런 우연이 있을 수도 있나 둘이서 신기해했다.

학교에서 어울려 지내는 것은 물론이고 등하교도 함께했다. 노부네 집과 우리 집은 같은 아파트 단지의 바로 옆 동이었다. 서로의 집을 오가며 놀다 보니 어느샌가 가족 단위로 어울리게 되었다.

실시간으로 본 파워레인저와 가면라이더 중 기억에 남는 작품은 모두 노부와 친해진 후에 접한 것들이다. 매주 일요일 아침마다 TV를 보고 그날 오후에 바로 만나거나 다음 날 학교에서 만나 그에 대한 이야기를 나누었다. 몬스터로 대결하는 카드 게임 『후지야마 뱅가드』를 가르쳐준 사람도 노부였다.

반에서 겉돌지 않게 된 것도 노부 덕분이었다. 나는 원래부터 남에게 적극적으로 말을 거는 성격이 아니라서 유치원에서도, 전에 다니던 학교에서도 혼자 구석에 처박혀 있는 경우가 많았다. 음지가 아니라 아예 땅속에 있었다는 표현이 더 정확할 것이다. 그런 내가 친구를 사귈 수 있었던 것은 전적으로 노부가 중간다리 역할을 해 준 덕분이다.

"학교 끝나고 친구네 집에서 놀기로 했는데 코타로 너도 올래?"

"이쪽은 전학생 스미 코타로야. 아는 것도 많고 『후지야마 뱅가드』를 엄청 잘해."

키모토 코스케, 카다 슌 두 사람과 처음으로 같이 놀았던 날을 기억한다. 두 사람 다 노부와 유치원 때부터 친구였고, 학교에서는 다른 반이었다. 처음에는 서로 낯을 가려서 분위기가 서먹했지만 조금씩 친해지면서 함께 어울리게 되었다. 체격도 크고 넓은 집에 사는 리더 격인 코스케, 수다쟁이에 삐삐 마른 슌, 그룹 내에서 가장 사교적이고 정이 많은 노부, 제일 어두운 성격인 나. 이렇게 네 명이 항상 어울려 다니다 보니 2학년이 끝나갈 무렵에는 선생님들이 우리 넷을 통칭 '오타 4(four)'라는 이상한 이름으로 뭉뚱 그려 부를 정도였다.

즐거웠다. 매일매일이 정말로 즐거웠다.

특히 작년에 넷이서 옆 동네에서 열린 레트로 게임 행사에 참석했을 때가 제일 기억에 남는다. 나와 슌은 응원을 했고, 노부와 코스케가 조이 패드를 잡았다. 대전 상대는 죄다 어른들이어서 입상은 하지 못했지만 최선을 다해 열심히 싸웠기에 후회는 없었다. 돌아오는 길에 행사장 옆에 있는 마트에서 가진 돈을 다 털어 구입한 과자와 주스로 근처 공원에서 축배를 들었다. 먹을 걸 사느라 교통비를 다 써버리는 바람에 두 시간을 꼬박 걸어서 집으로 돌아왔다.

지금 생각하면 그때가 우리의 전성기였다.

5학년이 되면서 우리 넷은 모두 같은 반이 되었다. 담임인 쿠도 선생님은 음침하고 말이 길어서 학생들 사이에서는 인기가 없었지만 나는 좋았다. 3, 4학년 때 담임은 성적이 좋은 학생들만 편애하고 모두가 그 아이들을 본받아야 한다고 생각하는, 안 좋은 의미에서의 열혈교사였기 때문이다. 그에 비해 쿠도 선생님은 시대착오적인 교육 이념을 가진 것도 아니고, 수업이 지루하지도 않았으며, 무엇보다 그림을 잘 그렸다. 나는 쾌적한 학교생활을 즐겼다. 새로 사귄 친구 중 몇몇은 친해지고, 몇몇과는 자연스레 멀어졌다.

우리 네 사람의 관계가 삐걱대기 시작한 것은 2학기 들어서부터 였다.

그 무렵 『후지야마 뱅가드』의 후속 시리즈인 『FV: 타입 스키 야키』에 질린 우리는 우유병 입구를 덮고 있는 마개로 딱지를 만들어 놓았다. 만화에 등장하는 몬스터를 마개 뒷면에 따라 그린 후 색칠까지 했다. 마개는 미리 사전이나 벽돌로 눌러서 평 평하게 만들었고, 색을 칠한 다음에는 양초를 발라서 강도를 높였다. 아빠에게 전수받은 방법이었다. 아빠도 아빠의 아빠, 그러니까 할아버지에게 배웠다고 했다.

몬스터 그림을 제일 잘 그리는 사람은 노부였다. 그다음은 코스케. 코스케는 큰 덩치에 어울리지 않게 손재주가 좋은 편이 었는데, 지금 생각하면 본인도 그걸 자랑하고 싶어 하는 경향이 강했다. 나나 슌 앞에서 몬스터를 따라 그릴 때면 어딘지 모르게 우쭐한 표정이었다. 일이 이렇게 된 데에는 어쩌면 코스케의 그런 면이 원인으로 작용했는지도 모르겠다.

우리는 급식으로 나온 우유를 마시지 않는 아이들에게서 우유를 병째 받아 마개를 모았다. 그렇게 모은 마개로 FV 시리즈 딱지 수십 장을 만들어 놓았다. 처음에는 코스케가 압도적으로 강

했지만, 모두가 연구에 연구를 거듭한 결과 점차 실력이 비등비등
해졌다. 딱지 자체의 강도를 높이는 것은 물론 딱지를 던지는 방식
이나 상대의 딱지를 뒤집는 요령 등 다양한 각도에서 기술을 갈고
닦았다.

그러던 어느 날.

"뭐야, 그건."

점심시간에 교실 한구석에서 코스케가 말했다. 네 명이 모여
앉아 딱지치기를 시작하려던 참이었다. 코스케는 노부의 손을
가리키고 있었다.

노부가 들고 있는 우유병 마개에는 처음 보는 몬스터가 그려져
있었다. 커다란 도끼를 들고 SF 느낌의 갑옷을 두른 큰 뿔 상어.
대충 설명하자면 그런 디자인이었다. 사납게 이글거리는 노란 눈
으로 이쪽을 노려보고 있었다.

"내 오리지널 몬스터. 이름은 바이스슈타인 리히트크리거. 속성
은 돌이야."

노부가 기다렸다는 듯 대답했다.

"맨날 똑같은 것만 가지고 놀면 질리잖아."

"안 돼. 룰 위반이야."

"너희도 만들면 되지."

"그럼 세계관이 무너지잖아."

"그걸 맞춰 가는 게 재밌다니까. 예를 들어 얘는…."

노부는 자신이 만든 오리지널 몬스터에 대해 물 흐르듯 설명해

나갔다. 기존 세계관과 충돌하지도 않고, 오히려 어느 몬스터 종족의 진화 과정상에 존재하는 공백을 멋지게 메꾸는 설정이었다. 이름을 포함해서 어느 것 하나 어긋나는 부분이 없었다.

"와우!"

슌의 입에서 감탄사가 새어 나왔다. 나 역시 어느샌가 웃고 있었다. 직접 말로 하지는 않았지만 노부가 만든 오리지널 몬스터를 인정한 것이다.

"어쩔 수 없지."

코스케가 불만 어린 목소리로 일단 한번 해 보자고 말했다. 노부는 신이 나서 자기가 만든 딱지 홀더를 열었다.

홀더에 담긴 딱지에는 모두 오리지널 몬스터가 그려져 있었다.

일주일 정도 그 딱지를 가지고 놀았다. 나와 슌도 각자 오리지널 몬스터를 만들어서 승부에 임했다. 코스케는 고집스럽게 기존 캐릭터들만 가지고 싸웠다.

결론부터 말하자면 새 캐릭터에 관심이 쏠린 것은 아주 잠깐이었다.

얼마 지나지 않아 오리지널 몬스터뿐만 아니라 딱지치기 자체에 시들해졌다. 나뿐만 아니라 코스케와 슌도 비슷하게 느꼈는지 우리는 다시금 카드 게임 『FV: 타입 스키야키』를 하며 놀게 되었다. 노부 혼자 카드 게임은 질렸다고, 딱지치기를 하자며 투덜거렸지만 우리 셋 모두 들은 척 만 척했다.

"코타로, 슌."

노부가 감기에 걸려 학교에 오지 않은 날, 쉬는 시간이었다. 코스케는 무표정한 얼굴로 우리 둘을 쳐다보며 낮은 목소리로 이렇게 말했다.

"노부랑은 좀 안 맞는 것 같지 않아?"

얼마 전부터 시작된 변성기가 벌써 끝나가고 있었다. 표현은 두루뭉술했지만 코스케가 무슨 말을 하고 싶은 건지는 바로 알아차렸다.

"코스케 너도 그렇게 생각해?"

순이 반색하며 대답했다. 역시 너도 그랬냐며 둘이서 연신 고개를 끄덕였다.

"그림 좀 잘 그린다고 뻐기고 다니기나 하고."

"내 말이. 미술 시간에도 여자애들한테 가르쳐 준답시고 폼 잡는 게 아주…."

"코타로 넌?"

"응?"

"시치미 떼지 말고."

코스케가 위협적인 말투로 대답을 재촉했다. 순이 나를 무섭게 노려보았다.

나는 헤실헤실 웃으며 아무렇지 않은 척했지만 내심 심장이 쪼그라드는 것 같았다. 심박수가 빨라지고 등에 식은땀이 흘렀다.

코스케가 하는 말도 이해가 갔다. 이성적으로도 감정적으로도. 딱지치기가 재미없어진 것은 전부 노부 탓이었다. 노부의 오리지널 몬스터가 우리 오타 4의 조화를 무너뜨렸다. 그건 틀림없는 사실이었다. 노부는 너무 나댔다.

"음, 뭐….

"뭐가 뭔데. 동의해, 안 해?"

"해."

내가 대답했다.

코스케는 잠시 말없이 나를 쳐다보다가 이윽고 씩 웃었다.

"역시 그렇지?"

그러더니 노부에 대한 불만을 잔뜩 쏟아냈다. 순도 덩달아 노부를 욕했다.

나는 적당히 맞장구치는 쪽을 택했다. 세 번에 한 번 정도는 '그럴 수도 있겠다', '그렇게 생각할 수도 있겠네'라며 두루뭉술하게 동의했다. 친구를 헐뜯는 나쁜 놈이 되고 싶지 않았다. 두 사람 편에 서서 노부를 욕하고 싶지 않았다. 하지만 그렇다고 당당하게 맞설 용기도 없었다. 그런 비겁하기 짝이 없는 인간이 필사적으로 잔머리를 굴려 생각해 낸 방법이었다.

무서웠다.

코스케에게 '안 맞는다'는 말을 들을까 봐, 배척당할까 봐 두려웠다. 나 자신을 지키기 위해서였다고 하면 충분한 변명이 될까.

아무튼 이렇게 해서 우리는 노부를 따돌리기로 결정했다. 게임에 오리지널 캐릭터를 등장시켜 분위기를 망쳤다는, 그야말로 시시하기 짝이 없는 이유로.

··· ☾ ···

처음에는 그냥 무시하는 정도였다. 세 번 말을 걸면 한 번은 못 들은 척하는 식으로. 그다음으로는 카드나 실내화를 숨겼다. 무엇을 할지 결정하는 사람은 코스케였고, 그걸 실행에 옮기는 건 나와 슌이었다. 나는 두 번에 한 번 정도는 "그건 재미없을 것 같은데"라며 에둘러 거절했다. 그럴 때마다 코스케의 기분을 건드리지 않도록 세심한 주의를 기울여야 했다.

왜 코스케가 주도권을 쥐고 있는 걸까. 왜 나는 코스케의 수족처럼 움직이는 걸까.

생각해보면 선생님들에게 '오타 4'라는 이름으로 불리기 시작할 즈음부터 눈에 보이지 않는 권력관계는 존재했다. 앞장서서 결정을 내리는 코스케, 그에 따르는 슌. 별다른 의견을 내세우지 않고 함께 행동하는 나. 다른 세 명과 대등한 관계에 있는 노부. 네 사람의 사이가 좋을 때는 아무 문제가 없었다. 권력관계를 의식할 일도 없었다. 하지만 일단 균열이 발생하자 상황이 점점 안 좋은 방향으로 흘러갔다. 모든 것이 뒤틀리기 시작했다.

이변을 눈치챈 노부는 우리와 거리를 두게 되었다.

같이 놀지도 않고 말을 섞지도 않았다.

지금 생각하면 그쯤에서 내가 아무렇지도 않게 다시 평소대로 행동했으면 되지 않았을까 싶기도 하다. 내가 예전처럼 노부에게 말을 걸었다면 코스케와 슌도 그 분위기에 휩쓸려서 전부 다

'없던 일'이 되었을지도 모른다.

코스케는 앞장서기를 좋아하긴 했지만 그렇다고 우리를 조종하는 것은 아니었다. 비단 우리 오타 4뿐만 아니라 어느 집단에서나 집단의 분위기라는 것은 미묘한 힘의 균형 위에 성립하고 있는 경우가 많고, 그래서 때로는 한 사람의 행동에 집단 전체에 영향을 미치기도 한다. 그렇다면 내가 할 수 있는 일도 있었을 것이다. 얼마든지 있었을 것이다. 하지만 이건 다 지금이니까 할 수 있는 말이다. 그때의 난 아무것도 하지 않았다.

"코타로."

10월이 끝나가던 어느 날 아침. 교실에 들어서자 코스케가 기다렸다는 듯 손짓하며 나를 불렀다. 옆에서 순이 히죽거리며 웃고 있었다. 책가방도 내려놓지 않고 두 사람에게 다가가자 코스케가 갑자기 내 손을 확 잡아채더니 무언가를 쥐어 주었다.

워터 젤리였다. 은색 팩에 검은색 로고가 박힌 건강 음료. 어디서나 파는 물건이지만 학교에는 반입금지였다.

"이건…"

"됐으니까 빨리 숨겨."

코스케가 장난스럽게 명령했고, 나는 허둥지둥 책가방을 열어 워터 젤리를 쑤셔 넣었다.

"어디서 난 거야?"

"지금 우리 집에 너무 많아서 나눠주는 거야. 그렇지?"

코스케가 고개를 돌리며 묻자 순이 고개를 끄덕였다. 두 사람다 의미심장한 표정으로 히죽히죽 웃고 있었기 때문에 나는 그 말을 곧이곧대로 믿을 수가 없었다. 내가 가만히 있자 코스케가 물었다.

"다른 거 뭐 필요한 거 없어?"

"응?"

"필요한 거 말하라고. 3, 2, 1."

나는 영문도 모른 채 엉겁결에 "칼로리프렌드"라고 대답했다. 평소에 접할 일이 없어서 한 번쯤 먹어 보고 싶었기 때문이다.

슌이 끼어들었다.

"손님, 몇 개 필요하신가요? 한 개? 두 개?"

"어… 한 개."

코스케가 재차 물었다.

"간식은 안 필요하세요? 마른오징어, 라면땅 등등 다양하게 갖추고 있습니다만."

"필요 없어."

"네네, 라면땅 추가. 그 외에 적당히 몇 개 더 얹어서."

"아니, 필요 없다니까…."

"주문 감사합니다!"

코스케가 소리를 높였다.

코스케의 날카로운 시선이 향한 곳에는 노부가 있었다. 자기 자리에 웅크리고 앉아서 새파랗게 질린 얼굴로 이쪽을 쳐다보고 있었다.

'주문한 상품'이 내게 도착한 것은 다음 날 아침이었다. 워터 젤리 때와 마찬가지로 교실에 들어서자마자 코스케에게 건네받았다. 칼로리프렌드, 라면땅, 레모네이드, 껌, 마른오징어. 모두 학교 앞 구멍가게에서 파는 것들이었다.

"더 주문할 건 없으신가요?"

"응."

"네? 칼로리프렌드 10개 추가?"

슌이 중간에 끼어들었고, 코스케가 "주문 들어왔습니다."라며 웃었다.

노부는 아무 말도 하지 않고 책상에 푹 엎드려버렸다.

어리석은 나는 그제야 무슨 일이 벌어지고 있는지 깨달았다.

나 역시 그 일에 강제로 가담하게 되었다는 사실도.

코스케와 슌은 '노부가 같은 반 여학생들의 알몸을 그린다', '최근 피해자가 급증하고 있는 저질 스팸 메일을 보내는 사람은 노부다' 등등 있는 말 없는 말을 퍼뜨리고 다녔다. 실제로 노부에게 여자 알몸을 그리게 한 다음 그림 옆에 노부 이름을 적어서 반 친구들이 돌려보게 하고, 체육 시간에 노부가 벗어둔 옷을 숨겼다. 숨긴 옷을 변기에 처박아두기도 했다. 모든 일은 선생님에게 들키지 않도록. 만약 들키더라도 누가 한 짓인지 알 수 없도록. 두 사람 다 용의주도했다.

노부는 조금씩 반에서 고립되어 갔다. 여학생들은 노부에게 가까이 다가가지 않았고, 남학생들은 노부를 가지고 놀았다. 특히 우등생 그룹인 오다와 타키자와는 심심하면 노부를 쿡쿡 찌르고 발로 걷어찼다.

코스케는 노부에게 원래대로 돌아가고 싶으면 가게에서 물건을 훔쳐 오라고 시켰다. 그런 것 같았다. 확실한 증거가 있는 것은 아니었다. 매일 등교하면 코스케가 나에게 과자를 건네면서 '주문'을 받았고, 코스케와 순이 노부가 있는 쪽을 보며 큰 소리로 주문을 확인하는 게 전부였다. 나를 현장에 데려가는 일은 없었다. 아마도 발각될까 우려한 게 아닌가 싶다. 내가 부모님이나 선생님에게 고자질할 거라고 생각하는 듯했다.

그 예상은 틀렸다. 내게 그런 용기는 없다. 아무한테도 말하지 못했다. 우리 엄마한테도, 노부의 엄마한테도. 지금 방문을 열고 나가서 말하면 두 분은 내 말을 들어주겠지만 실제 행동으로 옮기기가 어려웠다.

지금도 노부는 물건을 훔치고 있을지도 모른다. 종례가 끝나자마자 도망치듯 교실을 빠져나가는 노부를 코스케와 순이 웃으며 뒤쫓았다. 아무리 노력해 봤자 신발장에서 따라잡혔을 것이다. 오늘 난 어찌어찌 '주문'을 하지 않고 넘어가는 데 성공했지만 그렇다고 해서 내 일 아니라고 신경을 끌 수도 없는 노릇이었다.

숙제를 마치고 책상 서랍을 열었다. 서랍 안에는 딱지가 잔뜩 들어 있었다. 몇 차례 뒤적거리다가 내가 찾던 딱지 하나를 집어 들었다. 들소와 장수풍뎅이가 합체한 듯한 형태의 파란색 몬스터가 그려져 있었다. '슈바르츠 바셀라인'. 물의 속성을 지닌, 노부의 오리지널 캐릭터였다. 노부와 대결해서 내가 딴 것이었다. 딱지를 빼앗기고 아쉬워하던, 그러면서도 즐거워하던 노부의 얼굴이 떠올랐다.

나는 노부가 나댄 것이 잘못이라고 생각했다.

그림 좀 잘 그린다고 우쭐해서 오리지널 몬스터 같은 걸 만들지 않았더라면 일이 이렇게 되지는 않았을 것이다. 그러니까 노부네 탓이야. 전부 네가 잘못한 거야. 코스케나 슌 잘못이 아니라. 물론 내 잘못은 더더욱 아니고.

엄마와 아줌마는 아직도 수다를 떨고 있었다.

이튿날 아침. 교실에 들어갔을 때 코스케와 슌이 부르지 않아서 나는 안심하고 내 자리에 가서 앉았다. 노부는 종이 울리기 직전에 나타났다.

종소리가 끝나자마자 담임인 쿠도 선생님이 들어왔다. 당번인 두 사람이 앞에 나가 아침 조회를 시작하려고 하자 선생님이 두 사람을 다시 들여보냈다.

쿠도 선생님은 교단에 양손을 짚었다. 평소의 온화한 분위기는 온데간데없었다. 딱딱하게 굳은 표정으로 아무 말도 하지 않았다.

교실이 서서히 조용해졌다. 다들 입을 다물었다.

뭔가 분위기가 심상치 않다는 사실을 모두가 깨달았고, 교실 전체에 긴장감이 감돌았다.

"…수업보다 더 중요한 이야기를 하겠다."

선생님이 낮은 목소리로 말하며 머리카락을 쓸어 올렸다. 그러고는 한 박자 쉬었다가 다시 입을 열었다.

"선생님이 모를 줄 알았니?"

의미심장한 말투였다. 공부를 잘하는 여학생 몇 명이 "네?" 하며 어리둥절한 표정을 지었다.

"집단 괴롭힘 말이다. 너희들, 노부를 괴롭히고 있지?"

방금 전보다 교실이 한층 더 조용해졌다. 평소보다 훨씬 거친 말투만 봐도 선생님이 정말로 화가 난 상태라는 것을 알 수 있었다.

몇몇이 얼굴을 마주 보았다. 살짝 고개를 돌려 살펴보니 슌의 얼굴이 새파랬다. 코스케는 무표정한 얼굴로 선생님을 쳐다보고 있었다. 노부는 고개를 숙인 채 꼼짝도 하지 않았다. 안 그래도 작은 체구가 더 작아 보였다.

"아, 미리 말해두자면 선생님이 노부한테 직접 들은 바는 전혀 없다. 그냥 선생님이 오지랖이 좀 넓어서 말이야. 우연히 꼬리를 잡았거든."

심장이 미친 듯이 뛰고 목이 바싹 말랐다.

들켰다. 탄로가 난 것이다. 선생님이 구체적으로 무엇을 어디까지 아는지는 모르겠지만 어쨌거나 내가 범인 그룹이라는 건 부정할 수 없는 사실이었다. 내 의사와 상관없이 선생님은 그렇게 여길 터였다.

"전부터 좀 이상하다고 느끼기는 했다. 노부가 혼자 있는 모습이 자주 보여서. 물론 그것 자체가 문제라는 말은 아니야. 집단생활이 맞지 않는 사람은 어디 가나 있기 마련이고 딱히 그게 잘못은 아니니까. 선생님도 남들과 똑같이 행동하는 건 잘 못 해. 오타쿠라서."

선생님의 표정이 살짝 풀어졌다. 선생님이 스스로를 오타쿠라고 칭하면 항상 모범생 중 누군가가 "알아요, 오타쿠도 선생님" 하면서 놀려서 한바탕 웃음이 터지곤 했다. 하지만 오늘은 아무도 입을 열지 않았다.

숨 막히는 침묵이 교실을 지배하고 있었다.

"…선생님."

노부였다. 노부가 다 기어들어 가는 목소리로 말했다.

"저, 저는, 괴롭힘, 당하고 있지, 않아요."

입술이 보랏빛이었다. 노부는 애원하는 듯한 얼굴로 쿠도 선생님을 바라보았다.

"그, 그, 그저께도 말씀드렸잖아요. 교, 교, 교무실에서 물어보셨을 때…"

"노부."

선생님이 부드럽게 노부의 말을 가로막았다. 그러고는 온화한 눈빛으로 노부를 쳐다보며 천천히 고개를 끄덕였다.

"말 안 해도 안다. 보복이 두려운 거지? 걱정 마라, 선생님이 절대로 그렇게 두지 않을 거니까."

"하지만…"

"다 방법이 있단다."

조용하지만 자신에 찬 목소리였다.

"물론 완벽하지는 않을 수도 있어. 같은 일이 다시 반복될 수도 있고. 하지만 여기서 억지로 학급 회의를 열거나 수박 겉핥기식으로 화해를 시키는 것보다는 훨씬 효과가 있을 거다."

나는 숨쉬기가 곤란할 지경이었다.

앞으로 무슨 일이 벌어질까. 선생님이 말하는 방법이란 대체 뭘까.

"간단해."

선생님은 거기서 숨을 한 번 크게 들이쉬었다.

"집단 괴롭힘이라는 건 자신은 절대 반격당하지 않을 거라는 확신, 상대가 반격하더라도 반드시 이길 수 있다는 우월감에서 비롯된 집단행동이야. 그걸 무너뜨리면 되지."

시선은 우리 쪽을 향한 채 선생님이 칠판으로 손을 뻗었다. 그러고는 손톱을 세우더니 천천히 긁어내렸다.

끼이익.

불쾌한 소리가 교실 전체에 울려 퍼졌다. 몇 명은 얼굴을 찌푸렸고, 몇 명은 귀를 막았다. 어린애 같은 장난이었다. 상대가 학생이라면 당장 그만두라는 항의가 쏟아졌을 것이다. 이런 장난은 초등학교 저학년들이나 하는 짓이었다. 그러니 평소라면 누군가가 "선생님, 대체 뭐 하시는 거예요"라며 저지할 법한 상황이었다.

하지만 아무도 나서지 않았다.

교실 안 공기는 점점 더 무게감을 더해갔다.

선생님은 우리를 똑바로 쳐다보았다. 고장난 기계처럼 계속해서 끼익끼익 칠판을 긁어대면서.

이상한 광경이었다.

"선생님도 말이다."

부자연스러우리만큼 밝은 목소리로 선생님이 말했다.

"딱 너희 정도 나이에 집단 괴롭힘을 당한 적이 있어. 아까도 잠깐 말했듯이 집단행동에 잘 적응하지 못한다는 이유로. 딱히 자기주장이 강한 편도 아니어서 그냥 당하기만 했지. 실내화를 감추고, 물건을 더럽히고, 급식을 나만 주지 않고. 흔한 수법들이었다. 괴롭히는 녀석들이 무서워서 반격할 생각은 하지도 못했어. 하루하루가 절망스러울 따름이었다. 세상이 망해버렸으면 좋겠다고, 그게 아니라면 내가 이 세상에서 사라져버렸으면 좋겠다고 매일같이 기도했지."

선생님이 칠판을 긁던 손을 멈췄다.

"선생님을 괴롭히던 세력의 주축은 두 명이었다."

거기서 잠깐 멈추었다가 말을 이었다.

"그중 한 명은 고등학교 때 지주막하 출혈로 쓰러졌어. 의식은 돌아왔지만 후유증이 남아서 아직도 누워 지내고 있지. 나이 드신 부모님의 수발을 받으며 가까스로 목숨만 부지하고 있는 상태다. 다른 한 명은 취직 후 도박에 빠져서 빚을 갚지 못해 자살했고. 근처 산에 올라 목을 맸다더라. 발견되었을 때는 이미 몸이 다

썩어서 목 아랫부분은 땅에 떨어져 있었다더구나."

선생님은 거기까지 말하고 분필을 집어 들더니 무서운 속도로 칠판에 무언가를 그리기 시작했다. 사람 얼굴이었다. 초점을 잃은 눈동자, 정리되지 않은 수염, 이중 턱에 뒤룩뒤룩 살이 찐 남자. 짧게 깎은 머리가 제멋대로 뻗쳐 있었다. 베개를 벤 것을 보니 누워 있는 듯했다.

남자를 다 그린 후에는 이어서 오른쪽에 또 무언가를 그리기 시작했다.

이번에도 얼굴이었다. 눈이 반쯤 튀어나오고 입을 헤 벌린 채 혓바닥을 길게 늘어뜨리고 있었다.

"약한 사람을 괴롭힌 녀석은 이렇게 된다."

선생님이 칠판 쪽을 향해 선 채 말했다.

"그러니 노부를 괴롭힌 녀석도 이렇게 됐으면 좋겠다. 지금 당장. 선생님이 보는 앞에서."

선생님은 담담한 어투로 자신의 바람을 입에 담았다. 그러고는 자기가 그린 두 개의 얼굴을 번갈아 보며 디테일한 부분을 채워 나갔다.

탁탁탁, 분필이 칠판에 부딪히는 소리가 교실을 가득 채웠다.

나는 떨고 있었다.

오줌을 지릴 것만 같았다.

이렇게까지 적나라한 증오의 대상이 된 것은 처음이었다. 직접적으로 무슨 짓을 당한 건 아니지만 선생님이 상대를 얼마나 미워하는지는 충분히 느껴졌다. 진심이었다. 선생님은 진심으로 바라고 있다. 내가 죽어버리기를 바라고 있다. 도망치고 싶었다. 선생님의 증오 때문에 미쳐버릴 것만 같았다. 아니, 그보다.

선생님 손에 죽을지도 모른다.

거기까지 생각한 나는 당장이라도 터져 나올 것만 같은 두려움의 눈물을 필사적으로 참았다. 울지 않으려고 죽을힘을 다해 노력했다.

어디선가 들려오기 시작한 흐느낌에 선생님이 분필을 멈췄다.

남학생 같았다. 코스케일까? 아니면 슌? 고개를 들어 누군지 확인한 순간, 나는 눈을 의심했다.

울고 있는 사람은 오다였다.

창가 쪽 맨 앞자리에서 눈물을 쏟으며 오열하고 있었다.

바로 뒷자리인 타키자와도 울고 있었다. 눈이랑 코가 새빨갰다.

"…잘못했어요."

오다가 말했다. 타키자와가 코를 훌쩍거렸다.

"뭘 잘못했는데."

선생님이 물었다. 잠시 숨을 고른 뒤 오다가 대답했다.

"노부를, 괴롭혔어요."

그러고는 이내 다시 울기 시작했다.

"또?"

"때리고, 놀리고…."

"하, 하지만 선생님."

타키자와가 자리에서 일어나며 말했다.

"저희만 그런 게 아니라 다 같이 한 거예요. 어쩌다 보니 노부를 괴롭히자는 분위기가 만들어졌달까… 괴롭혀도 된다는 암묵적인 동의 같은 게 생겨서…. 애초에 처음 시작은….'

"다 같이? 정확히 누구?"

선생님이 탁, 하고 분필을 내려놓았다.

"그런 분위기였다고? 그게 어떤 건지 제대로 설명해 봐."

선생님은 빠른 걸음으로 타키자와 쪽으로 걸어가 얼굴을 쑥 들이밀었다. 타키자와는 선 채로 부들부들 떨며 울음을 터뜨렸다.

선생님은 오다와 타키자와를 내려다보며 무거운 목소리로 입을 열었다.

"누구한테 사과하고 뭘 해야 하는지 알겠어?"

"네."

"네."

"네, 가 아니라 제대로 대답해."

두 사람은 흐느껴 울며 띄엄띄엄 대답했다. 사과해야 할 상대는 노부이고, 해야 하는 일은 두 번 다시 괴롭히지 않겠다고 맹세하는 것이라고. 선생님의 얼굴에서 증오가 사라졌다. 선생님이 노부에게 뭐라고 묻자 노부가 침울한 표정으로 고개를 끄덕였다.

나는 어안이 벙벙해서 그저 상황을 지켜보고만 있었다.

무슨 일이 벌어지고 있는 것인지 도무지 이해가 가지 않았다.

불안, 초조, 두려움 같은 감정은 모두 사라지고 머릿속은 물음표로 가득 찼다.

오다와 타키자와가 노부를 괴롭힌 것은 사실이었다. 하지만 그건 타키자와가 말한 대로 교실 내에 그런 분위기가 만들어졌기 때문이고, 그 계기를 제공한 사람은 코스케와 슌, 그리고 나였다. 하지만.

"코스케, 슌, 코타로."

선생님의 호명에 나는 반사적으로 자세를 바로 했다.

어느샌가 타키자와는 다시 자리에 앉았고, 오다는 울음을 그치고 충혈된 눈으로 이쪽을 쳐다보고 있었다. 선생님은 방금 전까지와는 전혀 다른 부드러운 목소리로 우리에게 말했다.

"너희는 노부랑 친하지? 같은 그룹이기도 하고."

세 명이 거의 동시에 고개를 끄덕였다.

"선생님이 괴롭힘을 당하면서도 꺾이지 않을 수 있었던 건 친구들이 있었기 때문이야. 생명의 은인인 셈이지. 그 녀석들과는 지금도 가끔 만나 바보 같은 이야기를 나누며 웃고 떠들곤 한단다. 그 친구들이랑 만나면 초등학교 시절로 돌아가게 된달까."

선생님은 어딘가 먼 곳을 바라보는 듯한 눈빛이었다.

"노부한테 들은 적 있니? 아이들이 괴롭힌다고."

선생님은 우리가 뭐라고 대답하기도 전에 다 안다는 듯 혼자 고개를 끄덕였다.

"들은 적 없겠지. 친구니까 더 말하기 어려웠을 거다."

목뒤가 서늘해졌다. 등에 식은땀이 흘러내렸다. 역시 이상하다. 일이 이상한 쪽으로 흘러가고 있었다.

"앞으로도 넷이 사이좋게 지내야 한다. 만약 누군가가, 반에서 주도권을 쥔 녀석들이 노부를 괴롭히거나 놀리고, 주위에서 그걸 용인하는 분위기가 만들어진다 하더라도 너희 셋은 거기에 동조하면 안 돼. 그럴 땐 고민하지 말고 바로 선생님한테 말해주렴. 선생님이 반드시 해결해줄 테니까."

선생님이 웃으며 말했다.

코스케가 진지한 얼굴로 고개를 끄덕였고, 슌이 "네" 하고 대답했다.

나는 팔에 소름이 돋았다. 무슨 일이 벌어지고 있는지 이제야 겨우 이해가 갔다.

선생님은 착각하고 있었다. 완전히 잘못짚고 있었다.

선생님이 생각하기에 집단 괴롭힘은 상위 그룹이 하위 그룹을 대상으로 저지르는 행위이며, 하위 그룹 내에서 그룹 구성원을 괴롭힌다는 건 있을 수 없는 일이었던 것이다. 자기가 그랬으니까. 선생님의 경우에는 친구들이 도와줬으니까. 단지 그 이유 하나만으로.

"너희도 잘 알겠지만 친구는 정말 소중하단다. 앞으로도 사이 좋게 지내렴."

선생님은 기분이 좋아 보였다.

"네."

코스케와 슌이 동시에 대답했다. 맡겨만 달라는 듯 씩씩한 표정으로.

교실 안에는 어색한 분위기가 감돌았다.

노부가 시체 같은 얼굴을 하고 바닥을 내려다보고 있었다.

노부가 차에 치여 죽은 것은, 3월이 끝나갈 무렵의 일이었다.

··· ☾ ···

반쯤 정신을 놓은 듯한 노부의 엄마가 우리 엄마한테 전화를 걸어 와서 나는 노부가 죽었다는 사실을 알게 되었다. 밤에 몰래 밖으로 나가 집에서 조금 떨어진 국도에서 연달아 차에 치였다고 했다. 바로 병원으로 실려 갔지만 이미 숨진 상태였다고.

나는 충격을 받았다.

그리고 불안해졌다. 무서웠다.

자살인지도 모른다. 유서를 남겼을지도 모른다. 유서에 내 이름이 적혀 있을지도 모른다.

슬픔보다도 그 점이 신경 쓰여서 견딜 수가 없었다. 결국 나는 심한 복통과 고열 때문에 장례식에는 참석하지 못했다. 악몽과 고통에 시달리면서도 나는 엄마를 붙잡고 노부의 죽음에 대해 물었다. 사고로 처리되었다는 말을 듣고 가슴을 쓸어내렸지만 그렇다고 해서 바로 상태가 호전되지는 않았다.

다시 등교한 것은 새 학기가 시작되고 4월도 절반이 지난 어느 월요일이었다.

코스케도 슌도 평소와 다름없었다. 오랜만에 만난 내게 이제 괜찮은 거냐고 묻기는 했지만 그러고 나서는 바로 일상적인 대화를 나누기 시작했다. 새로 시작한 TV 드라마 『가면라이더 사루토비』나 새로 출시될 예정인 카드 게임 『FV: 타입 튀김』에 대해서 떠들었다. 코스케와 슌뿐만 아니라 다른 아이들도, 담임 선생님까지도 노부는 처음부터 없었던 사람인 것처럼 행동했다. 책상에 조화가 놓여 있지 않아서 그런가, 하고 돌아보았다가 그제야 깨달았다. 교실에는 노부의 자리조차 남아 있지 않았다.

모두가 노부의 죽음을 청산한 후였다.

내가 학교에 나오지 않는 동안 정리가 다 끝나 있었다.

5학년 1반에서 노부는 사라졌지만, 6학년 1반에는 처음부터 노부라는 사람이 존재하지 않았다.

당황한 것은 잠시였다.

이걸로 충분하다. 언제까지나 질질 끌려다닐 수는 없는 노릇이다. 돌이킬 수 없는 일을 계속 붙잡고 있어서는 안 된다. 나는 내 인생을 살아야지.

나는 그렇게 결심하고 일상으로 돌아갔다. 코스케, 슌과 함께 놀고, 수업을 때로는 열심히, 때로는 건성으로 들었다. 집에서는 여느 때와 다름없이 부모님과 대화를 나누고, 밤에는 잘 잤다.

일요일 오후. 방에서 만화책을 보고 있는데 엄마가 나가자고 불렀다.

"어디 가는데?"

"노부네. 넌 장례식에 못 갔으니 분향이라도 해야지."

엄마 말을 듣고서야 나는 응당 그렇게 해야 한다는 사실을 깨달았다.

검은 정장을 입은 엄마와 둘이서 노부네를 찾아갔다.

노부의 부모님은 세상이 무너진 듯한 얼굴을 하고 있었다. 특히 아줌마는 바싹 야위어서 예전보다 절반 정도 작아진 느낌이었다. 하나의 얼굴에서도 표정이 사라졌다. 어리지만 오빠가 죽었다는 사실은 인지하고 있는 것 같았다.

일가족이 지켜보는 가운데 나와 엄마는 분향을 했다.

불단에는 노부의 영정 사진이 놓여 있었다. 사진 속 노부가 이쪽을 보며 환하게 웃고 있었다. 옆에 놓인 흰색 함이 눈에 들어왔다.

나는 아무것도 생각하지 않으려 노력했다. 일주일간 평소처럼 생활한 덕분인지 그리 어려운 일은 아니었다. 초인종 소리에 고개를 들었다. 노부의 아빠가 천천히 자리에서 일어나 현관으로 향했다.

"와 줘서 고맙구나, 코타로."

아줌마가 지친 표정으로 입을 열었다. 엄마는 그 말을 듣고 왈칵 눈물을 쏟으며 아줌마를 위로했다. 나는 고개를 숙인 채 가만히 앉아 두 사람이 하는 말을 들었다.

"몽유병 같은 게 아니었나 싶기도 해."

"설마."

"경찰 조사에 따르면 사건 가능성은 없다더라고. 당시 차를 운전하던 분들도 다들 찾아와서 죄송하다고, 정말 죄송하다고 막 울면서…."

아줌마는 흐느끼며 손수건에 얼굴을 묻었다.

"노부가 말이야, 요즘 밤에 잠이 잘 안 온다고 했었거든. 아침에 일어나서도 많이 힘들어 보였고. 분명 어디가 안 좋았던 거야. 이렇게 되기 전에 병원에 데려갔어야 했는데…."

"그런 말 마. 누구 잘못도 아니야."

"하지만, 어떻게 이런…!"

결국 아줌마는 그 자리에 엎드려 몸을 둥글게 말고 통곡했다. 하나도 따라서 울기 시작했다. 나는 그 모습을 조용히 쳐다보았다. 사고다. 그러니 불쌍하긴 하지만 그뿐이다. 더 무언가를 생각해서는 안 된다.

아줌마와 하나의 울음소리가 간신히 잦아들 때쯤 현관 쪽에서 "어, 어?" 하고 당황한 듯한 목소리가 들렸다. 잠시 후 아저씨가 고개를 갸웃거리며 돌아왔다. 포장지에 싸인 작은 갈색 상자를 손에 들고 있었다. 평범한 선물 세트 같아 보였다.

"여보, 무슨 일이에요?"

"아니, 웬 모르는 사람이 '삼가 고인의 명복을 빕니다' 하면서 이런 걸 주네?"

"들어오시라고 해요. 방명록에 이름도 적어달라고 하고."

"안 그래도 그러려고 했는데…"

아저씨가 영문을 모르겠다는 듯 눈을 끔벅였다.

"사라졌어. 들어오시라고 한 다음에 내가 잠깐 안쪽을 향한 사이에 온데간데없이 사라져버렸다니까."

"현관 밖에는요?"

"없었어."

"네? 그게 대체 무슨 소리예요?"

"내 말이."

아저씨는 세 번쯤 고개를 갸웃거리다가 난감하다는 표정으로 손에 든 상자를 내려다보았다. 살짝 흔들었더니 탁탁, 하고 안에서 부딪히는 소리가 났다. 상자 안에 빈 공간이 많고, 딱딱한 물체가 들어 있는 듯했다.

아줌마는 무표정한 얼굴로 시선을 떨구었다가 퍼뜩 정신이 들었는지 다시 고개를 들고 물었다.

"내용물은 뭐래요?"

"그런 걸 어떻게 물어봐."

"네?"

"안에 든 게 뭐냐고 내 쪽에서 물어보긴 좀 그렇잖아."

방 안에 일순 긴장감이 감돌았다.

"…누구지?"

"몰라. 젊은 여자였어."

"인상착의는요?"

"머리가 짧고, 정장은 아니지만 검은색 터틀넥 스웨터에 검은색 바지를 입고 있었어. 그 사람이랑 좀 닮은 것 같기도 하고."

아저씨가 연예인 이름을 들어가며 설명했지만 나로서는 떠오르는 사람이 없었다. 아줌마도 누군지 짐작이 가지 않는 듯했다.

옆에서 심각한 표정으로 듣고 있던 엄마가 아줌마 쪽으로 몸을 숙이며 속삭이듯 "수상한 사람 아니야?"라고 말했다.

"원래 봄에 많이 나타난다잖아."

"그렇게 수상해 보이지는 않던데요."

아저씨가 대신 대답했다.

"일단 열어 봐요."

엄마가 말했다. 자기가 말해 놓고 영 꺼림칙한 표정이었다. 아저씨도 그다지 내키지 않는 눈치였지만 그 자리에 앉아 포장지를 뜯기 시작했다. 어느샌가 모두가 상자를 중심으로 둥글게 모여 앉았다.

아저씨가 조심스럽게 상자를 열었다. 나를 포함한 모두가 일제히 목을 빼고 안을 들여다봤다.

상자에 든 것은 우유병 마개였다.

얼핏 보기에도 50개는 넘어 보였다. 윗면에 회사 로고와 회사 주소, '우유' 같은 글자가 인쇄되어 있었다. 대부분 우리 학교에서 급식으로 나오는 우유와 같은 브랜드였고, 몇 개는 다른 브랜드였다. 우리 학교 우유는 마개가 주황색이었고, 다른 제품은 보라색이었다. 디자인도 로고도 전혀 달랐다.

"이게 뭐지?"

가장 먼저 입을 연 사람은 아저씨였다. 어딘지 모르게 김빠진 듯한, 약간 화가 난 듯한 말투였다.

"납작하네."

아저씨가 마개 하나를 집어 들어 앞뒤로 뒤집어가며 살펴보았다. 아저씨 말이 맞았다. 우유병 마개는 원래 가장자리가 병 입구 모양으로 말렸는데 상자에 담긴 마개는 전부 평평하게 펴져 있었다.

어른 셋이 굳은 표정으로 얼굴을 마주 보았다. 나도 덩달아 긴장이 되었다.

갑자기 하나가 상자에 손을 쑥 집어넣었다.

"앗!"

"안 돼!"

어른들의 제지에도 아랑곳하지 않고 하나는 상자 안을 헤집더니 마개 더미 아래에서 흰 종이 한 장을 꺼내 들었다.

종이는 편지지였다. 반듯한 글씨로 이렇게 적혀 있었다.

노부 부모님께

갑자기 이렇게 불쑥 찾아와 죄송합니다.

아드님이 요 며칠 동안 계속 제 꿈에 나왔습니다. 자기 이름을 말하며 제게 명복을 빌어달라고 울면서 애원하길래 실례를 무릅쓰고 방문 드렸습니다. 사정이 있어 집에 들어가지는 못하고 현관에서 인사만

드리고 돌아가는 점 양해 부탁드립니다.

우유병 마개는 꿈에서 노부가 제게 부탁한 것입니다. 근처에 사는 초등학생, 중학생들의 도움을 받아 이만큼 모을 수 있었습니다. 납작하게 눌러서 평평하게 만들어 달라길래 그렇게 했습니다만 이유는 모르겠습니다.

그리고 하나 더, 노부가 두 분께 이렇게 전해 달라고 했습니다.

'우유병 마개를 모아 주세요. 많으면 많을수록 제 원한을 풀기 쉬워질 테니까요.'

이 말도 무슨 뜻인지는 잘 모르겠습니다.

말이 안 되는 일이라는 건 저도 잘 압니다만, 똑같은 꿈을 계속 꾸다 보니 도저히 가만히 있을 수가 없어서 이렇게 찾아뵙게 되었습니다. 많이 언짢으셨다면 죄송합니다.

삼가 고인의 명복을 빕니다.

오바 카나코

아무도 입을 열지 않았다. 하나가 "재미없어"라며 칭얼대기 시작했다. 마음속에서 새로운 불안이 싹트는 것을 느끼며 나는 숨을 죽인 채 어른들의 분위기를 살폈다.

··· ☾ ···

노부의 부모님은 그 여자를 찾으려고 수소문했지만 결국 아무 것도 알아내지 못했다. 근처에 사는 주민 중 오바 카나코라는 사람은 없었다. 비슷한 용모의 여성이 동네 마트에서 일했다는 이야기도 있었지만 이름이 다르고 무엇보다 꽤 오래전에 그만두었 다고 했다. 노부네 집에 다녀온 지 보름쯤 지나 엄마가 말해주는 것을 들으며 나는 점점 더 불안해졌다.

"우유병 마개 말이야."

엄마가 저녁을 준비하며 내게 말했다.

"그거 아니니? 예전에 너랑 노부랑 딱지 만들어서 놀았잖아. 그래서⋯."

"무슨 소리야?" 나는 말도 안 된다는 듯 코웃음을 쳤다. "딱지 치기 그만둔 지가 언젠데."

"그랬나? 흠, 그럼 원한을 푼다는 건 무슨 뜻이려나."

"몰라. 전혀 짐작도 안 가."

나는 엄마를 똑바로 쳐다보며 대답했다. 억지스러워 보이지 않 을까 걱정했지만 엄마는 눈치채지 못한 듯 "그래?" 하며 프라이팬 쪽으로 시선을 돌렸다.

"걱정이네."

엄마가 한숨을 내쉬며 중얼거렸다.

"노부네 가족들, 너무 마음 썩이지 말고 빨리 기운을 차려야 할 텐데."

나는 TV를 켜고 만화영화를 보는 척했다.

엄마가 걱정하는 것도 이해는 되었다.

노부의 엄마는 그날 이후 근처 우유 배달 영업소와 학교에 부탁해 우유병 마개를 모으기 시작했다. 그렇게 모은 마개들을 노부의 유골함 앞에 쌓아 두고 명복을 빌고 있다고 했다. 엄마는 노부네 집에 들렀다가 우연히 그 광경을 본 적이 있는 모양이었지만 내게는 자세히 설명해 주지 않았다. 요즘은 아줌마랑 전화 통화만 하는 것 같던데 그것도 얼마나 갈지 알 수 없었다. 주로 아줌마가 엄마한테 전화를 걸어 꿈에서 노부를 만날 방법을 이것저것 시도해 보고 있다며 설명을 늘어놓았고, 엄마는 어쩔 수 없이 그 이야기를 억지로 들어주는 식이었다.

학교에서는 담임 선생님의 지시하에 모두의 우유병 마개를 모아서 노부네 집에 전달하게 되었다.

처음에는 우리 반 전원의 마개가 모였지만 점차 수가 줄어들었다. 귀찮아졌다거나 노부의 엄마가 좀 이상한 것 같다고 생각해서가 아니었다.

교내에 기묘한 소문이 퍼졌기 때문이다.

사고 현장에서 가까운 인도 한구석에 노부의 죽음을 추모하는 꽃다발과 향이 놓여 있는데, 거기에 우유병 마개를 내려놓으면 어디선가 남자아이 목소리가 들려온다는 소문이었다.

무언가를 호소하는 듯한 목소리.

죽은 노부의 목소리임이 틀림없다.

우리 반에서 제일 먼저 수군대기 시작한 것은 여학생들이었다.

나도 대각선 뒷자리에 앉은 여학생에게 들었다. 어디까지나 소문에 불과했지만 하나둘 실행에 옮기는 사람이 나타나고, 그 수가 점점 늘어갔다. 일종의 담력 테스트 같은 느낌이었다.

처음에는 '아무 일도 일어나지 않았다', '대실망' 같은 반응이 대부분이었다. 그러다 점차 '신음 소리가 들렸다', '울고 있었다'는 증언이 나오기 시작했다. 하지만 대다수 도시전설이 그렇듯 출처를 확인해 보면 '2반 누구누구의 형이 들었다더라', '3반 누구누구의 사촌이 그러더라' 하는 식이었고, '내가 들었다'고 단언하는 사람은 아무도 없었다.

그러니 거짓말이 틀림없다. 헛소문이다. 아니, 이거야말로 도시전설이다. 우리는 지금 도시전설이 생겨나는 순간을 실시간으로 목격하고 있는 것이다. 나는 그렇게 생각하려고 애썼다. 그렇게 결론짓고 싶었다.

하지만.

"사건 현장에 우유병 마개를 갖다 놓는 것은 학교 차원에서 금지한다."

5월도 하순에 접어들었을 무렵, 학급회의 시간에 담임 선생님이 말했다.

반박하는 사람은 없었지만 갑작스러운 방향 전환에 모두가 짜증스러워하는 것이 느껴졌다.

"이유는 두 가지다."

선생님이 검지를 치켜들었다.

"우선 환경 미화적인 문제. 공공장소를 깨끗하게 유지하자는 거지. 최근 며칠 사이에 현장 근처를 지나간 사람 있나?"

몇몇이 손을 들었고 그중 한 명에게 선생님이 물었다.

"어땠지?"

"우유병 마개가 이렇게….'

질문을 받은 남학생이 손으로 40~50센티미터 정도 되는 산 모양을 만들어 보였다.

"주변은?"

"마개가 여기저기 흩어져 있었어요."

"며칠 전에 비도 왔지?"

"네, 마개가 다 젖어서 질척질척했어요."

"그래."

선생님이 고개를 끄덕였다.

"갖다 놓기만 하고 치우지 않는 건 쓰레기 무단 투기와 다를 바가 없다. 게다가 명복을 비는 거라면 몰라도 다들 그런 마음으로 마개를 갖다 놓는 것도 아니니까. 그게 두 번째 이유다."

선생님이 검지에 중지를 더해 브이 사인을 만들어 보였다.

"노부가 죽었다. 슬픈 일이다. 사실 선생님도 아직 감정을 다 추스르지 못했어. 죽으면 어떻게 되는 건지 선생님도 잘 모르니까. 산다는 건 뭐고 죽는다는 건 뭘까, 그런 생각을 하면 머릿속이 더 복잡해지지. 하지만 말이다."

선생님은 교단에 서서 교실 안을 한차례 둘러본 후 말을 이었다.

"지금 너희가 하고 있는 건 죽은 사람을 모욕하는 짓이야. 목소리가 들린다느니 뭐라느니… 노부한테 미안하지도 않니? 그래서 학교 차원에서 금지하는 거다."

"아, 하지만."

오다가 말했다.

"노부 엄마랑 여동생도 자주 오던데요."

오다네 집은 현장에서 그리 멀지 않은 곳에 있었다.

"올 때마다 우유병 마개를 잔뜩 내려놓고 한참 동안 기도하다 가던데 그것도 잘못된 건가요?"

"오다 네가 직접 봤니?"

"네, 두 번, 아니 세 번 정도요."

선생님은 흠, 하고 얼굴을 찌푸렸다. 말꼬리를 잡혀서 불쾌해하는 기색이 역력했다.

"선생님."

교단 바로 앞에 앉은 여학생이 손을 들었다.

"애초에 목소리가 들린다고 소문을 퍼뜨린 사람이 노부 여동생이라고 하던데요."

"뭐라고?"

"1학년 미도리카와 하나 말이지?"

다른 여학생이 말을 받았다.

"저도 들었어요. 자기네 반에서 그렇게 떠들어서 소문이 퍼진 거라고요."

"나도 들었어!"

"나도."

"진짜?"

"그러고 보니 나도 그 얘기 남동생한테 들었어."

교실이 어수선해졌다. 소란은 좀처럼 잦아들 기미가 보이지 않았다. 선생님은 심각한 얼굴로 무언가를 생각하는 듯하더니 이내 고개를 들고 손뼉을 쳐서 모두를 조용히 시켰다.

"코스케, 슌, 코타로. 너희 셋이 가서 청소 좀 해줄래?"

갑작스러운 제안에 가슴이 덜컹했다.

"너희가 노부랑 제일 친했지? 선생님 생각에는 이 기회에 친구의 죽음, 갑작스러운 이별에 대해 마음을 정리하는 시간을 가져보는 것도 좋을 것 같구나. 다녀와서 어땠는지 선생님한테도 말해주고."

선생님의 눈이 반짝반짝 빛났다. 자신의 아이디어가 대단히 마음에 든 모양이었다.

"어딘지는 알지?"

"아, 아니요."

코스케가 대답했다.

"실은 아직 한 번도 가 본 적이 없어서…. 그렇지?"

코스케가 눈짓으로 신호를 보내는 것을 보고 나와 슌이 고개를 끄덕였다. 코스케와 슌은 어떤지 모르겠지만 나는 실제로 한 번도 그곳에 간 적이 없었다.

"그래, 너희 입장에서는 죽은 친구를 모욕하는 장난에 끼기 싫었겠지."

선생님은 자기 좋을 대로 해석하더니 웃으며 이야기를 마무리 지었다.

"그럼 부탁한다. 선생님은 너희를 믿으니까."

사고 현장은 왕복 4차선 국도였다. 도로 옆으로 주유소와 회전 초밥집, 양복점이 늘어서 있었다. 해가 저물기 시작했지만 아직 전조등을 켠 차는 없었다.

종례가 끝나자마자 밖에서 사용해도 되는 빗자루와 쓰레받기, 쓰레기봉투, 목장갑을 선생님에게서 건네받은 우리 셋은 무거운 발걸음으로 현장을 찾았다. 코스케도 순도 여기까지 오는 내내 한마디도 하지 않았다.

문제의 장소는 금방 찾았다.

인도 가장자리, 가드레일 기둥 아래에 국화가 놓여 있었다. 국화를 둘러싸듯 수많은 우유병 마개가 산더미처럼 쌓여 있었다. 언젠가 TV에서 본 라스베이거스인가 어딘가의 카지노를 떠올리게 하는 광경이었다.

상당수가 주변에 어지럽게 흩어져 있었다. 대부분 새까맣게 더러워진 상태였고, 밟히거나 구겨진 것도 많았다.

"이게 뭐야."

코스케가 목장갑을 끼며 투덜거렸다. 순이 맞장구를 쳤다.

좋은 기회였다. 나는 두 사람에게 노부네 집에 분향하러 갔던 날 만난 수상한 손님과 편지에 대해 이야기했다. 듣고 있던 코스케의 표정이 조금씩 일그러졌고, 슌은 마개 더미에서 한 발짝 물러섰다. 나도 말하면서 어딘지 모르게 오싹한 기분이 들었다.

과거 우리는 우유병 마개로 딱지를 만들어 놓았다.

수상한 여자의 선물을 받은 후, 노부의 엄마는 우유병 마개를 모으기 시작했다.

그로부터 얼마 지나지 않아 이곳에 우유병 마개를 놓아두면 노부로 추정되는 남자아이의 목소리가 들린다는 소문이 전교에 퍼졌다. 그 소문이 진짜라고 믿어서인지 아니면 재미 삼아서인지는 모르겠지만 아무튼 시도해 보는 사람이 적지 않다는 사실은 눈앞의 광경을 보면 알 수 있었다.

우유병 마개는 모이고, 쌓이고, 무너지고 흩어졌다.

그리고 '친구'였던 우리가 그것들을 청소하기 위해 지금 여기 이렇게 서 있다.

느슨하지만 확실하게 모든 것이 이어져 있었다.

마치 노부가 우리를 부르고 있는 것 같았다.

오싹하다 못해 온몸이 오들오들 떨리기 시작했다. 여기 오는 동안은 덥다고 느낄 정도였는데. 정신을 차리고 보니 회색 구름이 하늘을 뒤덮고 있었다.

"빨리 끝내자."

그렇게 말하는 코스케도 어두운 표정을 하고 있었다.

흩어진 마개들을 손으로 그러모아 쓰레기봉투에 넣었다. 빗자루와 쓰레받기는 실제로 사용해 보니 별 도움이 되지 않는다는 걸 깨닫고 한쪽에 모아둔 책가방 옆에 던져 놓았다. 자전거를 타고 지나가던 할아버지가 우리를 보고 "기특하구나, 힘내려무나" 하고 격려해주어서 기분이 조금 나아졌다.

아스팔트 바닥에 눌어붙은 마개는 자로 긁어냈다. 차도까지 날아간 것들은 포기하기로 했다. 커다란 쓰레기봉투가 금방 다 찼다.

국화는 흰 종이를 두른 상태로 파란색 병에 꽂혀 있었다. 미이라처럼 말라비틀어진 꽃다발도 놓여 있었다. 그리고 편지 봉투가 세통. 비에 젖었다가 다시 마른 탓인지 종이가 울어서 쭈글쭈글했다.

순이 봉투를 집어 안에 든 종이를 꺼냈다. 나와 코스케도 옆에서 함께 들여다보았다.

편히 잠들기를

어른이 쓴 듯한 글씨였다.

돌아가신 분께, 천국에서 부디 행복하세요.

두 번째는 초등학교 저학년쯤 되는 아이가 쓴 것 같았다.

딱히 아무 생각도 들지 않았다. 코스케와 순도 무표정한 얼굴로 편지지를 내려다볼 뿐이었다.

세 번째 봉투를 열어 보려던 슌이 "어?" 하고 무언가 발견한 듯 손가락으로 봉투 겉면을 가리켰다. 자세히 보니 흐릿하긴 하지만 받는 사람 이름이 적혀 있었다.

아 , 마, 하나에게

우리 셋은 얼굴을 마주 보았다. 받는 사람이 누구인지는 짐작이 갔지만 그게 무얼 뜻하는지는 알 수 없었다. 코스케의 재촉에 슌이 봉투에서 편지지를 꺼냈다.

흰 종이가 두 장. 낯익은 글씨가 적혀 있었다.

저는 학교에서 괴롭힘을 당해서 자살합니다. 여기서 차에 치여 죽기로 했습니다.

키모토 코스케, 카다 슌, 스미 코타로.

이 세 명이 저를 따돌리고 제 물건을 숨기고 저를 무시했습니다. 안 좋은 소문을 퍼뜨려 반 친구들 모두가 저를 멀리하게 만들었습니다. 제 전 재산인 7만 2600엔을 전부 빼앗겼습니다. 보이지 않는 곳만 골라서 때리고 발로 찼습니다.

며칠 전에는 하나를 데리고 오라고 했습니다. 하나를 지키기 위해서는 제가 죽는 수밖에 없다고 생각했습니다. 지금까지 제가 당했던 일과 제가 들었던 욕은 자세한 날짜와 함께 다음 장에 적어 두었습니다.

억울해요. 저는 살고 싶었어요. 결코 저 녀석들을 용서하지 않을 겁니다.

유서였다. 누가 봐도 노부가 남긴 편지였다.

뒷장에는 앞장보다 훨씬 더 작은 글씨로 우리가 한 짓이 적혀 있었다. 순서대로, 하나도 빠짐없이.

"욱!"

등골이 오싹하고 구역질이 나서 반사적으로 입을 틀어막았다. 순이 편지를 떨어뜨릴 뻔했다. 코스케는 꿈쩍도 하지 않았다. 멀어졌던 자동차 소리가 다시 들리기 시작했다.

말도 안 돼. 왜 이런 곳에. 그것도 이제 와서.

의문이 기억을 불러일으켰다.

노부네 집에서 본 수상한 편지가 생각났다. 오바 카나코라는 여자가 꿈속에서 들었다던 노부의 말.

'우유병 마개를 모아 주세요. 많으면 많을수록 제 원한을 풀기 쉬워질 테니까요.'

이걸 말한 건가.

노부의 원한이 이 유서를 만들어 낸 건가.

코스케의 얼굴은 새파랗게 질렸고, 순은 부들부들 떨고 있었다. 도망치자. 편지를 버리고 지금 당장 여기서 떠나야 한다. 그렇게 생각한 순간.

"안녕."

작고 귀여운 여자 목소리에 우리 모두 화들짝 놀랐다.

노부의 엄마였다. 갈색 옷에 주황색 운동화가 눈에 들어왔다. 옆에서 하나가 꽃다발을 손에 들고 서 있었다.

"청소하고 있었니?"

편지 봉투를 등 뒤에 숨긴 순이 "네" 하고 어색하게 웃으며 대답했다. 목소리가 떨렸다.

"선생님이 시켜서요. 저희도 이상한 소문 때문에 이런 일이 벌어지고 있는 게 싫기도 했고요."

코스케가 숨도 쉬지 않고 빠르게 쏟아냈다. 아줌마는 의미를 알 수 없는 미소를 띤 얼굴로 가만히 듣고 있다가 이렇게 말했다.

"우리는 이대로 놔두었으면 좋겠는데. 그렇지, 하나?"

"응."

"왜요?"

내가 물었다.

"목소리가 들린다느니 신음 소리가 들린다느니 너무하잖아요. 사람이 죽었는데 장난처럼…"

"그 사람들은 그런 마음일 수도 있겠지. 하지만 우리한테는 고마운 일이란다."

아줌마는 화장기 없는 야윈 얼굴에 손을 갖다 대며 말했다.

"잔뜩 모이면 소원이 이루어질 것 같거든."

"소원이요?"

"그래. 노부가 왜 죽었는지, 정말 사고였는지…"

"가르쳐 줄 거야."

하나가 뒤를 이었다.

"여기 우유병 마개가 잔뜩 모이면 목소리가 들릴 거라고, 궁금했던 것들 다 알게 될 거라고 언니가 그랬어."

"언니?"

"후후, 얘도 참."

아줌마가 잇몸을 드러내고 웃으며 하나의 머리를 부드럽게 쓰다듬었다.

"얼마 전부터 이런 말을 자주 하네. 어린아이한테만 보인다는 요정 같은 걸 봤나 싶기도 하고. 상상 속의 친구 같은?"

"아냐, 진짜로 언니가 그랬어. 마트 갔을 때 데스크에 있던 언니."

"그래그래."

아줌마가 우리 셋을 천천히 둘러보며 말했다.

"아줌마도 한번 믿어 보고 싶거든. 그 '언니'가 한 말을."

"……."

"미안, 아줌마가 헷갈리게 만들었구나. 청소는 계속해도 된단다."

아줌마는 깨끗해진 인도를 슬픈 눈으로 쳐다보았다.

"우유병 마개가 모이면 그때 다시 와야겠네."

하나가 꽃다발을 내려놓고 손바닥을 모았다.

우리는 두 사람이 떠날 때까지 그 자리에서 한 발자국도 움직이지 못했다.

노부의 목소리가 들린다는 소문은 시간이 지나도 사라지지 않았다.

청소를 하고 보름쯤 지나자 현장에는 우유병 마개가 다시 산더미처럼 쌓였다. 우리는 선생님에게 말하고 직접 가서 우유병 마개들을 치웠다.

치우면서 새 유서를 발견했다. 내용은 지난번에 본 유서와 동일했고, 오리지널 몬스터가 그려진 납작한 우유병 마개가 함께 들어 있었다. 우리는 유서와 마개를 잘게 잘라 다른 우유병 마개들과 함께 쓰레기봉투에 넣어 버렸다.

우리는 매일같이 현장에 가서 유서가 있는지 없는지 확인하게 되었다.

노부의 엄마와 여동생도 현장에 자주 왔다. 세 번에 한 번 정도는 꽃을 놓아두고 돌아갔다. 이제는 자기들이 직접 우유병 마개를 모으거나 갖다 놓지는 않았지만 그래도 우유병 마개는 매일같이 쌓여갔다.

소문이 점점 더 멀리까지 퍼져나갔기 때문이다.

근처 초등학교와 중학교는 물론 고등학교, 대학교, 심지어 어른들 사이에서도 '우유병 마개를 놓아두면 목소리가 들린다'는 소문이 돌았다. 소문의 버전도 다양했다.

'신음 소리가 들리면 불행해지고, 웃음소리가 들리면 행복해진다', '자정에 놓아두면 반대편 인도에 소년의 모습이 보인다', '우유병 마개를 자기 나이만큼 놓아두면 악연을 끊을 수 있다' 등등.

아무리 청소를 해도 일주일도 지나지 않아 다시 우유병 마개가 여기저기 쌓여 탑을 이루었다. 유서도 계속 나타났다. 발견하면 그 자리에서 바로 버리고, 발견되지 않으면 일단 돌아왔다가 나중에 다시 갔다.

선생님은 우리 반 전원이 돌아가며 청소를 하는 게 어떻겠냐고 제안했지만 우리 셋은 이런저런 이유를 들어 거절했다. 친구로서 당연히 해야 하는 일이니까, 노부를 잊고 싶지 않으니까. 대충 그렇게 둘러댄 것 같은데 정확히는 기억나지 않는다.

언제부터인가 마음속에서 공포가 사라지지 않게 되었다. 매일매일 두려움에 떨었다. 학교에 있을 때도 집에 있을 때도, 수업을 들을 때도 밥을 먹으면서도, 주말에도 여름 방학에도, 밤에 잘 때도. 지금 이 순간에도 우유병 마개 탑에 '마지막 한 개'가 더해져 유서가 나타날지도 모른다. 그런 생각을 하면 목이 타고 식은땀이 나고 심장이 벌렁벌렁했다. 한밤중에 몰래 집을 나와 혼자 청소를 하는 일이 잦아졌다. 코스케와 슌도 마찬가지였다.

내버려 두어도 괜찮을 거라고는 생각할 수 없었다. 도저히 빠져나갈 수 없는 상황을 마주하게 될 것이라는 예감, 돌이킬 수 없는 일이 일어날 것이라는 예감이 머릿속에서 떠나지 않았다.

코스케는 하루가 다르게 야위어갔다. 툭 튀어나온 눈동자만이 기분 나쁘게 빛났고, 이빨과 이빨 사이가 벌어졌다. 슌은 반대로 나날이 살이 쪄서 이제는 어디까지가 턱이고 어디부터가 목인지 구분이 되지 않았다.

2학기가 시작되고 얼마 지나지 않아 슌이 망가졌다.

수업 중에 갑자기 알아들을 수 없는 괴성을 지르더니 선생님이 이를 제지하자 주먹으로 선생님을 후려쳤다. 나는 슌을 막으려다가 슌이 휘두르는 팔에 맞아 뒤로 벌렁 나가떨어졌다. 한바탕 소란을 피우던 슌은 어느 순간 교실을 뛰쳐나갔고, 실내화를 신은 채 학교 밖으로 나가버렸다.

슌의 시체가 발견된 것은 그로부터 사흘이 지난 후였다.

노부의 사고 현장에서 우유병 마개 더미에 얼굴을 묻은 채 죽어 있었다고 했다. 사인은 질식사. 우유병 마개 수십 개를 입안 가득 물고 있었는데 그중 몇 개는 목 깊숙이 넘어간 상태였다.

곧 새로운 소문이 돌기 시작했다.

현장 앞을 지날 때는 반드시 우유병 마개를 바쳐야 한다. 바치지 않으면 죽은 두 사람의 저주를 받아 죽게 된다. 머리가 깨져 피를 철철 흘리는 소년과, 목둘레가 얼굴 둘레보다 더 큰 뚱뚱한 소년이 뒤를 따라와 죽일 것이다. 현장을 지날 때마다 바쳐야 하는 우유병 마개의 개수는 네 개다, 아니 열 개다, 아니다 열세 개다….

우리를 비웃는 듯한 소문이 퍼져나가는 것을 나는 그저 듣고만 있었다. 막을 길이 없었다.

나와 코스케는 우유병 마개와 유서를 처분하기 위해 살고 있는 것이나 다름없었다. 다른 것은 아무것도 생각할 수 없었다. 아침에 집을 나오면 학교가 아니라 현장으로 가서 사람들이 쌓아둔 우유병 마개를 쓸어 모았다. 노부의 엄마를 발견하면 근처 전봇대 뒤에 숨어서 갈 때까지 기다렸다. 선생님이 집에 연락해서 엄마 아빠에게 크게 혼이 났지만 나는 끝까지 이유를 말하지 않았다. 이러고 있는 동안에도 우유병 마개가. 유서가. 무의식중에 자꾸 자리에서 일어나려는 나를 보며 아빠가 호통을 쳤다. 엄마는 울었다. 언제부터 울고 있는 건지 기억이 나지 않았다. 그러고 보니 집 안이 많이 지저분하네, 음식물 쓰레기 냄새도 나는 것 같은데, 하는 생각이 들었지만 그게 무엇을 뜻하는 것인지는 이해하지 못했다.

어느 추운 밤.

부모님이 잠든 것을 확인하고 집을 빠져나와 현장에 가 보니 코스케가 먼저 와 있었다. 이렇게 추운데 얇은 잠옷만 입고 길바닥에 엎드려서 우유병 마개를 그러모으고 있었다. 나는 코스케에게 인사를 건네고 쓰레기봉투를 펼쳐서 잡아 주었다. 그러고는 둘이서 묵묵히 청소를 이어 갔다.

유서는 나오지 않았지만 공포는 조금도 사그라들지 않았다. 오히려 점점 더 커져만 갔다.

이건 꿈일지도 모른다. 눈을 뜨면 나는 침대 위에 누워 있고, 바로 그 시간에 여기에 유서가 나타나고, 마침 지나가던 누군가가 그걸 발견할지도 모른다. 생각만 해도 끔찍했다. 비명을 지르며 어디로든 뛰쳐나가고 싶었다.

대형 트럭 몇 대가 굉음을 내며 눈앞을 지나갔다.

"코타로."

코스케가 입을 열었다. 시체 같은 얼굴로 내 쪽을 쳐다보고 있었다.

"나도 빠져도 될까?"

트럭 한 대가 또 지나갔다. 매섭고 차가운 바람이 뺨을 때렸다.

"안 돼. 절대 안 돼."

나는 힘주어 대답했다.

코스케는 쯧, 하고 혀를 찼지만 단지 그뿐이었다. 인사도 하지 않고 발걸음을 돌리더니 쓰레기봉투를 손에 들고 걸어가기 시작했다. 코스케가 시야에서 완전히 사라진 후, 나는 문득 고개를 들어 맞은편 인도를 보았다. 순간, 심장이 멎을 뻔했다.

한 여자가 서 있었다.

가로등 불빛에 비친 검은 옷, 흰 피부에 짧은 머리.

얼굴은 보이지 않았지만 이쪽을 똑바로 쳐다보고 있다는 건 알 수 있었다. 손에 든 것은 봉투일까. 두께가 한 뭉치는 되어 보였다. 이 상황은 대체 무엇을 뜻하는 걸까. 생각해 보려고 했지만 쉽지 않았다. 머릿속은 온통 다음에 유서가 나타나는 날, 우유병 마개가 이곳을 가득 채우는 날에 대한 생각뿐이었다.

정신을 차려 보니 여자는 사라지고 없었다.

나는 잠시 그 자리에 서 있다가 다시 천천히 걷기 시작했다.

등 뒤가 신경이 쓰여 견딜 수가 없었다.

고개를 돌리면 우유병 마개가 산더미처럼 쌓여 있는 게 아닐까. 유서가 놓여 있지는 않을까. 확인하고 싶었다. 하지만 만약 정말로 그렇다면 도저히 제정신을 유지할 자신이 없었다.

집으로 돌아가는 내내 나는 무서워서 엉엉 울었다.

제 **4** 화

기묘한 괴담 하우스

제4화

기묘한 괴담 하우스

1

객석은 빈자리가 거의 없었다. 이 정도면 성황이라고 봐도 좋을 듯했다. 맥주로 알딸딸하게 취한 머리에 주변의 소음이 기분 좋게 스며들었다.

딸랑, 하는 종소리와 함께 조명이 꺼졌다.

바람 소리 같기도 하고 신음 소리 같기도 한, 낮고 무거운 소리가 스피커에서 흘러나왔다. 다크 앰비언트*. 괴담 이벤트에 잘 어울리는 BGM이다. 객석의 웅성거림이 서서히 잦아들었다.

무대 위에 조명이 켜졌다. 무대 왼쪽에서 출연자들이 등장했다.

---

* Dark ambient, 전자 음악 장르 중 하나로 선율의 불협화음을 강조하는 것이 특징이다.

다들 마이크를 들고 있었다. 총 네 명. 서로 조금씩 떨어져서 방석에 무릎을 꿇고 바르게 앉았다. 한 사람씩 차례대로 무대에 올라 이야기하는 줄 알았는데 좌담회 형식으로 진행되는 모양이었다.

조금 불안해졌다. 내가 보기에 이런 형식은 괴담과 잘 맞지 않기 때문이다. 쓸데없이 맞장구를 치거나 말꼬리를 잡아서 관객의 호응을 이끌어 내려고 하는 어중간한 토크쇼라면 사양이었다. 그런 건 괴담이라고 할 수 없다. 팽팽하게 긴장된 분위기 속에서 잘 벼려진 칼날을 객석을 향해 불쑥 들이미는 듯한 서늘하고 오싹한 이야기를 듣고 싶었다.

다시 조명이 꺼졌다.

넷 중 한 명에게 스포트라이트가 쏟아졌다. 검은색 폴로셔츠 차림에 연령 미상의 깡마른 생쥐 같은 남자였다. 남자는 관객들을 향해 자기소개를 하고 오늘 진행에 대해 간단히 소개한 다음 자기부터 이야기를 시작하겠다고 말했다.

예감이 좋았다. 내가 바라던 긴장감 넘치는 괴담 이벤트가 될 것 같다는 생각이 들었다. 물론 가장 중요한 것은 괴담사의 언변과 괴담의 내용이지만.

생쥐를 닮은 남자가 이야기를 시작했다.

아니다, 이런 상황에 어울리는 말은 따로 있다. 나는 마음속으로 표현을 수정했다.

첫 번째 남자가 말하기 시작했다, 라고.

지금은 '괴담사'라는 명함을 달고 괴담으로 먹고살고 있습니다.

전국을 돌며 이런 공연장에서 괴담을 선보이거나, 잡지나 인터넷 사이트에 괴담을 투고하거나, 책을 내거나 하면서요. 책이라고 해봤자 아직 공저가 두 권 나왔을 뿐입니다만.

그전에는 무슨 일을 했냐면 요양보호사였습니다. 요양 시설에서 어르신들이 생활하시는 걸 돕는 일이었지요.

요양 시설에도 여러 종류가 있습니다만, 제가 처음에 근무한 곳은 솔직히 말해 환경이 매우 열악했습니다.

건물도 시설도 다 낡아빠진 데다가 식사는 누가 먹다 남긴 것 같은 수준이었고 사람도 자주 바뀌었습니다. 소장과 고참 직원들은… 어이쿠, 이 얘긴 그만하죠. 괴담이 아니라 험담 대회가 될 것 같으니.

직원들끼리 사이가 안 좋으면 시설 전체 분위기도 험악해집니다. 입소자 간 싸움이 끊이지 않았고, 반대로 방에 처박혀 나오지 않는 사람도 있었습니다. 입소자와 직원 사이에 신뢰는 기대할 수도 없었죠. 애초에 직원 대부분이 어르신들을 인간 취급하지 않았으니까요.

배회 증상이 있는 사람은 그냥 침대에 묶어버리는 식이었습니다. 3년간 근무하면서 제가 그렇게 한 적은 없지만 유혹을 느낀 적이 한 번도 없다고 하면 거짓말이겠지요. 그렇게라도 하지 않으면 일이 끝나지 않으니까요. 급여를 생각하면 입소자는 묶어두고 다른 할 일을 하는 게 맞는 거 아닌가 하는 생각이 때때로 머리를 스치고 지나가기도 했습니다. 녹초가 되어 일하다 보면요.

당연히 안 좋은 소문이 났습니다. 뭐 소문이 아니라 사실이었지 만요. 그러다 보니 주로 그런 곳이어도 상관없다는 사람들이 자기 부모나 조부모를 입소시켰습니다. 귀찮은 노인네를 죽을 때까지 대신 맡아 달라는 거죠.

당연히 면회 오는 사람도 없었습니다. 입소 첫날 저희에게 '돌아 가실 때까지 연락 안 주셔도 됩니다'라고 하는 사람도 있었어요. 자기 친부모인데 말입니다.

마음이 황폐해졌습니다. 사람을 못 믿게 되었죠. 거길 그만두지 않았다면, 다음 직장이 제대로 된 곳이 아니었다면 잘못된 길로 빠졌을지도 모릅니다.

다음 직장은 비교적 고급 시설이었습니다. 일은 힘들었지만 사람 처럼 살고 사람처럼 일할 수 있어서 좋았습니다. 입소자도 좋은 분 들뿐이었고 매일같이 면회객이 찾아왔죠.

하지만 그렇다고 해서 이상한 일이 일어나지 않는 건 아니더 군요.

입소자 H 씨에게 들은 이야기입니다.

그 시설은 운영 초기에 컬러 테라피를 도입했었다고 합니다. 간단히 말해 방마다 벽을 다른 색으로 칠했던 겁니다. 가구도 모두 벽과 똑같은 색으로 통일하고요. 감정을 가라앉히고 마음을 편안하게 만들어 주는 효과가 있다고 해서요.

시간이 지나면서 직원들 사이에서도 입소자들 사이에서도 '별 효과가 없다', '엉터리다' 하는 지적이 잇따랐고, 가볍게 리폼을 하거나 새 가구를 들이거나 하다 보니 결국 이도 저도 아니게 되었다고 하더군요. 감수한 테라피스트가 탈세로 체포되었다는 소식도 컬러 테라피를 부정하는 의견에 힘을 실어 주었습니다.

다만 연보라색 방 한 칸은 그대로 남았습니다. 가구도 바뀌지 않아서 하나부터 열까지 전부 연보라색으로 통일된 방이었죠.

'보라색 방'이라고 불렸습니다.

그 방에서 지내는 사람은 반드시 같은 꿈을 꾼다고 합니다.

길게 쭉 뻗은 연보라색 복도를 걷는 꿈. 벽도 천장도 바닥도, 전등도 난간도 모두 연보라색이고, 복도 끝은 너무 멀어서 잘 보이지 않습니다.

걸어가다 보면 복도가 조금씩 좁아집니다. 팔이 벽에 부딪히고, 숙이지 않으면 머리를 천장에 박을 것만 같습니다. 그런 상황인데도 멈춘다거나 돌아간다는 선택지는 떠올리지 못합니다. 꿈에서는 종종 그럴 때가 있지요.

그렇게 계속 가다 보면 마침내 옴짝달싹 못 하게 되는 순간이 옵니다.

이를 어쩌지, 곤란하게 되었네.

앞으로 가려면 어떻게 해야 할까.

게다가 왠지 좀 더운 것 같은데.

그런 생각을 하고 있노라면.

꾸루룩, 하는 소리가 저 앞쪽에서 들려옵니다. 욕조 배수구에 물이 빨려 들어가는 듯한 소리.

뭘까. 뭐가 다가오는 걸까.

얼굴은 온통 땀투성이입니다. 이마에서 흘러내린 땀이 뺨을 타고 흘러 턱 끝에서 뚝뚝 떨어집니다.

땀은 소리 없이 앞으로 쭉 뻗어서 복도 저편으로 사라집니다.

거기서 다들 깨닫게 됩니다.

언제부터 그렇게 되었는지는 알 수 없지만.

자신이 좁은 구멍에 거꾸로 끼어서 까마득히 먼 바닥을 내려다 보고 있다는 사실을.

앗.

하고 생각한 순간, 몸이 주르륵 미끄러집니다.

그리고 잠에서 깹니다.

보라색 방에 들어간 사람은 반드시 이 꿈을 꿉니다. 매일매일 하루도 빠짐없이. 그러다 보면 방을 바꿔 달라는 얘기가 나오고, 보통은 다른 방의 누가 죽으면 그쪽으로 옮겨갔다고 하네요.

방을 바꿔 달라고 요구하지 않는 사람은 어느 날 갑자기 죽은 채로 발견된다고 합니다.

눈을 부릅뜬 채로.

비명을 지르는 듯한 얼굴로.

"꿈에서 깨지 않고 끝까지 추락해버리는 거겠지."

H 씨는 이렇게 말했습니다.

제가 들어갔을 때 이미 보라색 방은 사라진 후였습니다. 하지만 그곳에서 일한 5년 동안 어느 날 아침 갑자기 죽은 채로 발견된 노인은 무려 아홉 명에 달했습니다.

아홉 명 모두 같은 방에서.

아홉 명 모두 같은 표정을 하고.

현재 그 방은 창고로 사용하고 있다고 합니다.

··· ☾ ···

남자는 천천히 고개를 숙였다. 객석의 긴장이 풀리고 몇몇이 박수를 쳤다. 스포트라이트가 꺼지고 정적과 암흑이 찾아왔다.

괜찮은 괴담이었다. 목소리는 너무 높지도 낮지도 않았으며 발음도 나쁘지 않았다. 서두가 좀 길고 무거운 편이긴 했지만, 심령이나 오컬트 쪽 전문 용어를 남발하지 않는 건 좋았다. 뭔가 엄청나게 이상한 일이 일어난 것도 아니고, 생각하기에 따라서는 그저 우연이 겹쳤을 뿐이라고 볼 수도 있는 어중간함이 마음에 들었다.

이야기의 핵심이라고 할 수 있는 꿈도 제법이었다.

낙하한다.

좁은 곳에 갇힌다.

끝없이 이어진다.

모두 꿈에 자주 등장하는 단골 요소인 만큼 오히려 더 현실적으로 느껴졌다. 만약 귀신 같은 여자가 등장하는 꿈이었다면 훨씬 허구 같았을 것이다. 그 여자가 진부한 대사를 읊조리기라도 했다면 완전히 깼을 테고 말이다.

다만 마무리는 좀 아쉬웠다. '모두 같은 표정을 하고' 부분에서 남자는 눈을 부릅뜨고 입을 쫙 벌려 경악인지 공포인지 모를 표정을 지었다. 촌스럽게. 설명만으로도 충분히 죽은 사람의 얼굴을 상상할 수 있었을 텐데. 안타까운 일이다.

스포트라이트가 다음 사람을 비추었다. 선글라스에 콧수염, 밀짚모자에 일본 전통 여름옷. 수상하기 짝이 없는 차림새의 중년 사내였다.

두 번째 남자가 말하기 시작했다.

2

요즘 애들은 심령 스폿을 찾아다니지 않는다지요? 우선 차를 살 돈이 없고, 술도 안 마시니까요. 이동 수단도 없고, 술김에 '한번 가 보자!' 이럴 일도 없다는 거죠.

대신 뭘 하느냐 하면 심령 스폿을 찾아다니는 연예인이나 유튜버의 영상을 봅니다. 집에서 혼자, 스마트폰으로. 뭔가 이건 좀 아니다 싶지 않나요?

최근 자살이나 살인 등 사건이 일어난 아파트 관련 괴담이 유행하는 데에도 다 그럴 만한 이유가 있습니다. 끔찍한 사연이 있더라도 당장 월세가 싼 집에 살 수밖에 없는 사람들이 늘고 있기 때문이지요. 젊은이고 늙은이고 따질 것 없이. 저 같은 중장년층도 예외가 아닙니다.

괴담을 허무맹랑한 이야기라고 얕잡아보는 사람도 많지만, 저는 괴담이야말로 사회를 반영하는 거울이라고 생각합니다.

오늘은 이렇듯 유행에서 밀려난 심령 스폿에 관한 이야기를 해 볼까 합니다.

2년 전 여름. 회사 선배와 후배와 저, 이렇게 셋이서 집에서 술을 마시다가 심령 스폿을 보러 가자는 이야기가 나왔습니다. 운전은 제가 했습니다. 물론 저는 술은 입에도 안 대고 우롱차와 오렌지 주스만 마셨습니다. 그 부분 오해 마시길. 하하.

한 시간 정도 달려서 산길을 15분쯤 걸어 들어간 곳에 있는 폐허였습니다. 원래는 식당 겸 주택이었다고 하더군요. 대체 왜 이런 곳에? 싶은 곳에 덩그러니 세워져 있었습니다. 그곳이 지금은 폐쇄된 등산 코스 중간에 위치한 식당이었다는 건 나중에 알았습니다.

폐허를 제일 먼저 발견하는 사람은 그 지역 불량배들이라고들 하지요. 아지트로 삼아 지내며 여기저기 낙서하고 부수고 망가뜨려서 난장판을 만들어 놓는다고요. 하지만 다행히도 그 건물은 비교적 멀쩡한 편이었습니다. 1층 식당의 유리창도 뿌옇게 먼지가 끼긴 했어도 대부분 멀쩡했습니다. 제일 좋았던 건 유리 장식장이 그대로 남아 있었다는 점입니다. 손전등을 비추자 먼지를 뒤집어쓴 라멘, 카레, 나물 소바 같은 음식 모형들이 모습을 드러냈습니다. 사방은 깜깜하고 나무 사이로 바람이 윙윙 불어대서 좀 무섭기는 했지만 뭔지 모를 독특한 분위기가 느껴졌습니다. 이런 걸 정취가 있다고 말해도 되는 건지 모르겠습니다만.

회사 선배… 당시 이미 쉰은 넘었던 것 같은데 아무튼 그 선배가 돌격 부대가 되어 식당 입구를 벌컥 열어젖혔습니다. 쾅! 하고 큰 소리가 나서 후배와 저는 소스라치게 놀랐지만 선배는 즐거운 듯 웃으며 안으로 성큼성큼 걸어 들어갔습니다. 저희도 서둘러 따라 들어가 가게 안을 손전등으로 비추었습니다.

"뭐야, 이건…."

저도 모르게 중얼거렸습니다.

빨갰습니다. 그냥 빨간 게 아니라 빨간 먹색? 이렇게 말하면 표현이 좀 이상한데 왜 그 선생님들이 채점할 때 쓰는 빨간 색연필 있지 않습니까.

그런 빨간색으로 ×나 ◇ 같은 의미 불명의 기호가 종이에 빼곡하게 적혀 있고, 그 종이들이 벽에 다닥다닥 붙어 있었습니다. 테이블 위에도, 카운터에도. 잘 보이진 않았지만 주방도 비슷했던 걸로 기억합니다. 종이가 붙어 있지 않은 곳은 유리창뿐이었습니다.

그뿐만이 아닙니다. 벽에 걸린 메뉴판도 모두 기호로 되어 있었습니다. 가끔 식당에 가면 메뉴판 위에 종이를 덧대서 가격을 수정해 놓은 걸 볼 수 있는데 그런 식으로 메뉴판에 적힌 글자를 전부 의미를 알 수 없는 기호로 바꿔 놓은 겁니다.

괴문서.

손전등을 비추는 곳은 죄다 그걸로 도배가 되어 있었습니다.

저는 그 자리에서 꼼짝도 할 수 없었습니다. 옆에서 후배도 "돌아가요, 선배. 빨리요" 하고 작은 목소리로 채근하며 부들부들 떨고 있었습니다. 한여름이었는데 말입니다. 8월의 무더운 여름밤 이었습니다. 아무렇지도 않은 사람은 선배뿐이었습니다. 잠겨 있던 화장실 문을 선배가 발로 걷어차 부수었을 때는 진심으로 그만 좀 하라고 소리칠 뻔했습니다.

2층에는 올라가지 않았습니다. 나무 계단이 썩어서 내려앉은 상태였거든요. 아쉬워한 사람은 선배 혼자였고, 저는 이제 집에 갈 수 있겠다고 안도의 한숨을 내쉬었습니다. 아직 미련이 남은 듯한 선배를 질질 끌다시피 하며 식당에서 나오려던 참이었습니다.

소리가 났습니다.

끼익 끼익하는 소리가. 천장에서.

발소리는 아니었습니다. 규칙적이긴 하지만 뭔가 더 딱딱한 물체를 끌고 가는 듯한 소리였습니다. 딱딱하고 무거운 무언가.

아무튼 엄청나게 무겁다는 건 확실했습니다. 천장이 흔들렸기 때문입니다. 먼지, 아니 나무 부스러기가 후두둑 떨어졌습니다.

종이 한 장이 팔랑거리며 날아내렸습니다. 제 얼굴 위에 스르륵.

으아아아아아아아악!

저는 미친 듯이 소리를 질렀습니다.

그리고 전력을 다해 달아났습니다. 선배도 후배도 한 덩어리가 되어 산길을 구르듯이 뛰어 내려왔습니다. 차에 올라타 시동을 건 것까지는 기억이 납니다. 다음 순간 정신을 차려보니 저는 이불 속에서 떨고 있었습니다.

어느샌가 날이 밝아 있었습니다.

화장실에서 나오던 선배가 저를 보고 "하여간 겁은 많아서" 하며 웃었습니다. 후배는 태평하게 코를 골며 대자로 뻗어 자고 있었습니다.

여기서 끝이라면 좋았을 텐데 말입니다.

그로부터 며칠 후, 선배에게서 전화가 왔습니다. 분위기가 심상 치 않아서 무슨 일이냐고 물으니 한참을 망설이다가 이렇게 말했 습니다.

"통나무 같은 여자가 베개 머리맡에 서 있어."

무슨 소리를 하는 건지 알 수가 없었습니다.

통나무 같다니요? 다시 물었지만 선배의 대답은 요령부득이었습 니다. 나무로 만든 여자라는 건지, 아니면 체형을 비유적으로 표현 한 건지.

딱 하나, 여자가 화를 내고 있다는 건 알아들었습니다.

화가 머리끝까지 난 것 같다고. 도끼눈을 하고 입은 꾹 다물고. 입술을 꼭 깨물고 있는 것 같아 보이기도 한다고.

"그날 이후 매일 밤 나타나."

선배는 불안한 목소리로 털어놨습니다.

처음에는 농담인 줄 알았는데 아니었습니다. 얼마 지나지 않아 선배가 회사에서도 통나무 여자를 보게 되었기 때문입니다. "저기 있어", "윽, 또 나왔다"라며 고개를 돌리고, 얼굴을 가리고, 고래고래 소리를 지르고, 허공에 대고 주먹을 휘두르기 시작했습니다. 멀쩡한 벽이나 화장실 거울을 앞에 두고 말입니다.

그 식당에 갔던 것이 원인이었습니다. 그것 말고는 생각할 수 없었습니다.

저와 후배는 이 상황을 해결할 방법을 백방으로 수소문했습니다. 신사나 절에서 액막이를 하기도 하고, 영험하다는 무당을 찾아가 굿을 하기도 했습니다. 저희 책임도 있다고 생각해서 비용은 나누어 냈습니다.

하지만 통나무 여자는 선배에게서 떨어지지 않았습니다.

나중에는 통나무 여자가 선배의 귓가에 대고 의미를 알 수 없는 말을 끊임없이 중얼거린다고 했습니다. 그래서 잠을 잘 수가 없다고.

그 식당에서 본 종이에 적힌 기호를 읊고 있는 게 아닐까 하는 생각이 들었습니다. 직감적으로요.

선배는 어딘가로 도망치고 싶어 했습니다. 실제로 이야기를 나누다가 갑자기 자리를 박차고 뛰쳐나가는 경우도 많았습니다. 회사에서도 계속 이상한 짓을 해서 어떻게 해야 할지 후배와 둘이서 고민하고 있는데 선배가 갑자기 사라졌습니다.

와이프와 자식을 모두 데리고.

어디로 갔는지는 아직도 모르겠습니다.

··· ☾ ···

긴장된 분위기 속에 잠시 정적이 흐르고, 박수가 터져 나왔다. 사내는 밀짚모자를 벗고 객석을 향해 고개를 숙였다.

재미있었다.

괴담 안에서 괴담에 대해 이야기하는 이른바 메타픽션은 그다지 좋아하지 않지만 여기서는 크게 신경 쓰이지 않았다.

통나무 여자의 애매모호한 느낌도 좋았고, 심령 스폿이 식당이라는 점도 신선했다. 영적인 뭔가가 존재하는 걸까. 벽에 붙은 종이들은 무엇이었을까. 원래 살던 사람들이 붙여둔 걸까. 만약 그렇다면 통나무 여자랑은 어떤 관계가 있는 걸까. 이것저것 상상하게 만드는 이야기였다. 절이며 무당이 등장하는 언저리에서 이야기가 과거로 거슬러 올라갈 줄 알았는데 그러지 않아서 다행이었다.

다만 한 가지, 이야기 중간쯤에 내지른 비명은 별로였다. 그런 건 사족이다. 사람을 놀라게 하는 것과 무섭게 하는 것은 전혀 다른 문제다. 그 부분을 분명히 하지 않으면 괴담은 타락할 수밖에 없다. 거기까지 생각을 못 하지는 않았을 것 같은데 그렇다면 일부러 그런 걸까. 사내의 의도를 가늠하기 어려웠다.

아무튼 불만이 없지는 않지만 전체적으로 나쁘지 않았다. 사내의 첫인상을 낮게 평가했던 것이 조금 미안해졌다.

다음 사람에게 스포트라이트가 옮겨갔다.

통통한 청년이었다. 검은 뿔테 안경에 검은색 티셔츠. 처진 볼살. 청년은 헛기침을 몇 번 하더니 마이크를 고쳐 잡았다.

세 번째 남자가 말하기 시작했다.

3

…와, 저도 넋을 잃고 들었네요. 정말 무서웠습니다. 아마도 지박령 때문인 것 같네요. 그것도 꽤 상급의.

이 건물에도 있던데요. 화장실 변기와 벽 사이에 불편하게 서 있는 빨간 원피스를 입은 여자. 네? 못 보셨나요? 보셨다고요? 그렇죠? 정말 있다니까요.

뭐 그 여자는 제가 보기에 지박령은 아니고 그냥 부유령 같더라고요. 사람들이 모여 있으니까, 모여서 괴담을 나누고 있으니까 궁금해서 가까이 와본 거죠. 딱히 악의가 있는 것 같지도 않았고. 이런 장소가 그런 것들을 불러들이는 측면도 있으니까요. 마치 자석처럼 말이죠.

안녕하세요, 말 안 해도 다들 아시겠지만 천재 괴담사 요시다 케이타로입니다.

얼마 전 팬에게 들은 이야기를 해볼까 합니다.

어, 오늘도 왔네? 땡큐. 응, 오늘 처음 소개하는 거야. 그래그래, 이따 뒤풀이에서 보자.

제 팬의 어머니가 초등학생 때 겪은 일입니다. 편의상 어머니 이름을 A라고 할까요?

토요일이었습니다. 지금은 토요일이 쉬는 날이지만 당시에는 토요일도 학교에 갔습니다. 오전만 하고 끝나긴 했지만요. A는 학교에서 돌아와 점심을 먹고 설거지를 하고 있었습니다. 싱크대에 손이 닿지 않으니 욕실에서 의자를 가져와 그걸 밟고 올라가서요.

창문은 열려 있었습니다.

창문 너머로 마당이 있긴 하지만 그리 넓은 편은 아니었고, 바로 콘크리트 담벼락이 보였습니다. 의자에 올라선 A의 눈높이와 담벼락 높이가 비슷했지요.

A는 설거지를 하다가 문득 고개를 들었습니다.

담 너머로 여자가 슥 지나갔습니다.

긴 머리를 하나로 묶은, 피부가 하얀 여자였습니다. 마르고 코가 높다는 걸 제외하면 딱히 특징이랄 게 없는 얼굴이었습니다.

키가 큰 여자네. A는 별생각 없이 설거지를 계속했습니다.

다 씻은 접시를 정리하고 있을 때였습니다.

슥, 하고 여자가 또 지나갔습니다.

아까 그 여자였습니다. 상태가 조금 이상해 보였습니다. 좀 더 자세히 보려고 하자 금방 시야에서 사라져버렸습니다. 창틀 밖으로 벗어난 거죠.

길을 잘못 들어서 헤매고 있는 건가?

나가서 도와줘야겠다 싶어서 의자에서 내려가려는데 여자가 또 슥 지나갔습니다.

이번에는 똑똑히 보였습니다.

얼굴이 흙빛이었습니다.

처음 봤을 때는 하얬는데. 게다가 얼굴이 전체적으로 부어오르고 여기저기 부자연스럽게 울룩불룩 튀어나오기도 했습니다.

생각해 보면 슥 하고 이동한다는 것도 이상한 일이었습니다. 걷는 게 아니라 미끄러지는 듯한 느낌이었으니까요.

그제야 A는 등골이 오싹해졌습니다. 손가락 하나 까딱할 수 없었습니다.

의자 위에 얼어붙은 채 바들바들 떨고 있으려니 다시 여자가 나타났습니다.

새까맣게 말라비틀어진 모습이었습니다.

풀어헤친 머리는 군데군데 뭉텅이로 빠져 얼마 남지 않았고, 뺨이 터지고 갈라진 틈을 따라 빨갛고 노란 액체가 흘러나왔습니다. A는 두려움에 떨면서 썩은 수박 같다고 생각했습니다.

여자가 사라졌습니다.

다음에 또 오면 그때는 정말로 위험하다는 생각이 들었습니다.

A는 창문을 걸어 잠갔습니다. 그러고는 허둥지둥 의자에서 내려가 거실로 향했습니다.

밥상 앞에 앉은 아빠가 TV를 보고 있었습니다. 엄마는 잡지를 읽고 있었습니다.

두 사람 사이에서 커다란 건어물 같은 물체가 흔들리고 있었습니다. 선풍기 바람을 따라 흔들흔들.

앗, 하고 생각한 순간, 어디선가 이상한 소리가 들렸습니다.

정신을 차리고 보니 월요일 아침이었습니다. 눈을 떴을 때 A는 자기가 겪은 이상한 일은 다 잊은 상태였고, 토요일 절반과 일요일이 날아갔다는 사실이 그저 아쉬울 따름이었습니다.

기억이 되살아난 것은 아침 식사를 하던 중이었습니다. 모든 것을 생생하게 기억해 낸 A는 먹은 것을 다 토하고 그대로 쓰러졌습니다. 그렇게 며칠을 고열에 시달렸습니다.

열이 내린 것은 그로부터 일주일 후.

이렇다 할 후유증은 없었지만 원래 생머리였던 머리카락이 그날 이후 심한 곱슬머리로 변했다고 합니다.

너희 어머니, 큰일 날 뻔했는데 천만다행이다.

여기서 포인트는 두 개인데 우선 첫 번째로 여자가 집 주변을 빙글빙글 돌고 있었다는 점.

이건 특정 악령들에게서 나타나는 패턴이야. 이렇게 하지 않으면 집 안으로 들어갈 수가 없거든. 이유는 모르겠지만. 왜 귀신 중에도 직진밖에 못 하는 게 있잖아. 그거랑 비슷한 거야. 주위를 빙글빙글 돌면서 조금씩 다가오는 타입. 아주 드문 건 아니라서 나도 몇 번 본 적이 있어.

두 번째는 이야기 마지막에 A의 부모님, 그러니까 너희 할아버지 할머니 사이에서 흔들리고 있던 것.

틀림없이 관계가 있어. 두 분이 같이 아는 사람 중에 그 둘을 원망하며 죽은 여자가 있는 거지. 너한테 이 이야기를 듣고 바로 알겠던데.

너희 어머니가 부모님 대신 살을 맞은 덕분에 악령은 만족하고 돌아간 거야.

하지만 방심하면 안 돼.

어머니 아직 살아 계시지? 또 올 수도 있거든. 혹시 주변에 이상한 일이 생기거나 하면 바로 나한테 전화해. 대처법을 알려줄 테니까.

그래, 언제든지.

여러분도 이것과 비슷한 일이 생기면 연락 주세요. 들어주셔서 감사합니다.

··· ☾ ···

청년의 이야기는 꽤 큰 박수를 받았다. 나로서는 이해할 수 없는 일이었다. 촌스럽기 짝이 없는 아마추어 솜씨였기 때문이다.

지박령이니 부유령이니 하는 용어를 남발하는 것부터 마음에 안 들었다.

그럴듯한 용어로 치장해서 설명하려고 한다는 것 자체가 괴담사로서 바람직한 자세라고 보기 어려웠고, 무엇보다 그런 용어를 사용하는 것이 아무 의미가 없었다. 부유령이어서 뭐가 어쨌단 말인가. 지박령은 또 무엇이고. 이것만으로는 아무 말도 하지 않는 것과 다를 바가 없다. 괴담사의 직무 태만이다.

마지막에 자기 해석을 덧붙이는 것도 어불성설이다. 게다가 그 근거가 '나는 귀신을 볼 수 있는 심령 전문가'라는 말도 안 되는 선민사상이라니. 이따위 이야기나 들으려고 여기 앉아 있는 게 아니다. 엄연히 무대에 올라 관객 앞에서 이야기하는 건데 자기 팬하고 둘이 노닥거리는 것도 짜증이 났다.

소재는 정말 좋았기 때문에 안타까울 따름이다.

건너편 강기슭을 따라 이동하는 귀신, 담벼락 위를 달리는 귀신, 유리창 너머 복도를 지나가는 발 등등 비슷한 이야기는 많지만 담 너머에서 집 주위를 빙빙 도는 케이스, 게다가 나타날 때마다 온몸이 조금씩 썩어 들어가는 패턴은 처음이었다. 클라이맥스도 후일담도 서로 연관이 있는 듯 없는 듯 애매모호한 것이 딱 괴담 스럽고 깊이가 느껴져서 좋았다.

앞서 나왔던 밀짚모자 사내나 생쥐를 닮은 남자였다면 그야말 로 간담을 서늘하게 만드는 이야기를 들려주었을 텐데. 안타깝다. 실로 안타까운 일이다.

매점에서 맥주를 사서 돌아오자 기다렸다는 듯 스포트라이트 가 다음 사람을 비추었다.

예순, 아니 예순다섯은 되어 보이는 백발노인이었다. 가무잡잡한 피부와 다듬지 않은 수염, 알로하 셔츠에 찢어진 청바지. 누군지 바로 알았다.

네 번째 남자가 말하기 시작했다.

4

안녕하세요, 이곳의 오너를 맡고 있는 서브컬처 마니아 할아범 입니다.

행사 시작 전에 여기 계신 괴담사 세 분과 잠깐 이야기를 나누다가 저도 이야기가 하고 싶어져서 즉흥적으로 끼어들게 되었습니다. 어쩐지 꼭 이야기해야 할 것만 같은 기분이 들기도 했고요.

아무래도 이쪽 일을 하다 보면 괴담 소재 한두 개는 생기기 마련이거든요. 잘할 수 있을지 모르겠지만 적적한 노인네 말상대해 준다고 생각하고 편하게 들어주시면 감사하겠습니다.

현재는 이곳에서 다양한 행사를 개최하고 있습니다. 토크쇼, 영화 상영, 연극 공연… 오늘처럼 괴담 콘서트를 할 때도 있고요. 그저께는 헌책 벼룩시장이 열렸습니다. 뭐든 가리지 않고 다 하는 편이죠. 반대로 밴드나 라이브 공연은 잘 하지 않는 편입니다만. 굳이 말하자면 역할 분담 같은 거랄까요.

하지만 사실 30년쯤 전에는 평범한 라이브 하우스였습니다. 록 밴드나 펑크 밴드 같은 비주얼 계열이 등장하기 시작한 시기였지요.

유명 밴드도 여기서 공연한 적이 있습니다. 지금은 해체했지만 해체 후 보컬과 기타가 새로 밴드를 결성해서 다시 활동하고 있는, 맞아요, 그들 말입니다.

그 외에도 얼마 전 소설을 발표한 A 씨의 밴드라든지.

배우 및 내레이터로도 유명한 B 씨의 밴드라든지.

당시에는 여기서 단독 공연을 할 수 있게 되면 다들 어느 정도 인정하는 분위기였습니다. 아, 자화자찬하는 건 아닙니다. 그 정도 수준의 공연장으로 만든 건 선대 오너의 실력이니까요. 저는 어쩌다 보니 인연이 닿아서 뒤를 물려받았을 뿐입니다.

그 선대 오너에게 들은 이야기입니다.

한 인기 많은 인디 밴드가 있었습니다.

기타 겸 보컬, 베이스, 드럼의 3인 체제로 메이저 데뷔를 앞두고 있었지요. 여기서도 세 차례 공연을 했고 모두 만석이었습니다. 밖에서 이들이 나오기만을 기다리는 팬이 너무 많아서 주변에서 민원이 들어올 정도였습니다.

그런데.

밴드에서 기타 겸 보컬을 맡고 있던 슌이 고향인 아오모리에 돌아갔다가 한밤중에 술을 잔뜩 마시고 밖으로 뛰쳐나갔다고 합니다. 산속에서 발견되었을 때는 이미 심한 동상을 입은 상태였습니다.

결국 슌은 다 합쳐서 총 일곱 개의 손가락을 잃었습니다. 왼쪽 손가락 네 개, 오른쪽 손가락 세 개를요.

데뷔를 앞두고 기고만장했던 거겠지요. 하지만 자업자득이라고 하기에는 너무나도 가혹한 대가였습니다.

절망한 그는 병원에서 달아났고, 이후 행방이 묘연해졌습니다. 발가락도 절반 정도 잘라냈기 때문에 멀리는 못 갈 거라고, 그렇게 생각해서 주위가 방심하고 있었던 것이 문제였습니다.

데뷔는 당연히 없던 일이 되었습니다. 밴드도 해체했죠. 슌이 리더였고, 인기도 제일 많았으니까요.

그로부터 얼마 지나지 않아서부터입니다.

이곳에 관한 이상한 소문이 퍼지기 시작했습니다.

공연 중에 숲이 무대 끝에 서 있다고.

새하얀 얼굴로 손가락이 거의 남지 않은 손을 앞으로 뻗은 채 밴드 연주를 듣고 있다고.

관객석에서 봤다는 증언도 나왔습니다. 마찬가지로 손을 앞으로 뻗은 자세로 무대 위를 가만히 올려다보고 있었다고요.

이게 무슨 뜻인지 이해가 되시나요?

맞습니다. 관객들은 무대 위에서, 밴드 멤버들은 관객석에서 숲을 보게 된다는 말입니다.

요즘도 가끔 목격담이 들립니다.

유비나시*라고 요괴 같은 이름으로 부르는 사람도 있습니다. 아마 인터넷에서 처음 등장했던 걸로 기억합니다. 본 적이 있으신가요? 네, 그 유비나시가 바로 숲입니다.

오너가 바뀌고, 경영 방침도 바뀌고, 밴드나 숲을 아는 사람도 이제 거의 없지만 숲은 여전히 이곳에서 원망스러운 눈빛으로 여러분을 쳐다보고 있습니다. 그런 목격담이 지금도 계속 나오고 있습니다.

그게 곧 '있다'는 증거가 아닐까요?

저는 유령이나 귀신 같은 건 잘 모르지만 그런 생각이 들더군요.

저도 몇 번인가 목격한 적이 있습니다.

앗, 하고 자세히 보려고 하면 이미 사라진 후였죠.

다만 뭐랄까… 이게 무섭다거나 기분 나쁘다거나 그렇다기

---

* 손가락이 없다는 뜻

보다는 음, 그러니까….

죄송합니다. 마무리가 영 어설프네요.

하지만 솔직히 말씀드리자면 말이죠.

저는 객석을 똑바로 쳐다보지 못하겠습니다. 순이 있을지도 모른다는 생각이 들어서요.

··· ☾ ···

공연장 안은 쥐 죽은 듯 조용했다.

다들 박수 치는 것도 잊은 채 숨을 죽이고 앉아 있었다.

움직일 수가 없었다. 목이 말랐지만 손에 든 맥주를 마셔야겠다는 생각조차 떠오르지 않았다.

이윽고 누군가 조심스레 손뼉을 치자 그제야 우레와 같은 박수가 터져 나왔다.

조명이 켜지고 무대 위 네 사람의 프리 토크가 시작되었지만 박수는 좀처럼 그치지 않았다.

조심스럽게 주위를 둘러보는 관객이 있었다.

무대를 보지 않으려고 눈을 피하는 관객도 있었다.

무대 위 네 사람도 서로를 쳐다보며 객석 쪽은 보려고 하지 않았다.

어느샌가 프리 토크가 끝났다. 네 사람이 관객들로부터 괴담을 모집하고 있었다.

멀리서 누군가 손을 들었고, 검은 뿔테 안경을 쓴 청년이 "네, 지금 손 드신 분"하고 지명했다.

머리부터 발끝까지 온통 검은색으로 뒤덮인, 머리가 짧은 여자였다. 여자는 무대에 올라 가장자리에 새로 마련된 방석에 앉은 다음 마이크를 받아들었다. 스포트라이트가 하얀 피부 위로 쏟아졌다.

여자는 무표정한 얼굴로 펜네임 같아 보이는 이름을 말했다. 그러고는 다른 네 명과 간단히 인사를 주고받은 후 자세를 고쳐 앉았다.

여자가 말하기 시작했다.

5

공포술사 키노시타 쿠미코 씨를 아시나요?

인터넷에서 떠도는 도시전설입니다. 이런 유의 이야기를 싫어하는 분도 계시겠지만 조금만 참고 들어주시기 바랍니다. 물론 인터넷에 올라온 내용을 그대로 옮긴다든지 하는 바보 같은 짓은 하지 않을 테니 안심하셔도 됩니다.

누군가를 무섭게 만들어 주세요.
두려움에 덜덜 떨게 해 주세요.
공포와 전율로 숨통을 끊어 놓아 주세요.

이런 소원을 들어주는 신비한 존재. 그것이 바로 키노시타 쿠미코 씨입니다. 조사해 보니 인터넷이 등장하기 전부터 이어져 내려오는 아주 오래된 소문인 것 같더군요.

지금은 폐간된 순정만화잡지 『틴즈 쇼콜라』 1982년 2월호 독자 투고란에 키노시타 쿠미코라는 이름이 나옵니다. 지금은 상상도 할 수 없는 일이지만 당시에는 대부분의 잡지에 펜팔 코너가 있었습니다. 펜팔을 하자고 자기 집 주소를 공개하는 학생들이 아주 많았죠. 앞서 제가 말씀드린 『틴즈 쇼콜라』에는 '공포술사 키노시타 쿠미코 씨, 연락 바랍니다'라는 투고가 실려 있습니다. 투고한 사람은 열여섯 살짜리 고등학생이었습니다.

의미 없는 짓이라고 생각하시나요? 꼭 그렇지만도 않습니다. 인터넷에서 이 이야기가 퍼져나간 결과, 이제는 남녀노소 할 것 없이 모두가 키노시타 쿠미코 씨에게 소원을 빌고 있으니까요.

예를 들어 도쿄 네리마구 히가시코토부키초에 사는 쉰한 살의 주부 요시다 씨는 인터넷 게시판에 이런 글을 올렸습니다.

키노시타 쿠미코 씨, 키노시타 쿠미코 씨.

제 아들 케이타로를 무섭게 만들어 주세요.

직장에 들어가지 않겠다는 건 본인의 선택이지요. 결혼을 하지 않겠다는 것도 시대의 흐름이겠지요.

하지만 귀신을 볼 수 있다느니 악령을 쫓아낼 수 있다느니 하는 거짓말을 늘어놓으면서 천재 괴담사랍시고 수상한 모임에 나가 곤란에 처한 사람을 속여서 돈을 뜯어내는 건 인간으로서 하면 안 되는 일이지 않습니까.

게다가 케이타로가 그런 모임에서 하는 이야기는 죄다 다른 사람 책에 실린 내용을 이리저리 짜깁기한 것들인걸요. 그대로 갖다 쓴 적도 많고요. 괴담 업계에서는 표절이 용인되는 걸까요?

이런 짓을 계속하다가 천벌을 받을까 두렵습니다.

키노시타 쿠미코 씨, 키노시타 쿠미코 씨.

제발 제 아들 케이타로를 따끔하게 혼 좀 내주세요.

…왜 그러시죠?

땀을 너무 많이 흘리시는 것 같은데.

이야기를 계속하겠습니다.

키노시타 쿠미코 씨를 찾는 사람들의 동기는 다양합니다. 목적도 다 제각각이죠. 요시다 씨처럼 가볍게 혼쭐을 내 달라는 사람이 있는가 하면 원한을 풀어 달라는 사람, 복수하고 싶다는 사람도 있습니다.

예를 들어 과거 미타카시에 살았던 쿠라사와 부인은 남편인 쿠라사와 씨가 죽은 후 비탄에 빠졌습니다. 부인에게 남은 거라곤 원한뿐이었죠.

죽은 쿠라사와 씨는 젊은 치매였습니다. 그중에서도 비교적 드문 루이소체 치매에 해당했습니다. 이 질병의 대표적인 증상은 환각과 환청입니다.

쿠라사와 씨의 상태를 가족들이 알아차렸을 때는 이미 죽을

날만 기다리고 있는 상황이었습니다. 병원에 데려가는 것이 너무 늦었기 때문입니다.

그전에도 계속 병원에서 검사를 받아 보려고 했지만 그럴 때마다 쿠라사와 씨의 회사 후배가 말렸습니다.

이건 현대 의학으로는 해결할 수 없는 문제라고. 쿠라사와 씨를 괴롭히는 것의 정체는 이 세상 것이 아니라고. 심령 스폿에 갔다가 위험한 게 씌어서 그런 거라고. 일반인들은 잘 모를 테니 자기들한테 다 맡겨 달라고.

쿠라사와 부인이 무슨 말을 해도 후배는 자기주장을 굽히지 않았습니다. 쿠라사와 씨를 무당에게 데려가 굿을 하고, 영능력자를 만나게 했습니다. 그때마다 엄청난 비용이 들었고, 그 돈은 전부 쿠라사와 씨의 통장에서 빠져나갔습니다. 후배는 한 푼도 내지 않았다고 하네요.

…아니라고요?

나중에 갚을 생각이었다? 일단 먼저 내 달라고 한 거다? 아니 쿠라사와 씨 정신이 이상해진 거니까 쿠라사와 씨가 돈을 내는 게 당연하다고요? 나중에 당신이 돈을 갚으려고 하니 행방이 묘연해졌다고요?

말이 좀 횡설수설하는 것 같네요. 변명이라면 쿠라사와 씨 아내와 자녀분께 직접 하세요. 마침 저기 있네요. 네, 저기 뒤쪽에요. 소화기 옆에 얼굴 보이시죠? 나란히 떠 있는 두 개의 얼굴.

네, 저기 얼굴만 있는 두 사람이요.

계속하겠습니다.

키노시타 쿠미코 씨에게 들어오는 의뢰는 크게 '복수'와 '징벌'로 나뉩니다. 물론 이 둘에 속하지 않는 것도 있지요.

예를 들어 질 나쁜 장난.

분신사바나 요즘 유행하는 나홀로 숨바꼭질처럼 말입니다. 심령 스폿을 찾아다니는 것과 비슷한 감각으로 그 지역에 전해져 내려오는 방법이나 인터넷에서 본 방법을 시도해 보는 사람도 있지요.

미나토구에 있는 요양원 '마타리의 정원' 입소자들이 그랬습니다.

아니 왜 얼마 전에 짤린 야노라는 요양 보호사 있잖아.

아, 입소자들을 마구 때리고 발로 차서 짤린 그 사람?

그 사람 지금 괴담사라는 걸 한대.

요양 보호사로 일했다는 경력을 잘 포장해서 '복지 괴담' 어쩌고 하는 식으로 선전한다던데?

더러운 자식.

지금이라도 한 대 패주고 싶네.

한번 해 볼까? 공포술사라는 게 있다던데.

심심풀이로 해 봐도 나쁘지 않겠네.

이렇게 해서 키노시타 쿠미코 씨에게 부탁을 했다고 합니다.

어디 가시려고요?

아무도 당신 얘기라고는 하지 않았는데요. 왜 떨고 계시죠?

일부러 그런 게 아니라고요? 우연히 손이 닿았을 뿐이라고요?

먼젓번에 있던 곳에서는 당연한 일이었다고요? 죄송합니다. 무슨 말을 하시는 건지 모르겠네요.

…계속하겠습니다.

키노시타 케이코에게 들어오는 의뢰 중에는 앞서 말씀드린 두 가지, 그러니까 복수와 징벌에 속하지 않는 아주 특수한 케이스가 있습니다.

바로 진상 규명입니다.

B 씨의 남동생이 원인 불명의 상처를 입은 채 자취를 감추었습니다. 눈이 많이 오는 지역 출신이라 겨울 산의 무서움은 누구보다 잘 알고 있을 텐데 한밤중에 산에 들어가 심한 동상을 입었습니다. 도저히 말이 안 되는 일인데 술에 취해서 그랬을 거라고 경찰은 들은 척도 하지 않습니다. 주위에서도 다들 자업자득이라고만 합니다. 누군가가 B 씨의 남동생을 함정에 빠트린 것이 틀림없습니다. 모두의 앞에서 모습을 감출 수밖에 없을 정도로 큰 부상을 입힌 겁니다. B 씨는 그렇게 생각했습니다.

키노시타 쿠미코 씨, 키노시타 쿠미코 씨.

당신의 존재를 믿는 건 아니지만 혹시라도 제 남동생에 대해 알려주실 수 있나요. 아마 살아 있지는 않겠지요. 이미 죽었을 겁니다. 그래도 최소한 그 사건의 진상만이라도 알고 싶습니다.

B 씨는 최근 도쿄의 한 라이브 하우스에 남동생을 닮은 귀신이 출몰한다는 이야기를 들었습니다. 곧바로 문제의 장소를 찾아갔

지만 귀신을 보았다는 소문이 떠돌 뿐 확실한 증거는 찾을 수 없었습니다. 물론 직접 보지도 못했고요. 라이브 하우스 오너에게 물어도 '그런 얘기가 있더군요'라며 시큰둥한 반응을 보일 뿐이었습니다. B 씨는 괴담 관련 행사도 열심히 찾아다녔지만 괴담에 관한 지식이 약간 늘었다는 것 외에는 별 소득이 없었습니다.

키노시타 쿠미코 씨, 키노시타 쿠미코 씨.

제발 진상을 가르쳐주세요.

그리고 만약 귀신이 정말로 존재한다면 잠깐이라도 좋으니 남동생을 만나게 해주세요. 말도 안 되는 부탁이라는 건 저도 알지만 이런 걸 부탁할 사람이 당신밖에 없어요….

대충 이런 내용입니다.

슌 씨가 왜 이곳을 떠나지 않는지 짐작이 가시나요? 그쪽에 앉은 분이라면 아시겠지요?

맞아요, 바로 당신 때문입니다.

보컬이었던 당신이 빠진 직후부터 밴드는 인기를 얻기 시작했습니다. 게다가 정식으로 데뷔해서 더 높이 날아오르려 하고 있었죠. 그 사실을 받아들일 수 없었던 당신은 슌 씨를 한밤중의 설산으로 끌고 가서 재기가 불가능한 상태로 만들어버렸습니다. 고향으로 내려가는 슌 씨를 차로 미행해서 근처에서 기회를 엿보고 있었다니 정말 대단한 집념과 증오, 계획성이라고 하지 않을 수 없네요.

그걸 마치 남 일처럼, 앞날이 창창한 밴드를 덮친 불의의 비극

처럼 말하다니 대체 무슨 생각인 거죠?

아니라고요? 역시 당신도 부정하는 건가요?

그렇다면 슌 씨에게 직접 물어볼까요?

저기 있잖아요.

객석에서 당신을 보고 있네요.

세 개밖에 남지 않은 손가락을 이렇게 앞으로 내밀고.

어떤가요, 슌 씨?

그때 당신을 밖으로 데리고 나간 사람은 바로 여기 있는….

"그만해!"

오너가 버럭 소리를 지르는 것과 동시에 조명이 꺼졌다. 객석 여기저기서 비명이 터져 나왔다. 무대 위가 소란스러워지고 혼란 은 이내 객석까지 번졌다. 나도 반사적으로 자리에서 벌떡 일어났 지만 취해서인지 몸이 균형을 잃고 크게 휘청였다.

누가 내 팔을 붙들어준 덕분에 넘어지지 않을 수 있었다.

"고맙습니다."

나는 감사해하며 잡힌 팔 쪽으로 시선을 돌렸다.

"헉!"

나도 모르게 작게 비명을 질렀다.

내 팔꿈치를 잡은 거무스름한 두 손.

한쪽 손은 약지밖에 남아 있지 않았다.

다른 손은 검지와 중지뿐.

얼굴은 틀림없이 내 동생 순이었다. 옷도 혈색도 마지막에 병실에서 본 그대로였다.

순은 조심스레 내 팔을 놓더니 긴 머리카락을 휘날리며 천천히 무대 쪽으로 향했다.

제 5 화

파파라치

제5화

파파라치

노크 소리가 들렸다.

바로 귓가에서.

말도 안 된다는 생각이 머리를 스치고 지나간 순간, 나는 스스로가 자동차 운전석에 앉아 있다는 사실을 기억해 냈다.

주위는 어두컴컴했다. 추웠다.

계기판의 디지털시계가 오전 2시 30분을 가리키고 있었다.

나는 부스스한 머리를 쓸어 올리며 눈동자를 돌려 옆을 살폈다.

닫힌 유리창 너머에 여자가 서 있었다. 밤의 어둠보다도 더 어두운 검은색 코트를 입고 있었다. 얼굴은 잘 보이지 않았지만 난감해하는 기색이 느껴졌다.

여자가 유리창을 똑똑 두드렸다. 아까 들은 노크 소리의 정체는
이거였나.

그러고 보니…. 서서히 기억이 되살아나기 시작했다. 차의 난방
을 틀고 창문을 내렸다.

"무슨 일 있으셨어요? 전화를 해도 안 받으시고."

도어포켓에 던져둔 스마트폰을 확인하니 부재중 전화 몇 통이
찍혀 있었다.

〈케이코(정보원)〉

"아…."

나는 적당히 얼버무렸다.

여자는 미소를 지으며 "처음 뵙겠습니다, 키쿠치 씨" 하고 인사
했다.

"실제로 만나는 건 오늘이 처음이니까요."

"그러게."

나는 편하게 말했다.

잡지 편집부와 계약을 맺고 있는 나 같은 카메라맨에게 가십
정보를 제공하고 그 대가로 돈을 받는 정보원. 대부분 남자지만
간혹 여자인 경우도 있다. 케이코 같은 타입은 드물지만.

"날 왜 찾았는데?"

"원하던 사진은 찍으셨는지 궁금해서요."

"그건 카메라맨이 걱정할 문제 아닌가? 정보원이 상관할 바는
아닌 것 같은데."

"천만에요. 정보원으로서의 신용은 중요한 문제니까요."

"그건 그렇지."

"그래서 수확은요?"

"아직. 아직 못 찍었어."

"저도 같이 있어도 될까요? 어차피 할 일도 없거든요."

여자가 비닐봉지를 들어 보였다. 캔 커피와 빵이 들어 있었다.

"편한 데 앉으시죠, 케이코 씨."

나는 자동차 잠금장치를 해제했다.

케이코는 차 뒤쪽으로 돌아서 조수석에 올라탔다. 검은색 바지에 검은색 구두. 목에 감은 검은색 목도리를 풀며 나에게 비닐봉지를 건넸다.

"땡큐."

나는 무뚝뚝한 인사와 함께 받아든 비닐봉지에서 단팥빵과 캔 커피를 꺼냈다. 빵과 커피로 요기를 하며 묵묵히 창 너머를 응시했다. 차 안이 따뜻해져서인지 긴장이 풀렸다. 여전히 어둡긴 하지만 그런대로 바깥을 살필 수 있었다.

썰렁한 주택가 한구석. 차는 사설 주차장에 세워져 있었다. 도로 맞은편에는 낡은 아파트와 오래된 주택이 늘어서 있었다.

그중에서도 특히 더 낡아 보이는 목조 아파트가 눈에 들어왔다. 건물 기둥이 살짝 시야를 가렸지만 덕분에 그쪽에서 볼 때도 내 얼굴이 가려진다는 장점이 있었다.

저 안에 지금 한창 잘나가는 인기 배우 츠카다 타카시가 있다.

올해 서른셋. 살짝 빈틈이 느껴지는 미남 배우. 4년 전 인기 텔런트와 결혼해 현재는 두 아이의 아빠다. 가사와 육아를 적극적으로 함께하는 애처가로 유명할 뿐 아니라 배우로서도 일류. 예능 프로그램에서는 이미지가 망가지는 것도 개의치 않는 의외의 일면을 보여주기도 한다. 스캔들이 전혀 없는 건 아니지만 오히려 완벽하지 않아서 더 좋다는 팬도 많은 모양이었다. 각종 호감도 조사에서 몇 년째 상위를 기록하고 있다.

바로 그 츠카다 타카시가 저 낡은 아파트를 임대하고 있었다.

여자를 데려오기 위해 빌린 집이라고 했다. 그것도 '벽이 얇아서 옆집에 다 들린다는 게 자극적이다'라는 저질스러운 이유로.

지금까지 아무에게도 알려지지 않았다는 게 신기할 따름이다. 근처 주민들은 꿈에도 생각하지 못할 것이다. 설마 자기 옆집에 츠카다 타카시가 여자와 함께 머물고 있을 거라고는.

나는 발밑에 놓인 카메라를 집어 들었다. 기다란 망원 렌즈가 달린 카메라다. 건물 바로 앞에 위치한 가로등. 그 아래를 지나가는 순간을 노린다면 제대로 얼굴을 찍을 수 있을 것이다. 만약을 위해 동영상으로도 찍고 있었다. 대시보드에 고정해둔 액정 화면에는 녹화 중임을 알리는 빨간 동그라미가 떠 있었다.

이 정보를 물어다 준 사람은 다름 아닌 케이코였다.

나한테만 알려주는 거라고 했다. 가까이에 다른 잡지의 카메라맨이 서성거리지도 않았고, 딱히 수상해 보이는 차량도 없었다.

내가 잡은 특종이었다.

저속한 가십이지만 틀림없이 화제가 될 터였다. 츠카다 본인은 물론 가족들도 많은 상처를 받겠지만 자업자득이다. 게다가 그를 욕하고 끌어내리는 것은 대중을 선동하는 언론이고 그것에 넘어가는 대중이지 내가 아니다. 나는 그저 처음에 연료를 투하할 뿐이다.

"온도를 좀 올리는 게 좋지 않을까요?"

케이코가 물었다.

난방 얘기를 하고 있다는 걸 깨닫기까지 몇 초가 걸렸고, 내가 떨고 있다는 사실을 깨닫기까지 또 몇 초가 걸렸으며, 그것이 거의 오한에 가까운 수준이라는 걸 깨닫기까지 몇 초가 더 걸렸다. 케이코는 바른 자세로 앞을 보고 앉아 빵과 커피를 기계적으로 입으로 가져가고 있었다.

난방 온도를 올렸지만 떨림은 멈추지 않았다.

"무서우신가요?"

케이코가 다시 물었다.

중성적이고 반듯한 얼굴이었다. 시원하게 뻗은 눈으로 나를 쳐다보고 있었다.

"그럴 리가. 나이 탓이야. 벌써 마흔이니까."

"마흔치고는 젊어 보이시는데요."

"어디가. 옷을 캐주얼하게 입어서 그런 거겠지. 그리고…"

"저는 무서워요."

내 대답 따위는 아무래도 상관없다는 듯 여자가 불쑥 내뱉었다.

무례한 태도에 화가 났지만 일단 받아주기로 했다.

"뭐가 무서운데?"

"처음 보는 남자와 단둘이 갇힌 공간에 있다는 게요."

"그게 무슨 소리야. 당신이 제 발로 들어왔잖아."

"그 논리가 무섭다는 거예요. 제 발로 들어왔으니 이건 해도 좋다는 사인이라고 받아들이는 사람도 있으니까요."

"이야기의 핀트가 완전히 어긋났을 뿐만 아니라 무엇보다 나한테는 해당되지 않는 얘기야. 무섭다면 어서 돌아가. 요깃거리를 사다 준 건 고맙지만 붙잡을 생각은 없으니까."

"여기 있을래요. 시간도 많고."

"어이어이."

어처구니없어하는 내 반응은 아랑곳하지 않고 케이코는 쓰레기를 비닐봉지에 넣고 묶었다.

"한기는 좀 가셨나요?"

케이코의 물음에 내 손을 내려다보았다. 여전히 조금 떨리고 있었다. 차 안은 이제 전혀 춥지 않은데.

"무서운 거 아닌가요?"

"뭐가?"

"이런 데 숨어서 생판 모르는 연예인의 사생활을 파헤치는 게요. 지금부터 하는 일이 한 사람을 파멸시킬지도 모른다는 죄책감 때문에."

"죄책감이라."

나는 코웃음을 쳤다.

"그렇게 양심 있는 사람이 연예계 카메라맨 따위를 할 리가 없잖아."

"무섭지 않다는 건가요?"

"당연하지. 무서워하는 건 저쪽이겠지. 저들이 날 두려워하는 거야. 나 같은 인간한테 위험한 순간을 찍히는 걸. 일단 사진이 나가면 자기는 끝장날지도 모른다, 아니 틀림없이 끝장날 거라고 말이지."

"흠, 듣고 보니 그렇네요."

케이코는 고개를 끄덕이며 턱을 만지작거렸다. 무언가를 생각하고 있는 듯했다.

문제의 아파트를 주시하고 있는데 케이코가 다시 입을 열었다.

"…그럼 키쿠치 씨가 무서운 건 뭔가요?"

"갑자기 그건 왜?"

"그냥 심심해서요. 산전수전 다 겪은 파파라치는 어떤 걸 무서워하는지 궁금하기도 하고요."

"파파라치라."

일의 내용을 생각하면 파파라치만큼 잘 어울리는 이름도 없겠지만 막상 또 그렇게 불리면 어딘지 모르게 영 불편하다.

심심풀이에 그리 적합한 소재는 아니었다. 하지만 되도록이면 정보원인 케이코의 심기를 건드리고 싶지 않았다.

나는 잠시 생각한 다음 대답했다.

"일이 없어지는 거려나."

··· ☾ ···

"일이 없어지다니요?"

케이코가 눈을 빛내며 되물었다. 내 대답에 흥미를 느낀 모양이었다. 이런 아무 쓸모도 없는 이야기가 취향인가.

나는 간단히 설명했다.

"이 나이에 재취업은 절망적이거든. 아르바이트로 써주는 곳도 거의 없을걸."

"그럼··· 예를 들어 손을 다쳐서 셔터를 누를 수 없게 된다든지, 눈이 보이지 않게 된다든···."

"그렇게 큰일이 일어나지 않더라도 그냥 잡지사와의 계약이 끊기는 순간 난 끝이야. 안 그래도 카메라맨은 공급 초과니까."

"이번 특종으로 어마어마한 보수를 받으면요?"

"어마어마한 보수를 줄 리가 없잖아."

"그러니까 만약에요. 해외 파파라치들은 실제로 일확천금을 노리기도 하잖아요. 할리우드 톱스타의 적나라한 사진 한 장에 몇억, 몇십억씩 내는 매체가 정말로 있으니까요."

"평생 놀고먹어도 남을 만큼의 돈이 있다면? 그럼 안 무섭겠지."

"그렇다는 건."

케이코가 이쪽을 슬쩍 보더니 한마디로 정리했다.

"키쿠치 씨는 가난이 무서운 거네요."

"음, 뭐 그런 셈이지."

부정할 생각은 없었다.

부양할 가족도 없고, 친구도 연인도 없다. 재산도 없다. 그냥 지금까지처럼 내 한 몸 건사해 나갈 수 있으면 충분하다. 그마저도 불가능할 정도의 가난은 무섭다. 이 질문에 나와 비슷한 대답을 하는 사람은 많을 것이다. 동업자를 비롯해 전 세계에 수천만 명은 되지 않을까.

그런가요, 하며 케이코가 입가에 손을 갖다 댔다.

"귀신보다도요? 언론 쪽에서는 그런 걸 꽤 진지하게 받아들이는 분위기라던데."

"그런 사람들도 있지. 카메라맨도 그렇고 배우 중에도⋯ 아니, 어쩌면 믿는 사람이 더 많을 수도 있겠다. 귀신이 나온다는 극장도 있고, 실제로 봤다는 사람도 있고."

"그렇군요."

"음, 연예계⋯ 쇼 비즈니스의 세계에서는 흔한 편이지."

"하지만 키쿠치 씨는⋯."

"전혀 안 믿어."

나는 남아 있던 캔 커피를 단숨에 들이켰다.

사실이었다. 어릴 때는 무서워했지만 크면서 아무렇지도 않아졌다.

"신기하네요."

케이코가 자못 이상하다는 듯 고개를 갸웃거렸다.

"뭐가."

"무서워하는 사람이 옆에 있으면 자기도 무서워지지 않나요? 두려워하는 대상이 무엇인지에 상관없이 무섭다는 감정이 전염되는 거죠."

"뭐… 그럴 수도 있겠지."

나는 케이코의 말에 어느 정도 동의하며 내 생각을 말했다.

"하지만 반대인 경우도 있잖아. 주변 사람들이 무서워서 떨고 있는 걸 보면 반대로 더 차분해지는 패턴. 술에 취해 주정을 부리는 사람을 보면 술이 깨는 거랑 비슷하달까. 나는 이쪽에 가깝거든."

"아아, 무슨 말인지 알 것 같아요."

"당신은 어떤데? 아까부터 묻기만 하고 있잖아."

"처음에 말했잖아요. 여기 앉아 있는 것만으로도 이미 충분히 무섭다고."

"난 당신을 건드릴 생각이 없어. 게다가 싫으면 돌아가라고 했잖아."

"키쿠치 씨가 어떤 사람이고 무슨 생각을 하고 있는지는 상관없어요. 제가 어떻게 느끼느냐의 문제니까요."

"어이어이."

"감정을 컨트롤하는 건 쉬운 일이 아니에요. 표정이나 태도에 드러나지 않도록 감출 수는 있어도 감정 자체를 느끼지 않게 만든다는 건 불가능에 가깝다고요."

당연한 말을 이렇게 다시 들으니 묘하게 납득이 갔다.

다 마신 캔을 홀더에 내려놓고 시트에 몸을 뉘었다. 낡은 트럭이 눈앞의 도로를 지나갔다. 조심스럽게 아파트 쪽을 살폈지만 이렇다 할 변화는 없었다.

문득 대시보드에 굴러다니는 담뱃갑이 눈에 띄었다. 브랜드는 말보로 골드.

"뭐 감정상의 문제이긴 하지."

무의식중에 그렇게 중얼거리며 담뱃갑에서 한 개비를 꺼냈다. 라이터를 찾았으나 보이지 않았다.

"그렇다니까요."

케이코가 심드렁하게 대꾸하며 싸구려 라이터를 내밀었다.

"바퀴벌레를 무서워하는 사람한테 '등에 바퀴벌레가 붙어 있어!' 라고 하면 미칠 듯이 무서워하죠. 실제로 바퀴벌레가 등에 붙어 있지 않더라도요. 다른 감정들도 그렇지만 특히 공포는 사실과는 아무런 관련이 없어요. 그래서 가상의 이야기나 캐릭터가 공포심을 유발할 수 있는 거죠. 호러도 그렇고 괴담도 그렇고. 여기요, 조수석에 굴러다니고 있었어요."

"땡큐."

나는 라이터를 받아들고 창문을 조금 연 다음 담배에 불을 붙였다. 폐에 연기를 들이마셨다.

"…하긴 나도 아직 정말로 가난해진 건 아니니까. 실제로는 계약도 무사히 연장되어서 여전히 이렇게 일을 하고 있고. 그런데도 내일은 어쩌면…, 이라는 생각을 하면 무섭단 말이지. 원래 그런 직업이라는 건 알고 있지만 말이야."

담배 끝에서 가느다랗게 피어오르는 연기를 물끄러미 쳐다보았다.

카메라맨이라는 직업은 불안정하다. 소위 일류 카메라맨, 꾸준히 사진집을 내는 거장들도 비슷한 두려움을 안고 사는지도 모른다. 스마트폰이 보급되면서 일반인들도 고성능 카메라와 사진 편집 애플리케이션을 손쉽게 사용할 수 있게 되었다. 돈과 노력과 시간을 들이지 않고도 모두가 멋진 사진을 찍을 수 있게 된 것이다. 덕분에 카메라맨의 존재 의의는 갈수록 희박해지고 있다. 연예계 카메라맨이 한 사람쯤 줄어든다고 해서 곤란해지는 사람은 아무도 없다.

키쿠치 유스케라는 카메라맨이 어느 날 갑자기 이 세상에서 사라진다고 한들 아무도….

"맞아요. 그게 제일 중요하죠."

케이코가 어딘지 모르게 즐거운 듯한 어조로 말했다.

무슨 뜻인지 잠시 생각해 봤지만 도통 알 수가 없었다.

"내가 뭔가 좋은 말을 했나?"

"네. 저도 하나 주시겠어요?"

"아아."

담뱃갑을 내밀자 케이코가 한 개비를 뽑아 들었다. 내가 가지고 있던 라이터로 불을 붙여 주었다. 케이코는 익숙한 동작으로 담배를 입에 물고 깊이 숨을 들이마셨다가 보랏빛 연기를 내뿜었다.

"내가 무슨 말을 했는데?"

"'내일은 어쩌면'이라는 말이요. 그런 식으로 상상하는 행위가 공포, 그러니까 무섭다는 감정을 불러일으키지요. 공포란 무엇인가라는 질문에 대한 가장 정확한 대답이에요."

"내일에 대해 생각하는 게? 딱히 그런 것 같지는 않은데…."

"시기는 언제여도 상관없어요. 포인트는 안 좋은 예상을 한다는 거예요."

케이코가 다시 담배를 입으로 가져갔다.

케이코의 말이 조금씩 이해되기 시작했다.

그래, 공포란 안 좋은 예상을 할 때 생겨나는 감정이다.

나 같은 경우에는 '내일은 가난해질지도 모른다'는 예상.

케이코는 '조만간 이 남자가 나를 덮칠지도 모른다'는 예상.

아까 케이코가 예로 든 바퀴벌레를 무서워하는 사람도 '바퀴벌레가 옷깃을 타고 옷 안으로 들어올지도 모른다', '눈앞에 나타날지도 모른다' 같은 생각을 하기 때문에 실제로는 존재하지도 않는 바퀴벌레를 두려워하게 되는 것이다.

"귀신의 집이나 호러 영화도 마찬가지예요. 저 골목을 꺾는 순간 무언가와 맞닥뜨릴지도 모른다, 등장인물 뒤쪽에서 갑자기 무언가가 튀어나올지도 모른다. 훌륭한 연출이란 결국 관객들로 하여금 그런 예상이나 예감을 하게 만드는 기술이 뛰어나다는 거죠."

"'반드시 올 거야*'라는 건가. 호러 영화 주제가로는 딱이군."

---

* 일본의 대표적인 호러 영화 『링』의 주제가 「feels like HEAVEN」은 '반드시 올 거야'라는 가사로 시작한다

"네, 물론 안이하게 기존 패턴을 그대로 따라 하기만 한다면 진부하다고 욕을 먹겠죠. '그렇게 될지도 모른다'는 예상은 '그렇게 되지 않았으면 좋겠다'는 바람과 한 세트일 때만 비로소 공포로 이어지니까요. 가상 세계에서든 현실 세계에서든."

"그러니까 결국 공포란 기분 나쁜 예감이다…"

나는 마치 잠언처럼 중얼거렸다.

다소 과격한 논리지만 틀린 말은 아니었다. 케이코의 말도 일리가 있었다. 가난을 두려워하는 것은 아직 가난하지 않기 때문이다. 실제로 가난한 사람은 하루하루 먹고살기 바빠서 두려워할 여유 따위는 없을 것이다. 그런 상황에서 느끼는 감정의 대부분은 절망이지 공포가 아니다. 이와 비슷한 논리는 다양한 상황에 적용할 수 있다.

폭력을 두려워하는 것은 아직 맞지 않았기 때문이다. 심하게 맞은 후라면 고통 때문에 두려움을 느낄 겨를도 없을 것이고, 고통이 심하지 않다면 두려워할 일도 없다. 그러고 보니 가정 폭력 가해자는 피해자를 실제로 때리기보다는 때리는 척을 많이 한다고 했던가. 공포심을 심어줌으로써 상대를 위축시키고 자신의 지배하에 두는 것이다.

죽음을 두려워하는 것은 아직 죽지 않았기 때문이다. 죽고 나면 뇌 기능이 정지하기 때문에 감정을 느낄 일도 없다. 그래, 죽은 자는 아무것도 느끼지 않는다. 공포도, 증오도.

케이코는 희미하게 웃으며 동의했다.

"맞아요. 흔히 하는 '잘 모르기 때문에 무서운 거다' 같은 말보다는 훨씬 낫네요."

··· ☾ ···

"예전에 알고 지내던 괴담 마니아한테 그것과 비슷한 말을 들은 적이 있어. 책장이 그런 책들로 가득한 진짜 마니아였는데 '정체를 알 수 없기 때문에 무서운 것'이라고 하더군."

"정체를 알 수 없어서 무섭다는 말은 안 좋은 예상과도 어느 정도 통하는 부분이 있어요. 대상의 정체를 알 수 없기 때문에 '뭔지는 모르겠지만 안 좋은 일을 당할지도 모른다'고 생각하게 되는 거니까요."

"뭔지는 모르겠지만? 그렇다면 역시 '모른다'는 것도 공포를 구성하는 핵심 요소 중 하나라는 말 아닌가? 죽음을 두려워하는 건 죽으면 어떻게 되는지 아무도 모르기 때문이잖아."

아까 하던 생각을 떠올리며 내가 다시 물었다. 그래, 사람이 죽은 후에 어떻게 되는지는 아무도 모른다. 어느 것 하나 알 수 없다.

"그것 역시 결국은 '죽음의 정체를 알 수 없다'는 말이니까요."

"표현의 문제라는 건가?"

"네, 맞아요. 애초에 '몰라서 무섭다'는 건 너무 허술한 결론이에요. 제대로 된 괴담 애호가라면 그런 두루뭉술한 표현은 사용하지 않죠. 예를 들어…"

케이코가 아파트 쪽을 가리켰다.

"츠카다 타카시가 몇 시에 나올 것 같으세요?"

"그야 모르지."

"그래서 무서우신가요?"

"아니, 전혀."

나는 쓴웃음을 지으며 대답했다.

"딱히 몰라도 무섭지 않은 경우도 많다는 이야기를 하고 싶은 거지?"

"네."

"흠, 이해는 했지만 예가 너무 허접하군."

"그것참 죄송하게 됐네요."

케이코가 미소를 지으며 다시 담배를 입에 물었다.

나도 담배 연기를 빨아들이며 생각했다.

이 여자는 아직도 내가 무서운 걸까. 내가 자기를 덮칠지도 모른다는 생각 때문에 불안할까. 케이코의 미소는 강한 척하는 것 같아 보이기도 했고, 연기 같아 보이기도 했다.

음료 홀더 옆 비어 있는 재떨이에 담배를 눌러 끈 뒤 시트를 뒤로 젖혔다. 딱히 지루하다고 느끼지는 않았다. 처음보다 긴장도 많이 풀렸고, 마음의 여유도 생겼다.

한 개비 더 피울까, 하고 담뱃갑에 손을 뻗었을 때였다.

"하지만."

케이코가 입을 열었다.

"'정체를 알 수 없어서 무섭다'는 말은 마음에 드네요. 누락도 거의 없고."

"음."

"지금 제가 딱 그렇기도 하고."

"뭐?"

심장이 덜컹했다.

케이코는 담배를 쥔 손으로 재떨이를 가리켰다.

"아까부터 보고 있었어요. 재떨이는 방금 전까지 비어 있었죠. 여기서 계속 잠복 중이었는데 지금까지 담배를 하나도 피우지 않았다는 건가요?"

"그건…."

"이렇게 추운데 차 안에서 난방을 안 틀고 있었다는 것도 이상하고요."

"계속 틀어두면 기름이 줄어드니까. 주차된 차에 불이 들어와 있으면 눈에 띄기도 하고."

"이 차의 창문은 모두 선팅이 되어 있어요. 낮이라 해도 밖에서는 아무것도 보이지 않을걸요."

"아 참, 그랬지…."

"거짓말이에요."

케이코가 목소리를 조금 높였다.

차갑고 쌀쌀맞은 목소리였다.

"선팅 같은 건 안 되어 있어요. 애초에 자동차 앞 유리창의 투과율을 바꾸는 건 법으로 엄격하게 제한하고 있으니까요. 아마 70

프로 이상이어야 할걸요."

케이코가 천천히 시트에서 몸을 일으키며 말했다.

"게다가… 당신은 이 냄새를 전혀 느끼지 못하는 것 같네요. 차 안에 이렇게 비릿한 피 냄새가 가득한데. 불을 켜면 혈흔이 보일 것 같은데요."

그러면서 머리 위 실내등을 향해 손을 뻗었다.

"멈춰."

나는 그녀의 손목을 잡았다.

케이코가 고양이 같은 눈으로 나를 똑바로 응시하며 나직한 목소리로 물었다.

"당신은 키쿠치 유스케가 아니에요. 제가 모르는, 정체를 알 수 없는 누군가죠. 키쿠치 유스케인 척 하면서 여기서 잠복을 하고 있는 당신은 대체 누구죠? 진짜 키쿠치 유스케는 어디 있나요?"

"…트렁크 안에 있어. 말 못하는 시체가 되어서 말이지."

나는 포기하고 털어놓았다.

몸이 한결 가벼워졌다. 전신을 옥죄고 있던 긴장이 풀리면서 커다란 한숨이 새어 나왔다.

그렇다.

나는 카메라맨 키쿠치 유스케가 아니다.

나는, 나는….

앞머리를 쓸어 올려 케이코에게 내 얼굴을 보여 주었다.

"자백하지. 나는 츠카다 타카시. 키쿠치가 특종을 노리고 있던 바로 그 상대야."

쓴웃음이 났다.

그래, 나는 츠카다 타카시다. 키쿠치 유스케도 아니고 카메라맨도 아니다.

케이코를 만난 직후부터 지금까지 키쿠치 유스케를, 그의 직업을 연기하고 있었을 뿐이다.

어려운 일은 아니었다. 열여덟 살 때부터 계속해 오던 일을 이번에도 똑같이 했을 뿐이니까.

배역에 완전히 몰입하는 일.

철저히 다른 사람이 되는 일.

물론 기억이나 과거의 경험은 내 것이다. 그것들을 적당히 섞어 허구 속의 작중 인물을 현실감 있게 그려낸다. 그게 바로 내가 지금까지 해 온 일이다. 특기라고 할 수도 있고 내 삶의 가장 큰 보람이기도 하다.

나는 연기를 함으로써 현재의 나, 츠카다 타카시를 만들어온 것이다.

"왜 이런 짓을?"

케이코가 뻔하디뻔한 질문을 했다.

"이유는 단순해. 스캔들이 터지면 내 인생은 끝장날 테니까."

"입막음을 위해서였다는 거군요."

"드라마 대사처럼 표현하자면 그렇지."

"표정도 그렇고 말투도 바뀌었네요."

"그런가? 딱히 의도한 건 아닌데."

나는 사실을 말했다.

불현듯 입안과 목과 가슴에 불쾌감이 밀려왔다. 담배 때문이다. 츠카다 타카시는 담배를 피우지 않는다.

쿨럭거리는 나에게 케이코가 코트 주머니에서 꺼낸 캔 커피를 내밀었다.

"다 식었지만 이거라도 드세요."

"땡큐."

나는 사양하지 않고 선뜻 받아서 입과 목을 씻어내리듯 단숨에 들이켰다.

"…그래서 떨고 있었군요."

케이코가 이제야 납득이 간다는 듯 말했다.

"그래, 단순하지? 사람을 죽였으니 이제 어쩌나 하는 생각에 떨림이 멈추질 않더군. 함께 있던 여자는 어느샌가 사라져버렸고. 전화를 걸어도 안 받아."

재킷 주머니에 들어 있던 내 스마트폰을 꺼내 보였다. 금이 간 액정에 피가 묻어 있었다.

"찔렸나요?"

"맞아, 식칼로. 칼도 일단 시체랑 같이 트렁크에 넣어뒀어. 각각 다른 곳에 버려야겠다는 생각은 했는데."

"실행에 옮기지 못했다는 거군요."

"이상하지? 사람 죽이는 건 했으면서."

"살인은 큰일이니까요."

케이코는 침착하기 그지없었다. 입으로는 무섭다고 하지만 전혀 그래 보이지 않았다. 생각해 보면 처음 봤을 때부터 그랬다. 정보원을 할 정도면 일반인과는 감각 자체가 다른 건가.

"이제 어떻게 할 생각이야? 경찰에 신고할 건가?"

단도직입적으로 물었다. 중요한 문제였다. 대답에 따라 케이코를 어떻게 할지가 정해질 테니까.

"아니요."

케이코가 딱 잘라 대답했다. 내 눈치를 살피느라 그렇게 대답하는 것 같지는 않았다. 담담한 말투였다. 표정도 전혀 변함이 없었다.

"왜?"

"지금은 물어보고 싶은 게 있으니까요. 대답을 듣기 전까지는 무언가를 할 생각은 없어요."

"흐음."

이상한 여자다.

잠자코 이어지는 말을 기다리고 있으려니 케이코가 담배를 끄고 말했다.

"회사에 얘기하면 얼마든지 덮어주지 않나요?"

나도 모르게 한바탕 크게 소리 내어 웃고 말았다.

이 상황에 신고를 보류하면서까지 묻고 싶은 게 이건가. 바보 같은 질문이었지만 어쩌면 관계자가 아닌 이상 알기 어려울 수도 있겠다 싶었다.

웃음이 멈출 때까지 기다렸다가 대답했다.

"그렇지도 않아. 요즘은 인기도 예전 같지 않고, 젊은 애들이 계속 치고 올라오니까. 왜 있잖아, 우리 회사 소속 연예인 중 '00즈'라고 불리는 세 명."

"2000년생 배우들 말이죠? 타니무라 슈코, 와쿠 슌, 시미즈 잇코."

"그래, 그 녀석들."

"그렇다고 해서…."

"내가 몸담고 있는 세계가 어떤 곳인지는 알지? 인기가 있는 동안은 다들 개떼처럼 몰려들었다가 인기가 떨어지는 순간 빛의 속도로 사라진다고. 회사 입장에서도 보호해 주기는커녕 계약을 해지할 시점만 노리게 되지. 실제로 지금 내가 딱 그런 상황이고."

"이 시점에 스캔들이 터지면 결정타가 되겠군요."

"맞아."

나는 고개를 끄덕였다.

"당신 말이 맞아. 난 무서웠어. 두려웠다고. 키쿠치가 찍은 사진이 매체를 통해 공개되어 사람들에게 손가락질당하는 것, 일도 가정도 다 잃고 길거리에 나앉게 되는 게 말이야. 그런 미래를 상상하면…."

말로 하니 새삼 공포가 밀려왔다.

지금까지의 일들이 머리를 스치고 지나갔다.

친구와 타케시타 거리를 걸으며 "스카우트 같은 거 당하면 어쩌지?" 하고 농담을 하고 있는데 정말로 스카우트를 당했던 일. 받은 명함을 부모님께 보여드리고 명함에 적힌 번호로 전화를 걸었던 일.

처음 방문했던 회사의 풍경. 단역으로 출연한 첫 드라마 『사랑하는 후이귀러우』. 첫 영화 『토우』.

무명 시기는 짧은 편이었다. 처음으로 주연을 맡은 드라마 『피스사인!』. 첫 주연 영화 『사랑, 이루지 못한 꿈』.

소위 대박이 난 것은 영화 『오리온 킬러』에서 주인공 의대생 역을 맡았을 때였다. 영화 마지막에 산 채로 살인마에게 갈가리 찢겨 살해당하는 끔찍한 역할로, 영화 자체는 지나치게 잔인하다는 비난을 받았지만 덕분에 츠카다 타카시라는 이름을 세간에 널리 알릴 수 있었다.

영화제에서 주연배우상을 받았다. 드라마 대사가 유행어가 된 적도 있었다. 예능 프로그램에서 몸을 사리지 않고 임했더니 방송이 나간 다음 날 인터넷 인기 검색어에 올랐다. 함께 출연한 여배우와 몰래 만나다 사진을 찍힌 적도 몇 번인가 있었지만 당시에는 회사가 나서서 나를 보호해줬다.

아내인 미호와 처음 만난 것은 출연작을 홍보하기 위해 정보 프로그램 『여왕님의 디너』에 출연했을 때였다. 미호는 고정 패널이었다. 소소한 잡담을 몇 마디 나누었을 뿐이었는데 이야기가 잘 통했다. 자연스럽게 교제로 이어졌고 마침내 결혼하게 되었다. 미호와 함께하는 생활은 행복했다. 바람을 몇 번 피우기는 했지만 그건 어디까지나 놀이에 불과했다. 이번에도 마찬가지였다.

내 아이, 그리고 내 가족.

몇 시간 전, 우연히 아파트 창 너머로 이 차를 발견했다. 차에 다가가 키쿠치에게 문을 열게 한 다음 무엇을 하고 있었는지 추궁했다. 여자와 함께 있는 장면을 들켰다는 사실을 깨닫고는 키쿠치를 설득도 해 보고 제발 못 본 척해 달라고 매달려 보기도 했다.

하지만 그는 나를 비웃었다.

"'유명세 치른다 생각하고 포기하세요'라고 하더군."

"그랬군요."

"'지금까지 누릴 만큼 누렸잖아요'라고도 했고."

"진부하네요."

"그런 거지. 현실은 원래 진부하기 마련이니까."

"그렇게 생각할 수도 있겠네요. 한 대 더 피워도 될까요?"

"내 것도 아닌데 뭐."

"아, 그렇네요."

케이코는 담뱃갑을 집어 한 개비를 꺼냈다.

몇 번인가 연기를 내뿜은 후 케이코가 나에게 물었다.

"그 말을 듣고 화가 나서 죽인 건가요?"

"화가 나서는 아니야. 아까도 말했듯이 무서웠거든, 진심으로. 모든 걸 잃는다는 게…."

잃는 것이 두려워서….

마치 유행가 가사 같은 말이었다. 하찮음과 저속함과 공허함의

대명사라고 할 수 있는 유행가 가사에 때로는 진실이 담겨 있기도
하다.

생각하다 보니 웃겨서 나도 모르게 입꼬리가 올라갔지만 소리
내어 웃을 정도는 아니었다. 이런 상황에서 웃음이 나온다는 게
신기하기도 하고, 한편으로는 납득이 가기도 했다. 한 가지 상황에
서 한 가지 감정만 느낄 정도로 인간은 단순하지 않다.

"어떻게 하는 게 좋을 것 같아?"

내가 물었다.

큰 실수를 저지른 나약하고 한심한 남자의 말투와 표정을 거의
무의식적으로 연기하고 있었다.

"도무지 모르겠어. 그래서 이런 시간에 이런 데서 대책 없이
떨고 있었던 거야. 차라리 아파트에 돌아가는 게 나을 텐데
이렇게 잘 알지도 못하는 사람의 피 묻은 차 안에 앉아서…."

"그런가요."

케이코가 담담하게 말했다.

"자수하는 게 좋지 않을까요?"

무난한 대답이었다.

"지금 상황만 놓고 보면 사실을 숨기려고 하는 것 같은데 사실
의 은폐는 높은 확률로 사체 유기에 해당하고, 경우에 따라서는
사체 손괴까지 물을 수도 있어요. 다른 죄도 마찬가지지만 잘못을
뉘우치지 않고 숨기려고 하면 형량이 더 무거워집니다."

"그런가."

"네."

역시 그런 건가.

나는 한숨을 내쉬었다.

생각을 안 해 본 것은 아니다. 하지만 자수를 하더라도 결과는 달라지지 않을 터였다. 살인죄로 처벌받고 복역을 마치고 나온 후에 다시 지금 같은 생활을 할 수 있을 리 없었다. 츠카다 타카시가 지금까지 쌓아 올린 모든 것을 잃게 될 것이다. 그럴 수는 없다. 그러므로 자수라는 선택지는 존재하지 않았다.

"역시 못 정하겠어."

나는 힘없이 중얼거렸다. 잦아들었던 떨림이 다시 일었다. 뒤꿈치가 탁탁 바닥에 부딪혔다.

"키쿠치에게 사진을 찍혔다는 사실을 깨닫고 안 좋은 미래를 상상하니 무서워졌어. 그래서 죽인 거야. 지금도 미래를 생각하며 두려움에 떨고 있지. 그뿐만이 아니야. 어떻게 하면 좋을지 모르겠어서 무섭기도 해. 어떻게 하면 들키지 않고 넘어갈 수 있을지 모르겠어서 무서워."

나는 케이코를 쳐다보며 말을 이었다.

"당신이라면 이해하겠지? 이런 얘기를 좋아한다고 했잖아. 이건 확실히 무서움을 유발하는 '알 수 없음'이라고. 그렇지?"

케이코는 말없이 나를 마주 보았다. 입에서 흘러나온 담배 연기가 천장에 닿아 흩어졌다.

침묵이 견디기 어려워질 즈음 케이코의 입술이 움직였다.

"제가 좋아하는 얘기를 조금 더 해 봐도 괜찮을까요?"

"음, 뭐."

케이코는 다리를 꼬았다.

"알 수 없기 때문에 무섭다. 그런 경우가 없지는 않죠. 하지만 전 이 표현을 좋아하지 않아요. 전혀 타당하다고 생각되지 않거든요."

"이유는 아까 들었어."

"한 가지 이유가 더 있어요. 세상에는 정반대의 무서움이 존재하기 때문이죠. 즉 사실을 알게 됨으로써 생겨나는 공포가요."

"그런 게 있나?"

"네."

케이코는 천천히 담배 연기를 뿜어내며 말했다.

"당신은 저를 몰라요. 만난 적은 물론 통화를 한 적도 없죠. 채팅이나 문자메시지를 주고받은 적도 없고요. 그런데 뭘 보고 저를 정보원 케이코라고 생각한 거죠?"

"핸드폰에 남아 있는 착신 이력을 보고 알았지. 키쿠치의 스마트폰. 거기에 이름이…"

갑자기 말문이 막혔다.

나는 내가 커다란 오해를 했음을, 아니 너무 쉽게 넘겨짚었음을 깨달았다.

등에 식은땀이 흘렀다.

"맞아요."

케이코가 입꼬리만 올려 웃어 보였다.

"착신 이력을 통해 알 수 있는 건 정보원 케이코의 핸드폰으로 카메라맨 키쿠치의 핸드폰에 전화를 걸었다는 사실뿐이죠. 실제로 전화한 사람이 누군지는 알 수 없어요. 이제 아시겠죠? 당신은 지금까지 정체를 알 수 없는 여자와 단둘이서 계속 이야기를 나누고 있었던 거예요."

··· ☾ ···

"어때요? 아니까, 알게 되니까 무서워졌죠?"

여자가 물었지만 나는 대답하지 못했다.

"세상에는 신기한 직업이 참 많아요. 정보원도 그중 하나라고 할 수 있죠. 연예인, 아니 유명한 사람들의 정보를 매체에 넘기고 받은 돈으로 생계를 꾸려 나가는 사람들. 그런 게 어떻게 직업이 될 수 있느냐고 생각하는 사람도 있지 않을까요?"

나는 아무 말도 하지 않았다.

지금 무슨 소리를 하는 거냐고 따져 묻고 싶었다. '알게 되니 무섭다' 정도로는 충분한 설명이 되지 않는다고 반박하고 싶었다.

내가 넘겨짚은 건 사실이다. 스스로가 지금까지 여기 앉아서 무엇을 하고 있었는지는 충분히 이해했다.

하지만 내가 무서운 것은 반드시 그것 때문만은 아니다.

여자가 말했듯이 정체를 알 수 없기 때문이다. 게다가 앞으로 뭔가 좋지 않은 일이 일어날 것만 같은 예감이 들었다. 좋은 일,

즐거운 일, 행복한 일, 마음이 편안해지는 일은 하나도 일어나지 않을 것이다. 그러니 '알게 되니 무섭다' 정도로는 충분하지 않았다. 전혀 충분하지 않았다.

이런 생각이 머릿속을 맴돌았다. 하지만 그보다 더 빠른 속도로 공포가 자라나고 있었다. 눈앞에 있는 여자의 태도는 지금까지와 조금도 변함이 없는데.

"당신… 누구야?"

가까스로 물었다.

"정보원보다 더 신기한… 공포술사입니다."

"그런 직업이 있다고?"

"직업은 아니에요. 부탁을 받고 누군가를 무섭게 만드는 거죠."

"농담하지 마."

"농담이 아니에요. 실제로 지금 제가 당신을 무섭게 만들고 있잖아요."

"바보 같은 소리."

"제게 부탁을 하는 사람들은 더할 나위 없이 진지해요. 이번 일을 의뢰하신 분은 토치기현에 사는 여자분이셨어요. 나이는 60대 후반 정도."

여자가 아파트 쪽으로 시선을 돌리며 기억을 더듬는 듯한 표정을 지었다.

"무섭게 해 주세요. 아들에게 세상의 무서움을 알려주고 눈을 뜨게 해주세요. 아들을 옳은 길로 인도해 주세요. 대충 이런 부탁이었습니다. 저는 두 번째와 세 번째 부탁은 거절하고 첫 번째 부탁만 수락했습니다."

여자가 피우던 담배를 비벼끄고 세 번째 담배에 불을 붙였다.

"의뢰인은 예전에 TV 드라마를 보다가 깜짝 놀란 적이 있다고 합니다. 아들과 꼭 닮은 청년이 나왔기 때문입니다. 황급히 아들을 불러 TV를 보여주니 아들도 많이 놀라더랍니다. 한참을 신기해하던 아들은 불현듯 이런 말을 했습니다. 나도 가능하지 않을까? 이 배우랑 생긴 것도 똑같은데… TV에 나온 청년 배우의 이름은 츠카다 타카시였습니다."

등골이 오싹했다. 운전석 시트에 온몸이 달라붙기라도 한 듯 손가락 하나 까딱할 수가 없었다.

"아들은 그길로 다니던 대학을 그만두고 상경해 연예기획사들을 찾아다녔습니다. 몇 군데에서 퇴짜를 맞은 후 작은 회사와 계약을 맺고 연예계 활동을 시작했습니다. 하지만 좀처럼 싹이 틀 조짐이 보이지 않았습니다. 회사를 나와 아르바이트로 생활하며 극단에 들어갔다가 그만두기도 하고, 호스트를 하다가 그만두기도 하고. 아들이 보내오는 연락은 점차 뜸해져 이제는 어디서 무엇을 하고 있는지조차 알 길이 없어졌습니다. 혹시 아들이 아직도 이루지 못할 꿈을 좇고 있다면, 땀 흘려 일할 생각은 안 하고 허송세월을 보내고 있다면… 하고 제게 부탁하시더군요."

말을 마친 여자가 나를 돌아보았다.

방금 전까지는 여자의 목소리가 귀에 거슬렸는데 이제는 침묵에 숨이 막힐 것만 같았다. 담배 연기 때문만은 아니었다.

사실을 지적당하는 게 견디기 힘들었다.

"당신은 배우 츠카다 타카시가 아니죠? 츠카다 타카시와 조금 닮았을 뿐인, 결국 아무것도 되지 못한 이 사연 속의 아들 맞죠? 지금 살고 있는 곳은 저기 보이는 낡은 아파트고요."

최후의 일격이 가슴을 파고들었다.

무릎 위에 놓인 손이 어둠 속에서도 알 수 있을 정도로 심하게 떨렸다.

그렇다. 나는 이중으로 연기를 하고 있었다.

'키쿠치 유스케를 연기하는 츠카다 타카시'를 연기하고 있었던 것이다.

한 번만이라도 좋으니 스캔들이 폭로될까 봐 전전긍긍하는 사람이 되어 보고 싶어서.

잃는 것을 두려워해 보고 싶어서.

진짜 츠카다 타카시였다면 이렇게 궁지에 몰린 상황에서 그의 뛰어난 연기력을 아낌없이 발휘했을 것이다.

나에게는 아무것도 없다.

여자의 말대로 나는 아무것도 되지 못했다.

키쿠치의 얼굴과 직업은 알고 있었다. 키쿠치가 계약을 맺고 있는 잡지사에서 아르바이트로 일하며 몇 번 본 적이 있었기 때문이다. 그 잡지사에서도 나는 지각이 잦다는 이유로 금방 잘렸다.

여기, 우리 집 맞은편에서 잠복 중인 키쿠치를 발견했을 때는 내 눈을 의심했다.

뒤쪽에서 몰래 다가가 말을 거니 키쿠치도 처음에는 화들짝 놀랐다. 하지만 곧 내가 츠카다 타카시가 아니라는 사실을 깨닫고 기분 나쁜 웃음을 터뜨렸다. 정보원 케이코가 거짓 정보를 팔았다고, 그 여자도 슬슬 골로 갈 때가 된 것 같다면서.

"이런 아무짝에도 쓸모없는 녀석을 미행하느라 귀중한 시간을 허비했다고 한탄하더군."

"그 말을 듣고 욱한 건가요?"

"응, 그런 셈이지."

나는 재빨리 아파트로 돌아가 식칼을 가지고 차로 돌아왔다. 그리고 키쿠치를 찔러 죽였다.

"딱히 잃을 것도 없다고 생각했거든. 그런데… 막상 죽이고 나니 무서워졌어. 시체를 트렁크에 숨기고 피를 다 닦아낸 후에도 떨림이 멈추지 않았어. 아무것도 생각할 수 없었지."

나는 후후, 하고 웃었다.

"어째서일까. 지켜야 할 재산도, 가정도, 수입원도 없는데. 처음부터 밑바닥이라면 안 좋은 미래를 상상할 일도 없어야 하잖아? 그런데 왜…."

"간단해요."

여자가 지금까지와는 다른, 한결 부드러운 말투로 답했다.

"당신이 무서워한 건 죄책감 때문이에요. 나쁜 짓을 했다, 죄를 저질렀다, 그러니 벌을 받을 것이다. 이런 식으로 안 좋은 미래를 상상한 거죠."

"아아…."

"윤리관은 멀쩡하다는 말이네요."

비아냥이라는 건 알았지만 이상하게도 화는 나지 않았다.

아파트 앞 가로등 불빛을 보며 나는 무의식중에 중얼거렸다.

"조금만 더 빨리 와줬더라면…."

"그러게요, 안타깝네요. 제가 좀 늦었죠. 무섭게 만드는 건 성공했는데."

여자가 자못 아쉽다는 듯 말했다.

나는 담배에 손을 뻗었다.

흡연자이기 때문이다. 진짜 키쿠치는 담배를 피우고, 진짜 츠카다는 담배를 피우지 않으며, 나는 담배를 피운다. 지금은 한시바삐 니코틴과 타르를 폐에 흘려 넣고 싶었다.

연기 공부는 그만둔 지 오래인데 어느샌가 연기하고 있었다. 강한 암시를 걸어서 역할에 몰입하고자 했다. 반사적으로, 무의식적으로, 필사적으로.

젊었을 때부터 이렇게 했더라면, 어쩌면….

가능했을지도 모를, 하지만 결코 손에 넣을 수 없는 미래를 상상한 순간, 눈에서 눈물이 흘러내렸다.

제 **6** 화

모르는 사람

제6화

모르는 사람

    병원 로비 한구석에 노인이 서 있다. 백발, 검은 테 안경, 회색 스웨터. 서류가 들어 있는 클리어 파일을 손에 든 채 불안한 표정으로 허공을 쳐다보고 있다. 허리를 살짝 굽힌 어정쩡한 자세로 서 있는 것을 보면 하반신이 약한 모양이다. 벌써 5분 가까이 같은 자세를 유지하고 있다.

    입원 환자는 아니고 외래인 것 같았다. 클리어 파일을 들고 있다는 건 접수는 마쳤다는 뜻일 테고. 그렇다면 어째서 접수 후 안내받은 진료과로 가지 않고 여기 있는 걸까. 아니면 진료는 이미 끝났고 수납만 남은 건가. 그럼 수납창구 앞에 줄을 서야 할 텐데. 어느 쪽이든 저런 곳에 서 있을 이유는 없다. 그렇다는 건….

뒤늦게 노인을 발견한 젊은 여자 간호사가 그쪽으로 다가가 상냥하게 웃으며 말을 걸었다.

"도움이 필요하신가요?"

"웅?"

노인은 로비 전체에 울릴 정도로 쩌렁쩌렁한 목소리로 되물었다. 주위에 있던 모두가 하던 일을 멈추고 노인을 쳐다보았다. 간호사는 동요하지 않고 다시 물었다.

"어느 과를 찾으세요? 파일을 들고 계신 걸 보니 접수는 하신 거죠?"

"으웅?"

노인은 아까보다 더 큰 소리로 되물었다. 표정은 전혀 변화가 없었다.

"어디! 가시는데요!"

"으 으 으웅?"

"제가, 도와드릴 게 있나요?"

"으 으 으 으 으웅?"

"손에! 든 파일! 좀! 봐도 될까요!"

"으 으 으 으 으 으 으 으웅?"

로비에 당혹스러운 분위기가 흐르고 사람들이 웅성거렸다. 젊은 간호사의 얼굴에서 미소가 사라졌다. 그때 중년의 간호사가 다가오더니 "네네, 잠시만요." 하고 노인의 클리어 파일을 반강제적으로 빼앗아 들었다. 그러고는 파일을 훑어보더니 "아아, 그러셨군요." 하며 노인의 손을 잡아끌었다. 노인은 저항하지 않고 간호사 두 명의 부축을 받으며 종종걸음으로 멀어져갔다.

가끔 마주치는 장면이었다. 간호사들에게는 일상일 수도 있었다. 자기가 무엇을 하러 이 병원에 왔는지조차 기억하지 못할 정도로 늙고 쇠약해진 노인이 유령처럼 접수창구 주위를 맴도는 풍경. 간호사와 전혀 의사소통이 안 되고, 큰 소리로 되묻는 것 외에는 아무것도 할 수 없는 상태.

운이 나빴다면 나도 저렇게 됐을지 모른다.

아니, 재활 훈련을 계속하지 않으면 머지않아 틀림없이 저렇게 될 것이다.

온몸에 소름이 돋았다. 마음보다도 몸이 먼저 공포에 반응했다. 그렇다. 나는 무섭다. 저 노인에게는 미안하지만 저렇게 되는 것이 무섭다. 지금의 내게는 남 일이 아니다.

나는 의자에서 일어나 병실로 향했다. 이제 곧 아내가 올 시간이었다.

입원은 지금까지 43년간 살아오면서 처음 경험하는 일이었다.

병명은 지주막하 출혈. 휴일에 가족과 쇼핑을 하던 중이었다. 마트 주차장에서 갑자기 극심한 두통과 현기증과 메스꺼움이 엄습했다. 상하좌우도 분간이 안 되고, 도움을 청하고 싶은데 아내 이름도 아이 이름도 생각이 나지 않았다. 그대로 바닥에 주저 앉았는지, 쓰러졌는지, 아니면 그냥 선 채로 가만히 있었는지 그것도 모르겠다. 아내 말에 따르면 "갑자기 허리를 숙이고 식은땀을 줄줄 흘리면서 '머리, 머리가 아파, 뇌, 뇌, 뇌가 이상해'라고 잠꼬대처럼 계속 그 말만 반복했다"고 한다.

병원에 실려 온 후의 기억은 하나도 없다. 정신을 차리고 보니 여기, K종합병원 입원 병동 침대 위였다. 수술 후 일주일 동안 중환자실에 있었다고 하는데 전혀 실감이 나지 않았다.

수술이 코일 색전술로 이루어졌기 때문인지도 모르겠다. 코일 색전술이란 사타구니에 가느다란 관을 삽입해 뇌까지 연결한 후 출혈이 발생한 뇌동맥류 내부를 코일로 채워서 막는 수술 방법이다. 의사도 간호사도 아닌 나로서는 '그런 게 정말 가능하다고?' 라는 생각밖에 안 들지만 말이다. 코일 색전술은 머리를 열 필요가 없다. 즉 머리 수술을 받았다는 흔적이 남지 않기 때문에 밖에서 봐서는 전혀 알 수가 없다. 최소한 머리를 밀기라도 했으면 조금이나마 실감이 나지 않았을까.

그 때문인지는 모르겠지만 죽음에 대한 공포는 미미했다. 지주막하 출혈로 인한 사망률은 50프로에 육박한다고 하는데 의사의 설명을 들으면서도 '운이 좋았다'고만 생각했지 딱히 무섭다고 느끼지는 않았다. 합병증이 생기지 않은 것도 천만다행이었다. 만약 합병증이 왔다면 무사하지 못했을 거라는 말도 들었는데 이역시 그리 와닿지는 않았다. 마트 주차장에서 느꼈던 공포를 다시금 떠올려 보아도 그것이 곧 죽음의 공포로 이어지지는 않았다. 죽음보다는 뇌가 망가지는 것에 대한 두려움이 훨씬 더 컸다. 나의 뇌는 아직 완전히 회복되지 않았다.

몇 가지 후유증이 남아 있었다. 똑바로 걸을 수 없다, 음식을 제대로 삼킬 수 없다, 다른 사람과 자연스럽게 대화를 나눌 수 없다 등등. 이런 후유증을 극복하기 위해 여기 입원해서 재활 훈련을 이어가고 있는 것이다.

4인용 병실인 301호실, 입구에서 가까운 오른쪽 침대가 내 자리였다.

"오늘은 어땠어?"

낡고 작은 간이의자에 불편하게 앉은 아내가 물었다. 일이 일찍 끝났다며 퇴근하고 바로 면회를 온 것이었다.

"물리치료사 선생님이랑 이런저런 얘기를 나눴어. 어린 시절 그거에 대해서."

"어린 시절?"

"만화가가 되고 싶어서 연습장에 낙서를 했다든지 당시 유행한 TV 그거라든지 뭐 그런 거."

"잡담?"

"음, 선생님 입장에서는 내 기억이 정확한지, 이야기의 앞뒤가 맞는지 체크하고 있었던 게 아닐까? 서른 살쯤 되는 것 같은데 세대 간 그게 있어서 재미있었어."

"생각보다 성과가 있는 것 같아 다행이네. 걱정 많이 했는데."

"응."

나는 짧게 답했다. 처음에는 말이 막히는 경우가 잦았지만 이제는 어느 정도 대화를 이어갈 수 있게 되었다. 단어가 생각나지 않아서 '그거'라고 애매하게 넘어갈 때도 많지만 듣는 사람이 문맥을 통해 유추할 수 있도록 말하는 요령이 늘어서 아내와의 대화에서 크게 불편함을 느낄 일은 없다.

"오늘은 무슨 일이 있었어?"

내가 묻자 아내는 "음…" 하고 천장을 올려다보았다. 이 질문은 정확히 말하자면 어젯밤부터 지금 이 순간까지 그녀가 보고 들은 것을 전부 말해 달라는 의미다. 아내는 사소한 것 하나도 빠트리지 않고 모두 다 이야기해 주었다. 오늘 무슨 일이 있었는지, 일곱 살짜리 딸아이가 학교에서 무엇을 했는지. 때로는 과거 나와 사귀기 전에 있었던 일이나 나를 만난 후 지금까지 함께 겪었던 일을 들려줄 때도 있었다.

"… 그리고 거기서 당신이 꽈당 넘어졌잖아. 들고 있던 팝콘이 사방으로 튀고, 비둘기들이 떼 지어 달려들고…"

"그땐 정말 창피했지."

세 번째 데이트 때 일이었다. 지난주에도 같은 이야기를 들었지만 물론 그 사실을 지적할 생각은 없었다. 오히려 기뻤다. 더 얘기해 주었으면 싶었다. 나는 이 이야기를 제대로 기억하고 있었다. 뇌가 정상으로 돌아오고 있다는 증거였다.

나는 아내의 말에 귀를 기울이며 때때로 맞장구를 쳤다. 병원에 입원해서 지루한 재활 훈련을 반복하고 있지만 행복하다고 느꼈다. 동시에 하루빨리 집에 돌아가고 싶다는 바람도 컸다.

"슬슬 가 볼게."

아내가 의자에서 일어났다. 오후 5시가 조금 넘은 시간이었다. 커튼 틈새로 내다보이는 창밖은 저녁노을로 붉게 물들어 있었다. 딸아이가 학원에서 돌아오기 전에 아내가 먼저 가 있어야 했다. 무슨 학원이더라… 그래, 주판이다.

"응, 잘 가."

"이번 주말은 어려울 것 같지만 평일에 일 끝나는 시간 봐서 들를게."

"고마워. 조심해서 들어가."

아내가 손을 흔들며 커튼을 닫았다. 발소리가 301호실에서 멀어져가는 것을 들으며 나는 길었던 대화의 여운에 잠겼다.

그때 누군가 방에 들어왔다. 아내가 뭘 놓고 가서 다시 찾으러 왔나 했는데 맞은편 침대의 커튼을 걷는 소리가 들렸다.

"저 왔어요."

조용한 여자 목소리였다.

침대에 누워 있던 노인이 '끙' 하고 앓는 소리를 냈다.

그 여자다. 기억이 났다. 순간 나도 모르게 마음이 들뜨고 반가운 기분이 들었다.

여자가 밝은 목소리로 즐겁게 이야기하기 시작했다. 나도 모르게 귀를 기울이게 될 것만 같아 서둘러 이어폰을 귀에 꽂았다.

··· ☾ ···

맞은편 침대의 주인은 토쿠나가 씨라는 할아버지 환자였다.

직접 대화를 나눈 적은 없지만 의사와 간호사들이 부르는 걸 들으며 자연스럽게 알게 되었다. 면회를 오는 여자의 이름은 알 수 없었다. 토쿠나가 씨의 반응이라고는 앓는 소리를 내거나 맞장구를 치거나 아무 대꾸도 하지 않거나 중 하나였고, 여자의 이름을 부른 적은 한 번도 없었기 때문이다. 적어도 내가 병실에 있는 동안, 그리고 깨어 있는 동안은 말이다.

여자는 매일 저녁 5시쯤 토쿠나가 씨 면회를 왔다. 말 그대로 매일. 평일이고 주말이고 공휴일이고 할 것 없이 내가 입원한 후 오늘에 이르기까지 한 달 조금 넘는 기간 동안 단 하루도 빠지지 않고 매일같이 찾아와서는 노인의 침대 옆에 앉아 한 시간 정도 이야기를 나누다가 저녁 배식이 시작될 때쯤 돌아갔다. 오늘도 비슷하겠지. 다른 침대 두 개는 사람이 자주 바뀌었기 때문에 나는 자연스럽게 토쿠나가 씨와 그를 찾아오는 면회객에게 관심을 갖게 되었다.

6시 정각.

나는 방을 나와 복도 화장실에서 볼일을 보았다. 간호조무사들이 배식 카트를 끌고 복도를 지나갔다.

내가 301호실로 돌아온 바로 그 순간, 토쿠나가 씨 침대의 커튼이 걷혔다. 여자가 침대를 향해 "그럼 쉬세요. 내일 또 올게요"라고 하며 커튼을 닫았다.

머리가 길고 전체적으로 마른 편이었다. 회색 터틀넥 스웨터에 흰색 롱스커트. 예쁘장한 얼굴에 엷은 미소를 띠고 있었다. 나이는 서른 정도 되려나. 여자의 얼굴을 제대로 보는 것은 이번이 처음이었다.

나를 본 여자가 갑자기 "죄송합니다" 하고 사과했다. 지금까지 말 한마디 나눈 적이 없었기에 나는 살짝 당황했다.

"시끄러우셨죠? 신이 나서 얘기하다 보니 목소리가 좀 커졌던 것 같아요. 죄송합니다."

여자는 토쿠나가 씨에게 말할 때와 똑같이 부드러운 목소리로 거듭 사과했다.

"아, 아뇨, 천만에요. 어…."

말이 나오지 않았다. 머리로는 '사과할 필요 없다'는 취지의 대답을 해야겠다고 생각하는데 그에 해당하는 표현이 떠오르지 않았다. 서랍이 열리지 않는다기보다는 서랍을 어떻게 열어야 할지 모르겠다는 쪽에 더 가까웠다.

긴장해서 그런가. 아내와 얘기할 때는 괜찮았는데. 아무래도 퇴원까지는 시간이 좀 걸리겠는데. 이런 생각을 하고 있는데 여자가 다시 입을 열었다.

"저, 이거…."

손에 무언가를 들고 있었다. 개별 포장된 마들렌 세 개. 여자는 양손에 들고 있던 마들렌을 내 쪽으로 내밀었다. 반지는 끼고 있지 않았다.

"맞은편 침대 분이시죠? 별거 아니지만 괜찮다면 드셔 보세요."

"아, 네, 고맙습니다."

어찌어찌 인사를 하며 마들렌을 받아들었다.

"그럼 이만."

여자는 미소를 지으며 방을 나섰다. 머리카락과 스커트 자락을 휘날리며 복도를 걸어가더니 이윽고 코너를 돌아 시야에서 사라졌다.

정신을 차리고 보니 나는 어느샌가 복도까지 나와서 여자의 뒷모습을 좇고 있었다. 통통한 중년의 여자 간호조무사가 "지나갈게요." 하고 카트를 밀며 다가왔다.

나는 침대로 돌아갔다.

"유통기한은 괜찮은 거지?"

아내는 마들렌 포장을 유심히 들여다보았다. 나는 리클라이닝 침대 등받이를 세우고 베개 위치를 조절하면서 대답했다.

"당신 먹어."

식사도 재활 훈련의 일환이기 때문에 치료사가 함께 있는 자리에서 먹어야 한다. 식사 외 간식은 원칙적으로 금지였다. 건강에 좋지 않다는 이유도 있지만 그보다는 씹고 넘기는 기능이 아직 완전히 돌아오지 않았기 때문에 무언가를 먹다가 목에 걸려 질식할 위험이 있기 때문이다.

아내가 면회를 온 것은 열흘만이었다. 오늘은 일요일이고, 딸아이는 아침부터 친구네 가족들과 놀러 갔다고 했다. 같은 아파트 같은 층에 사는 아사누마 씨네 가족. 아이 이름은 미유. 통통한 체형, 아주 심한 곱슬머리에 잘 웃는 여자아이. 아내의 설명을 듣고 기억해냈다.

"미유 얼굴에 커다란 점이 있는 거 기억나?"

"음… 입술 옆이었나?"

"딩동댕! 확실히 좋아지고 있네."

아내가 활짝 웃었다. 거의 감으로 찍은 거나 마찬가지였지만 솔직하게 털어놓아서 아내를 실망시킬 생각은 없었다. 아내가 마들렌 포장을 뜯으며 말했다.

"먹지도 못하면서 일단 받고 보는 게 당신답네. 사람이 거절을 못 한달까, 미인에게 약하달까."

"그런 거 아니야. 좋아할 것 같아서."

"내가? 정말? 그냥 헤벌레하고 있었던 거 아니고?"

"아니라니까."

나는 온 힘을 다해 부정했다. 면회를 온 사람에게 이상한 마음을 품을 리가 없지 않은가. 내가 마들렌을 순순히 받은 것은 그 자리에서 말이 나오지 않아 당황했기 때문이다. 그것 말고 다른 이유는 없다. 아내에게도 그렇게 설명했다.

"흐음, 그래?"

아내는 장난스럽게 나를 흘겨보며 마들렌을 먹기 시작했다. 딱히 기분이 상한 것 같지는 않았다.

오후 2시가 조금 지난 시간이었다. 병실이 너무 조용해서 아내

가 마들렌 포장지를 쓰레기통에 버리는 소리가 크게 느껴질 정도
였다.

"근데,"

아내가 입을 가리며 말했다.

"그 여자, 정말로 매일 문병을 와? 주말에도?"

"응:"

최근 열흘 동안도 하루도 빠지지 않고 왔다. 항상 5시쯤 와서
한 시간 정도 이야기를 하다가 저녁 먹기 전에 돌아갔다. 토쿠나가
씨의 반응도 늘 똑같았다. 앓는 소리를 내거나 맞장구를 치거나
아무 대꾸도 하지 않거나.

"제일 무난하게 생각하자면 역시 딸이겠지?"

아내가 목소리를 낮추었다.

"음. 손녀⋯는 아닌 것 같으니까. 만약 손녀라면 토쿠나가 씨가
엄청 동안이거나 아니면 손녀가 엄청 그거이거나⋯."

"노안이라는 거지."

"당신은 본 적 없어?"

"돌아가는 길에 병원 복도에서 마주쳐서 가볍게 눈인사를 나눈
적은 있어. 두 번 정도? 말하는 걸 들은 적은 없는 것 같은데."

"매일 문병을 온다는 건 시간적인 여유가 많다는 건데. 이것도
제일 무난하게 생각하자면 주부일 테고, 그게 아니라면⋯."

"혹시,"

아내가 목소리를 한층 더 낮추었다.

"부인일 가능성은 없을까?"

"나이 차가 많이 나는 부부? 흥미로운 의견이긴 한데…."

"나도 시간만 허락한다면 매일 문병을 왔을 거야. 아내니까."

"흠, 그런 논리라면 나름대로 일리가 있네."

나는 팔짱을 꼈다.

"…그런데 그렇다면 전혀 아름다운 이야기가 아닐 수도 있지 않나? 결국 매일같이 찾아와서 그걸 확인하는 걸 수도 있잖아. 거, 건강 상태 같은 거."

"그건 나이 차 많이 나는 부부에 대한 편견 아닌가?"

아내도 팔짱을 꼈다.

편견이기는 했다. 나이 많은 남편과 젊은 아내의 조합이라면 아내는 재산을 노리고 결혼한 게 틀림없다, 남편이 언제쯤 죽을지 확인하기 위해 매일 찾아오는 것임이 틀림없다… 머릿속에서 다시 정리해 보니 퍽이나 허무맹랑한 이야기였다. 이런 유의 얘기가 재미없다고 하면 거짓말이겠지. 솔직히 재미있다. 하지만 의심할 여지 없이 저급한 관심이었다. 어째서 이런 화제에 열을 올리게 되는 걸까.

"…아무것도 몰라서일까?"

"응?"

"아니, 맞은편… 토쿠나가 씨에 대해 아무것도 모르니까 편견을 가지고 볼 수밖에 없는 건가 싶어서. 말해 본 적도 없고."

"그럼 말을 해봐. 그러고 보니 당신, 입원 중에 사귄 친구는 없어?"

"전혀. 같은 병실 사람이나 그쪽 면회객들하고는 인사 정도만 나누는 사이야. 간호사나 물리치료사 선생님이랑은 얘기도 하지만 딱히 친한 건 아니고…"

"이렇다니까. 남자들은 왜 나이가 들면 친구를 못 만드는 걸까."

부정할 생각은 없다. 언제부터 이렇게 된 걸까.

아내가 마들렌을 하나 더 뜯었다. 입을 크게 벌려 베어 물더니 두 입 만에 해치웠다. 페트병에 든 홍차를 마시던 아내가 문득 이렇게 말했다.

"지금 물어보는 건 어때?"

"응? …아, 아냐. 주무시고 계실 수도 있고."

나는 귀를 기울였다. 맞은편 침대에서는 아무 소리도 들리지 않았다.

"깨어 있을 수도 있지. 스마트폰을 한다든지 책을 읽는다든지."

"그건 그렇지만."

"당신은 저 할아버지가 왜 입원 중인지도 모르지?"

"그런 건 함부로 물어보기 조심스럽잖아."

"아아, 정말이지 뭐가 그렇게 겁이 나는 건지."

아내는 한심하다는 듯 웃으며 "그럼 내가 물어봐야지" 하고 의자에서 일어났다.

"용건도 없는데 그렇게 막…"

"용건? 이거 잘 먹었다고 인사드려야지."

아내는 빈 마들렌 봉지를 집어 들어 나한테 보여준 다음 쓰레기통에 던져 넣었다. 맞는 말이다. 저속한 상상은 잘만 하면서 정작 필요할 때는 머리가 안 돌아간다.

"그럼 다녀올게."

아내는 내게 거수경례를 해 보이고는 커튼 밖으로 나가더니 "실례합니다. 맞은편 침대에서 왔는데요" 하고 토쿠나가 씨에게 말을 걸었다.

잠시 후 커튼 걷는 소리가 들렸다. "인사가 늦어서 죄송합니다" 라고 하는 아내의 목소리가 들리는 것을 보니 최초 관문은 통과한 듯했다.

"아… 뭘 굳이…."

토쿠나가 씨 목소리가 띄엄띄엄 들렸다.

"아니에요, 사실…."

아내가 목소리를 낮추었다. 귀를 쫑긋 세웠지만 무슨 대화를 나누는지까지는 알 수 없었다.

"그럼 가 보겠습니다. 쉬세요."

다시 아내의 목소리가 선명하게 들린 것은 그로부터 10분 후였다. 병실 전체에 울려 퍼질 정도로 밝고 커다란 목소리였다. 꽤나 만족스러운 대화를 나눈 모양이었다. 기분이 좋아 보였다.

아내가 커튼을 열고 들어왔다. 아내가 돌아오기만을 기다리고 있던 나는 작은 소리로 물었다.

"어땠…어?"

뒤로 갈수록 목소리가 작아졌다. 얼굴에서 미소가 사라지는 것이 스스로도 느껴졌다. 아내의 미간에는 잔뜩 주름이 잡혀 있었다.

"무슨 일이야?"

아내는 내 질문에는 대답하지 않고 굳은 표정으로 간이 의자에 앉았다.

"…그냥 가볍게 들어줄래?"

"응?"

"아니, 저분… 토쿠나가 씨가 한 말을 그대로 전할 테니까. 진짜인지 아닌지 나로서는 확인할 길이 없으니…"

"아, 응. 알겠어."

아내는 몸을 앞으로 살짝 숙여 내게 얼굴을 가까이 가져다 대고 말했다.

"매일 찾아오는 그 여자 말이야."

"응."

"모르는 사람이래."

"뭐?"

"전혀 모르는 사람인데 매일 문병을 온대."

아내는 거기까지 말하고 입을 다물었다. 미심쩍은 눈초리로 커튼 너머 토쿠나가 씨의 침대가 있는 쪽을 쳐다보았다.

"…아니, 잠깐만. 토쿠나가 씨의 그건?"

내가 물었다.

가장 먼저 떠오른 건 토쿠나가 씨의 건강 상태였다. 나처럼 뇌내

출혈로 입원한 거라면, 그리고 인지장애 같은 후유증이 남았다면 가족의 얼굴을 알아보지 못할 가능성도 있었다. 여기는 병원이다. 입원병동이다. 사실을 정확하게 파악하지 못하는 사람들이 모이는 곳이라고 할 수 있었다.

"위암이래."

아내가 대답했다.

"수술은 잘 끝났는데 수술 후의 경과가 별로 안 좋아서 퇴원하지 못하고 있는 거래. 컨디션도 영 별로고 미열이 계속 있어서. 입원한 지는 반년쯤 됐고."

링거 주사를 꽂은 채로 화장실에 가는 토쿠나가 씨를 몇 번 본 적이 있었다. 부스스한 흰머리. 검버섯이 핀 손. 밀랍 인형 같은 얼굴은 피부가 축 늘어져 있었다.

"대화도 멀쩡하게 잘 하시던데? 이상한 부분은 하나도 없었어. 그… 여자 얘기 말고는."

아내의 눈동자가 불안정하게 흔들렸다.

뇌와 관련된 문제는 아니라는 건가.

정말로 생판 모르는 사람이, 알지도 못하는 여자가 매일 문병을 온다는 말인가.

"그, 그렇게 하루도 빠짐없이 찾아와서 무슨 이야기를 한다는 거야? 게다가 보통 모르는 사람이 찾아오면 그러잖아. '누구세요'라든지 '무슨 일이시죠'라든지… 그게 어렵다면 간호사 호출 버튼을 눌러도 되고."

"혼자서 알 수 없는 말을 계속한대."

말문이 막혔다.

"토쿠나가 씨 말을 그대로 옮기자면… 요시와라 아줌마가 산에서 미친놈한테 잡혀서 펄펄 끓는 드럼통에 삶아졌는데 그 원한 때문에 이케다 씨네 딸은 입이 두 개 달린 채로 태어났다, 얼마 전에는 주변에 나타나는 생쥐들을 잡아서 버스 정류장에서 요네즈 씨라던가? 하는 사람의 혈액과 물물교환했다, 뭐 그런 얘기를 생글생글 웃으면서 끝도 없이 늘어놓는대."

아내의 얼굴은 새파랗게 질려 있었다.

"그래서 무서워서 아무것도 할 수가 없다고. 적당히 반응하면서 여자가 돌아가기만을 기다린다고. 매일매일."

내 얼굴도 질려 있었을 것이다. 한기가 느껴졌다. 등에 식은땀이 흘렀다.

TV 옆에 놓아둔 마지막 남은 마들렌 하나가 시야에 들어왔다.

위가 안 좋은 거라면 음식을 먹기는 어려울 것이다. 그런데 그 여자는….

몸이 부르르 떨렸다.

맞은편 침대가 조용한 것이 오늘따라 유난히 마음에 걸렸다.

··· ☾ ···

아내와 함께 라운지로 이동했다. 자판기에서 음료를 뽑아 테이블에 마주 보고 앉았다. 한동안 나도 아내도 아무 말도 하지 않았다. 나와 비슷한 연배로 보이는 환자복 차림의 여자가 가족인 듯한 남자와 아이 둘을 데리고 라운지에 들어와 즐겁게 이야기를 나누다 돌아갔다. 면회객 청년이 자판기에서 주스를 사서 사라졌다.

주위가 조용해진 후 우리는 아까 하던 이야기를 이어 갔다.

토쿠나가 씨가 여자를 쫓아내거나 주위에 도움을 요청하지 않는 것은 이상한 일이었다. 하지만 병으로 입원한 상태라면 생각을 행동으로 옮길 기력이 없을 수도 있다. 상대가 누구든 주어진 문제에 저항하기 위해서는 몸과 마음 양쪽의 힘이 필요하니까. 가장 빠른 길은 보통 가장 경사가 급하기 마련이다.

내 생각을 말하자 아내가 고개를 끄덕였다.

"쓰레기 집에 사는 사람도 그런 거라며. 자기 방임(Self-neglect)이라고 하던가?"

"쓰레기 집이랑 현재 토쿠나가 씨의 상황을 동일 선상에 놓고 볼 수 있는지는 모르겠지만 당신이 뭘 말하고 싶은 건지는 알겠어. 이상한 사람이 잠시 옆에서 떠들다 가는 것뿐이라면 나도 그냥 무시하고 내버려둘지도 모르겠고."

"하지만 언제까지 떠들다 가는 것뿐일지는 모르잖아."

"그게 무슨 소리야?"

"상당히 낙관적인 추측 아닌가?"

"그건…."

"토쿠나가 씨가 나한테 이 얘길 했다는 건 역시 사실은 도와주길 바라고 있다는 거야. 지금까지는 무시해 왔을지 몰라도."

"으음…."

"모처럼 남이 먼저 그 문제에 대해 관심을 보였으니 이 기회를 놓치고 싶지 않았겠지. 당신 생각은 어때?"

아내가 나를 쳐다보았다. 나는 마지못해 고개를 끄덕였다.

무서웠다. 이상했다. 복잡한 일에 휘말리는 것도 싫었다. 솔직히 말해서 귀찮았다. 하지만 아내의 추측은 아마도 맞을 것이다. 인도적인 관점에서 생각하자면 당연히 도와주어야겠지. 하지만.

"알아, 당신이 무슨 생각을 하는지."

아내가 말했다. 스스로의 어리석고 이기적인 생각을 들킨 것 같아 나는 어깨가 움츠러들었다. 변명의 여지가 없었다. 조심스레 고개를 들자 아내가 부드러운 미소를 띠고 나를 바라보고 있었다.

"괜찮으니까 당신은 재활 훈련에만 집중해."

"…미안."

"당신은 지금 많이 약해진 상태니까 자기 일만으로도 힘에 부치는 거야. 토쿠나가 씨랑 똑같아."

"그런가…."

"그렇다니까. 이런 상황만 아니었다면 어떻게든 해결해 드리자고 당신이 더 먼저 나섰을걸."

"사람이 못쓰게 됐네."

"너무 심각하게 받아들이지 마. 금방 원래대로 돌아올 테니까."

아내는 내 어깨를 두어 번 팡팡 두드리더니 간호사를 찾으러

나갔다.

돌아온 것은 한 시간쯤 지나서였다. 안 그래도 슬슬 찾으러 나가 볼까 하던 참이었다.

아내의 미간에는 아까보다 훨씬 더 깊은 주름이 패어 있었다. 창백한 얼굴이 조명에 반사되어 더욱 파리해 보였다.

"무슨 일 있었어?"

내가 물었다. 아내는 자판기에서 스포츠음료를 뽑아 단숨에 들이켰다.

"그런 사람은 본 적이 없다네."

아내가 말했다.

"지금 병원에 있는 간호사들 한 사람씩 다 붙잡고 물어봤는데… 아무도 그런 사람은 본 적이 없다고, 최근 한 달간 토쿠나가 씨 문병을 온 사람은 없었다고… 그러더라고."

"무슨 그런 말도 안 되는….'

"그렇지? 나도 봤잖아."

"그래."

"그 여자가 준 마들렌도 먹었고."

우리는 잠자코 서로를 마주 보았다. "아!" 하고 먼저 자리에서 벌떡 일어난 사람은 나였다.

"왜?"

아내가 걱정스러운 얼굴로 내 어깨를 잡았다. 나는 자꾸 꼬이는 혀를 가까스로 움직이며 말했다.

"그게 있잖아. 움직일 수 없는 증거가."

"증거?"

"마들렌 말이야. 아직 하나 남아 있을걸."

바로 라운지를 나섰다. 복도를 휘적휘적 걸어가 코너를 돈 다음 301호실로 들어가 내 침대 커튼을 걷었다.

"앗!"

캐비닛 위에 놓인 TV 옆에는 아무것도 없었다. 쓰레기통 속 포장지도 보이지 않았다.

나를 쫓아온 아내도 할 말을 잊은 듯했다.

오후 5시 2분.

나는 침대에 누워 눈을 감고 있었다. 자고 싶었는데, 여자가 다녀가는 동안 깨지 않고 계속 잘 생각이었는데 결국 한숨도 자지 못했다. 환자복에 스며든 땀은 더워서 흘린 것이 아니라 식은땀이었다. 목이 말랐다.

돌아가면서 아내는 나에게 신경 쓰지 말라고 거듭 당부했다. 몇 가지 오해가 겹쳤을 뿐이지 딱히 불가사의한 일이 벌어지고 있는 건 아니라고.

"한숨 자는 게 어때? 기분 전환도 되고 시간도 금방 지나갈 거야."

사실은 저녁 식사 때까지 함께 있어 달라고 부탁하고 싶었다. 딸아이가 돌아오는 시간을 생각하면 불가능하다는 건 알고 있었지만 알면서도 매달리고 싶었다. 그런 내 심정을 눈치챘는지 아내는 미안해하며 집으로 돌아갔다.

홀로 남겨진 나는 아내 말대로 잠들어 보려고 했지만 결국 실패했다.

살며시 눈을 떴다. 익숙한 흰색 천장과 LED 전등, 커튼레일. 돌아누우려고 등을 살짝 들어 올린 바로 그 순간.

발소리가 들렸다.

발소리의 주인은 방 안으로 들어와 맞은편 침대의 커튼을 걷었다.

"저 왔어요."

그 여자였다.

심장이 쿵쾅거렸다.

있다. 분명히 존재한다. 적어도 내 귀에는 그녀의 발소리와 목소리가 들렸다. 그런데 대체 왜.

"맞아요, 후후."

여자의 웃음소리에 온몸에 땀이 솟았다. 몸이 부들부들 떨려서 충동적으로 이불을 머리끝까지 뒤집어쓰자 습기와 열기 때문에 땀이 더 났다.

이불 너머로 여자의 목소리가 들렸다. 무슨 말을 하는지는 모르겠지만 억양은 가늠할 수 있었다. 싫어도 가늠이 되었다.

차라리 아무것도 안 들렸으면 싶었다. 만약 아내가 말한 것처럼 여자가 정말로 의미를 알 수 없는 헛소리를 혼자서 중얼거리고 있는 거라면?

내가 엿듣고 있다는 사실을 눈치챈 여자가 이쪽 침대로 다가온 다면?

무의미한 상상이 꼬리에 꼬리를 물고 이어졌다. 꼭 이럴 때만 뇌가 제 역할을 한다.

평정심을 유지하고자 했다. 의식적으로 호흡을 골랐다.

"아하하!"

여자가 손뼉을 치며 크게 웃었다. 나는 두 눈을 아플 정도로 꽉 감은 채 이불 속에서 꼼짝도 하지 않고 여자가 돌아가기만을 기다 렸다. 한없이 느긋하게 흘러가는 시간을 견뎌야 했다.

저 멀리서 커튼을 걷는 소리가 들려온 것은 그로부터 얼마나 지 나서였을까. 실제로는 한 시간 정도였겠지만 체감상으로는 며칠은 지난 것 같았다.

"또 올게요."

작별 인사를 한 후 여자의 발소리가 점점 멀어지는 듯싶더니 이윽고 사라졌다.

배식 카트를 끄는 바퀴 소리가 들렸다. 간호조무사들의 목소리 도 들렸다. 복도가 조금씩 소란스러워지는 것을 느끼며 나는 이불 을 걷고 크게 숨을 들이쉬었다.

한심했다. 이런 식으로 이불 속에 웅크리고 숨어 있는 건 어린 애나 하는 짓이다. 머리 한구석에는 이렇게 냉정하게 스스로를 분 석하는 내가 있었다. 숨어 있을 시간에 토쿠나가 씨 침대로 가서 여자에게 직접 물어보는 편이 훨씬 빠르고 확실했을 것이다. 그 정도는 나도 알고 있었다.

하지만 그렇게 간단한 일이 지금의 나에게는 불가능했다. 침대에서 몸을 일으킬 수조차 없었다. 건드리면 안 되는 무언가를 건드리게 될 것만 같았다.

어느 정도 안정을 되찾은 것은 저녁 식사를 마치고 간호조무사들이 식기를 다 내간 후였다. 무엇을 먹었는지도 모르겠고 배가 부르다는 느낌도 없는데 물리치료사는 내 상태가 많이 좋아졌다고 말했다.

··· ☾ ···

마음과 몸은 연결되어 있다. 그 사실을 증명이라도 하듯 다음 날부터 걷기가 힘들어졌다. 계속 침대에 누워만 있었다. 화장실 가는 것조차 힘에 겨웠다. 내가 유일하게 움직이는 시간은 재활 훈련 때, 그리고 오후 5시에서 6시 반 사이였다. 후자의 경우에는 주로 1층 로비나 매점, 정원에서 시간을 보냈다. 그 여자와 마주치고 싶지 않았다.

그녀를 만나고 싶지 않다는 생각이 운동 장애를 불러왔다. 생각보다 충격이 컸던 모양이다. 아내에게는 미안했지만 나로서도 어쩔 수가 없었다.

이렇게 한심하기 그지없는 나를 아내는 다정하게 위로해 주었다.

동시에 내 상태를 악화시킨 그녀를 탓했다. 그리고 바로 대책을 세웠다.

아내는 문병을 올 때마다 주위 사람들에게 말을 걸기 시작했다. 의사와 간호사뿐만 아니라 우리 병실에서 토쿠나가 씨를 제외한 나머지 두 침대, 주인이 자주 바뀌는 그 침대의 환자들에게도 열심히 말을 걸어 정보를 모았다.

"새로 온 방사선사랑 소아과 고참 간호사가 불륜 관계래."

"병원 식당 비밀 메뉴에 아부라소바가 있다길래 먹어봤어. 맛있더라."

아내가 들려주는 이야기는 그 여자와는 아무 상관도 없는 것들뿐이었지만 흥미롭기는 했다.

마치 알프레드 히치콕 감독의 영화 『이창(Rear Window)』 같았다. 다리를 다쳐 집 밖으로 나가지 못하는 주인공 남자가 창문 너머로 사건을 목격하고, 주인공의 연인이 그를 도와 범인을 쫓는다. 장르는 정통 범죄 서스펜스. 하지만 우리가 직면한 문제는 그와는 달리 지극히 비현실적이고 비과학적인 현상이었다.

"역시 아무도 못 봤대."

토요일 오후 1시. 아내가 어깨를 축 늘어뜨리며 말했다. 문제의 그날로부터 한 달이 지났다. 나는 침대에서 몸을 일으키며 물었다.

"당신은 그때 이후로 만난 적 있어?"

"아니, 그러고는 한 번도 못 봤어. 멀리서 목격한 적도 없고. 당신은? …아, 만나지 않게 피해 다닌다고 했지."

"미안."

"미안할 거 없어. 나라도 만나고 싶지 않을 테니까."

둘이서 동시에 맞은편 침대 쪽을 쳐다보았다. 아내의 말에 따르면 토쿠나가 씨는 최근 한 달 사이에 눈에 띄게 쇠약해져서 묻는 말에 대답도 잘 못하는 상태라고 했다. 나도 대충 알 것 같았다. 커튼 너머로 들려오는 의사와 간호사들의 목소리, 그리고 토쿠나가 씨 본인의 기운 없는 목소리를 통해 어느 정도 짐작은 하고 있었다.

"도무지 이해가 안 돼."

아내가 중얼거렸다.

"그 여자는 토쿠나가 씨랑 우리한테만 보인다는 건가? 그 여자의 목소리를 들을 수 있는 것도 우리 셋뿐이라고?"

"뭐 결국 그렇다는 말이 되겠지."

"그렇다면… 귀신?"

나는 선뜻 대답하지 못했다. 그것 말고는 생각할 수 없는 상황이었지만 여기서 결론을 내려도 되는 걸까. 원래 병원과 괴담은 떼려야 뗄 수 없는 관계이긴 하지만 그렇다고 해서 이렇게 쉽게 받아들여도 되는 걸까.

커튼을 바라보며 아내가 말했다.

"이렇게 된 이상 본인한테 확인하는 수밖에 없겠다. 내가 그 여자를 붙잡아서 물어볼까?"

"아니, 그건 너무 위험해."

나는 아내의 의견에 반대했다. 영화 『이창』에서도 주인공의 연인은 위험을 무릅쓰고 행동하다가 주인공을 불안하게 만든다. 아내는 마지못해 고개를 끄덕였다.

"하지만 이대로는 아무것도 해결되지 않잖아."

"상관없어, 해결되지 않아도. 토쿠나가 씨에게는 미안하지만…."

"너무해."

아내는 발끈했다가 바로 사과했다.

"미안, 당신이 건강해지는 게 최우선이긴 한데."

"아니야, 나야말로 미안해."

"걱정 된단 말이야. 토쿠나가 씨뿐만 아니라 당신한테도 그… 나쁜 일이 일어나지는 않을까 하고."

"괜찮아."

나는 일부러 힘주어 대답했다. 불안이나 나쁜 예감에 동의해버리면 정말로 그런 일이 일어날 것만 같았다. 아내는 한참 동안 신변잡기적인 이야기를 늘어놓다가 돌아갔다. 마지막에 커튼을 닫으면서도 걱정스러운 눈길로 나를 쳐다보았다.

말을 너무 많이 한 탓인지 침대에 누워 꾸벅꾸벅 졸고 있는데 옆 침대가 소란스러워졌다. 어제부터 비어 있었는데 새 입원 환자가 들어온 모양이었다. 목소리로 유추컨대 나이는 젊은 편인 듯했다. 남자 의사와 여자 간호사가 환자에게 주의사항을 알려 주고 있었다.

"저녁은 침대에서 먹나요?"

"네, 시간도 정해져 있습니다. 어…"

"6시부터요."

"안내받으셨겠지만 방귀가 나오면 바로 알려 주세요."

"네."

"이게 간호사 호출 버튼이고요."

"네."

"뭐 더 궁금한 거 있으세요?"

"음…." 청년이 잠시 뜸을 들인 후 물었다. "이 병원에 공포술사가 나온다던데 정말인가요?"

"네?"

간호사가 되물었다.

"귀신인지 요괴인지는 모르겠지만 여기 자주 출몰한다던데…."

"흔한 소문이죠."

의사가 말했다. 말투는 부드러웠지만 약간 빠르고 쉰 목소리였다.

"원래 병원 하면 괴담이니까요. 뭐 대부분 헛소리라고 봐야겠지만. 저희처럼 병원에서 일하는 사람들 입장에서는 그리 듣기 좋은 소리는 아니지요, 하하."

의사의 건조한 웃음이 멈추자 청년이 가라앉은 목소리로 사과했다.

"아… 죄송합니다."

"신경 쓰지 마세요."

"맞아요."

의사와 간호사는 쾌활하게 대답한 후 병실을 나갔다.

5시가 가까워져 나는 침대에서 내려왔다. 일단 화장실로 향했다. 이제는 거의 습관에 가까웠다. 하지만 머릿속에서는 한 가지 질문만이 계속 맴돌고 있었다.

청년의 말이 잊히지가 않았다.

공포술사.

목소리가 너무 작아서 잘 들리지 않았지만 제대로 들은 게 맞는다면 글자 그대로 공포를 불러일으키는 사람이라는 뜻이려나. 귀신이나 요괴의 이름치고는 그렇게 특이한 편은 아니었다. 최근 딸아이가 다니는 학교에서는 '시속 100킬로 할멈'이니 '터보 할멈'이니 하는 요괴가 유행이라고 아내가 알려준 적이 있었다. 달리기가 빠르다. 도망쳐도 금방 잡힌다. 그러니까 무섭다. 운동 신경이 곧 인기나 권력으로 이어지는 아이들 세계의 산물이라고 할 수 있었다. '공포술사'는 어떨까. 직설적인 표현이긴 하지만 유치한 느낌은 아니었다. 아무튼 이름만 가지고는 아무것도 알 수 없었다. 딱히 볼일을 볼 것도 아니면서 화장실 칸에 들어가 변기에 멍하니 앉아 있으려니 밖에서 굵은 남자 목소리가 들렸다.

"나왔대."

누군가 소변을 보러 들어온 듯했다.

"나왔다니, 뭐가?"

다른 사람이 대꾸했다. 약간 빠른 말투에 쉰 목소리. 옆 침대에 새로 들어온 청년과 이야기를 나누던 아까 그 의사였다.

"여기서 나왔다고 하면 하나밖에 더 있어? 당연히 공포술사지."

"정말?"

"진짜라니까. 소문이 쫙 퍼졌던데."

처음에 말을 꺼낸 굵은 목소리의 남자가 한숨을 쉬었다.

공포술사. 분명 이렇게 말했다. 이번에는 똑똑히 들었다.

두 사람 다 이 병원 의사인 듯했다.

"정말로 있는 건가?"

쉰 목소리가 말했다.

"글쎄."

굵은 목소리가 애매하게 답했다.

잠시 소변보는 소리가 들리고 굵은 목소리가 다시 입을 열었다.

"아무튼 소문이 돈다는 건 한 명은 확실하다는 거지."

"역시 그렇겠지?"

"음. 그건 100프로 확실해."

"그런가."

"그렇다니까. 항상 그랬잖아. 이번에도 데려가겠지."

"우린 무력하기 짝이 없네."

"그래서 이번에는 누구일 것 같아?"

"글쎄."

두 사람은 계속해서 이야기를 나누면서 세면대에서 손을 씻고 밖으로 나갔다. 정신을 차리고 보니 나는 화장실 칸 안에서 어정쩡한 자세로 문에 얼굴을 갖다 댄 채 귀를 기울이고 있었다.

심각한 분위기라기보다는 일상적으로 나누는 가벼운 잡담 같은 느낌이었다.

공포술사가 나타났다.

소문이 쫙 퍼졌다.

한 명은 확실히 데려갈 거다.

그 여자가 떠올랐다. 그 여자와 연관 지어 생각하지 않을 수 없었다. 공포술사라는 건 그 여자임이 분명했다.

존재한다.

그 여자는 실제로 존재한다.

병원에서 일하는 사람들은 모두 알고 있었다. 나와 내 아내, 토쿠나가 씨와 달리 병원 직원들은 딱히 두려워하거나 소란을 피우지 않았을 뿐이다. 대화 내용에서 유추컨대 공포술사란 아마도 사람들을 무섭게 만들어서 죽음에 이르게 하는 존재인 듯했다. 말하자면 사신이나 운명처럼 한낱 인간으로서는 대처할 방도가 없는 존재. 그래서 의사들도 그냥 넘어가는 거다. 잠자코 받아들일 수밖에 없으니까.

화장실 안의 기온이 갑자기 뚝 떨어진 것만 같았다. 실제로 몸이 부들부들 떨렸다. 문을 손으로 짚으니 얼음처럼 차가웠다.

온몸이 완전히 얼어붙기 전에 나는 굳은 손발을 억지로 움직여 화장실에서 빠져나왔다. 그러고는 사람들로 북적이는 로비로 가서 시간을 보냈다. 의자에 앉아 주위의 웅성거림을 들으며 아무것도 생각하지 않으려 애썼다.

··· ☾ ···

조심스레 병실로 돌아오니 맞은편 침대에서 "어이, 이보게" 하고 나를 부르는 소리가 들렸다.

토쿠나가 씨가 침대 등받이를 세우고 앉아 이쪽을 쳐다보고 있었다. 테이블 위에 저녁 식사가 담긴 식판이 놓여 있었다.

시선도 표정도 멀쩡해 보였다. 상태가 좀 좋아진 걸까. 아니면 죽음을 앞두고 남길 말이라도 있는 걸까.

그것도 아니라면 원망이나 저주를 퍼부으려는 걸까. 나와 아내는 토쿠나가 씨가 어떤 상황에 놓여 있는지 뻔히 알면서 모른 체한 셈이니까.

토쿠나가 씨가 느릿느릿 손짓을 하며 "이리 좀 와 보게" 하고 다시 한번 불렀다. 나는 떨리는 발걸음으로 천천히 맞은편 침대 쪽으로 다가갔다.

"···무슨 일이신지?"

"일전에 준 마들렌 어땠나?"

"네?"

"마들렌 말이야. 양과자."

토쿠나가 씨가 답답하다는 듯 재차 말했다. 나는 뭐라고 대답하면 좋을지 몰라 잠시 망설였다. 아내가 맛있게 먹긴 했는데 마지막 하나가 감쪽같이 사라졌습니다? 아니, 그보다 애초에 그 마들렌을 가져온 사람은….

아무 말도 못 하는 나를 보고 있던 토쿠나가 씨가 갑자기 "어이쿠" 하고 웃으며 머리를 긁적였다.

"미안하네. 내 질문이 너무 뜬금없었지?"

"네?"

"한 달 전쯤 딸아이가 마들렌을 사 와서 그쪽에도 나눠줬다고 하던데 오늘 그걸 또 사다 줬거든. 혹시 그때 먹은 게 맛있었다면 더 먹겠나 싶어서 말이야."

"따, 따님이요?"

"그래, 매일 문병 오는 내 딸 말일세. 저 마들렌이 입에 맞았다면 좀 더 가져갈 텐가?"

토쿠나가 씨가 가리키는 쪽에는 작은 파란색 과자 상자가 놓여 있었다. 반쯤 열린 뚜껑 사이로 개별 포장된 마들렌이 가지런히 담겨 있는 것이 보였다.

그때 누군가가 병실 안으로 또박또박 걸어 들어왔다.

"아빠, 뭐 하세요?"

그 여자였다. 그 여자가 나를 향해 웃으며 고개를 숙였다.

"아, 미와야, 마침 잘 왔다. 이쪽은 맞은편 침대 분이신데 마들렌을 좀 나눠 드릴까 하던 참이란다."

"어머, 그러셨어요?"

여자가 다시 내 쪽을 쳐다보았다.

"마들렌은 입에 맞으시던가요?"

"아, 네, 뭐…."

"얼마든지 편히 드세요. 많이 사 왔거든요."

"아니요, 괜찮습니다."

후후, 하고 미와 씨가 입을 가리며 작게 웃었다.

"아마 저희 아버지께서 그냥 대화할 계기가 필요하셨던 것 같아요. 왜 뭐라도 용건이 없으면 말을 붙이지 못하는 사람들이 있잖아요."

"흠흠."

토쿠나가 씨가 겸연쩍은 표정으로 고개를 돌리며 딴청을 피우자 미와 씨가 쿡쿡 웃었다. 나는 여우에게 홀린 듯한 기분으로 두 사람을 쳐다보았다. 그렇게 토쿠나가 씨가 주는 마들렌을 받아 들고 잠시 이야기를 나누었다. 전혀 특별할 것 없는, 지극히 평범한 잡담이었다.

"미와야, 이제 슬슬 가 봐야 하지?"

"아직 괜찮아요. 오늘은 그이가 시가에서 자고 온다고 했거든요. 나도 어디 가서 술이라도 마시고 들어갈까나."

"그럼 나도 같이 가자꾸나."

"지금 환자가 무슨 소릴 하는 거예요!"

"하하하!"

경쾌한 웃음소리였다. 두 사람은 사이좋은 부녀 사이로밖에 보이지 않았다.

대화가 끊긴 틈을 타 내 침대로 돌아와 맛이 느껴지지 않는 식사를 억지로 위에 집어넣었다. 물리치료사가 왜 안 오나 싶었는데 그러고 보니 식사 관련 재활 훈련은 이틀 전에 끝났다는 사실이 기억났다. 아니 사흘 전이었던가. 나흘 전이었던가.

마치 꿈속을 헤매는 듯한 기분이었다. 도대체 뭐가 뭔지 알 수가 없었다.

눈을 뜨자 아내가 침대 옆 의자에 앉아 있었다.

스탠드 불빛이 희미하게 아내의 얼굴을 비추었다.

"웬일이야?"

나는 눈을 비비며 물었다. 딸아이는 집에 두고 혼자 온 거냐고 물어보려는데 아내가 작은 목소리로 속삭였다.

"이제 곧 아침이야. 왜 이번 달부터 아침 면회가 가능해진다고 했었잖아. 기억나지?"

"아…, 응."

나도 작게 속삭이듯 대답했다. 아내가 나를 보며 미소를 지었다.

"별일 없었어?"

"아…, 실은 별일이 있었어. 그 여자, 맞은편 침대의 토쿠나가 씨를 찾아오는 문병객 있잖아."

나는 어제 있었던 일을 간단히 설명한 다음 단도직입적으로 물었다.

"이상하지 않아?"

"이상하지 않아."

"응?"

"이상하지 않다고. 그게 사실이니까. 그 여자는 토쿠나가 씨 딸이고, 남들처럼 그냥 자기 아버지 문병을 왔을 뿐이야."

아내는 담담하게 말했다.

나는 다시금 혼란에 빠졌다. 아내의 얼굴을 보면서 필사적으로 이리저리 머리를 굴려 보았다.

"당신이 거짓말을 한 거야?"

"응. 맞아."

아내는 어이가 없을 정도로 순순히 사실을 인정했다.

"왜 그런 거짓말을 했는데?"

"왜일 것 같아?"

아내가 아무렇지도 않게 되물었다.

"모르겠어. 알려줘."

나는 아내의 눈을 똑바로 쳐다보며 부탁했다. 아내는 잠시 뜸을 들였다가 이윽고 입을 열었다.

"당신은 뇌출혈이었어."

그렇게 말하면서 아내가 천천히 손깍지를 꼈다.

"혈관이 터져서 뇌 기능에 심각한 손상을 입었고. 운동 능력도 그렇지만 가장 손상이 심했던 건 기억과 관련된 부분이었어. 거의 모든 걸 잊어버렸지. 자기 자신에 대해서도, 주위 사람들에 대해서도, 친구나 일, 가족에 대해서도."

아내는 상체를 굽혀 내 귀에 대고 이렇게 속삭였다.

"그런 상태에 놓인 당신을 무섭게 만들기 위한 사전 작업의
일환으로 거짓말을 한 거야. 내가 하는 거짓말을 당신의 진짜
기억이라고 믿게 한 거지. 당신이 지금까지 걸어온 인생에 대해서,
이 병원에 대해서, 가족에 대해서. 제일 처음에 내가 당신 아내라
고 믿게 만들어서 말이야."

그녀의 눈동자는 칠흑같이 어두웠다. 스탠드의 불빛을 전혀
반사하지 않는, 깊은 동굴과도 같은 눈빛이었다.

"농담…이지?"

나도 모르게 이런 말이 흘러나왔다.

여자는 천천히 고개를 저었다.

"정말이야. 이제 거짓말을 해야 하는 단계는 지났거든."

그 말만 하고 다시 입을 다물었다.

병실은 고요하기 그지없었다. 이제 곧 아침이라고 했지만 아무
래도 아닌 것 같았다. 커튼 사이로 빛이 단 한 줄기도 들어오지
않았기 때문이다. 어둠을 밝히는 것이라고는 희미한 스탠드 불빛
이 전부였다. 그 외에는 모든 것이 암흑에 싸여 있었다.

으슬으슬한 오한이 전신을 훑고 지나갔다.

떨림이 멈추지 않았다.

"토쿠나가 씨가 무서워한다고 했잖아. 모르는 여자가 자기 앞에서 이상한 이야기를 늘어놓는다고."

"그것도 거짓말이야."

"우리 말고는 아무도 그 여자를 본 적이 없다며."

"그것도 거짓말."

"병원에 도는 소문은."

"거짓말."

"그럼, 그럼…."

어느샌가 나는 울고 있었다. 울면서 물었다.

"당신은?"

"당신이 모르는 사람."

"딸아이는?"

"없어."

"그렇다면 나는…."

"역시나 당신이 모르는 사람."

여자는 나를 지긋이 바라보았다.

온몸이 미친 듯이 덜덜 떨렸다. 마치 지진이라도 난 듯 이불이 요동쳤다. 침대가 쉴 새 없이 삐걱거렸다. 다리 사이가 축축하게 젖어 들었다.

"왜 이런…."

"당신이 원한을 좀 샀거든. 무슨 원한인지는 안 가르쳐줄 거야. 어차피 기억도 못 할 테니까."

여자가 천천히 자리에서 일어났다.

"아무튼 당신은 이제 끝이야."

나는 로비 한구석에 서 있다.

서류 같은 게 들어 있는 클리어 파일을 손에 든 채 멍하니 허공을 쳐다보고 있다.

언제부터 여기 있었던 걸까. 여기에 뭘 하러 왔더라. 일단 여기가 병원이라는 건 알겠다.

젊은 여자 간호사가 내 쪽으로 다가왔다.

"#$%&^@+…가요?"

"응?"

잘 들리지 않아서 되물었다. 간호사는 상냥하게 웃으며 같은 질문을 반복했다.

"#&^$세요? 그걸 들고 계신 걸 보니 …거죠?"

"응?"

역시 잘 들리지 않는다. 간호사가 다시 물었다.

"&@%$+?"

"응?"

"오늘은#$$$&%@요?"

"응?"

"#$##병동%&요?"

"응?"

몇 번을 들어도 무슨 말을 하는지 모르겠다.

젊은 간호사의 얼굴에서 미소가 사라졌다. 화가 난 듯 이쪽을 노려보기 시작했다. 왜 화가 난 걸까. 알아들을 수 없는 말을 하는 건 그쪽이면서.

"아아…"

그때 중년의 간호사가 뭐라고 중얼거리며 다가와서 내 손에서 무언가를 낚아챘다.

방금 전까지 뭔가 들고 있었던 것 같은데 뭐였더라.

생각해 내려고 애쓰고 있는데 간호사가 내 손을 붙잡았다.

이 사람은 왜 내 손을 잡아끄는 걸까.

여기는 어디고 나는 왜 여기에 있는 걸까.

아니 그보다 나는 누구일까.

어디로 끌려가는 걸까.

흰색 유니폼을 입은 두 여자의 손에 이끌려 나는 끝도 없이 이어지는 복도를 걸어갔다.

제 **7** 화

_____

공포술사

제7화

공포술사

1

[기사 제목]

기습 특집 괴사 천일야화 제7화 '잘린 목 온천'

[요약]

읽기만 하는 건 이제 지겹다. 듣기만 하는 건 더 이상 무섭지 않다. 자칭 '괴담 말기 환자'인 본지 말단 기자가 아무도 모르는 괴담의 현장에 쳐들어 가는 기획 특집 기사. 이번 달도 초특급 하이텐션으로 Go Go!

[제공]

사진 및 취재 및 집필: 나시 훗타

H현 산간부에 위치한 T촌에서 온천지 특유의 분위기는 전혀 찾아볼 수 없다. 온천 마니아들이 좋아하는 특별한 온천이 있는 것도 아니다. 동네 할아버지 할머니들이 목욕탕처럼 이용하는 온천이 몇 군데 있을 뿐인 초라한… 아니 소박한 동네. 솔직히 '잘린 목 온천'의 무대가 아니었다면 이런 곳에 올 일은 결코 없었을 것이다.

짐승이나 지나다닐 법한 험한 산길을 렌터카의 액셀을 미친 듯이 밟으며 한 시간 남짓 올라 겨우 T촌에 도착했을 때는 이미 주위가 깜깜했다.

(중략)

…그리하여 이 지역에 출몰하는 귀신의 정체는 '특이한 지형 & 유독가스의 우연한 콜라보'라고 정리하려 했으나 최후의 순간에 등장한 이 사진을 보면…! 디지털카메라로 이런 게 찍히다니! 게다가 이렇게 흐릿하고 일그러지게 찍힌 건 이것 한 장뿐이고 다음 날부터는 멀쩡하게 찍힌 걸 보면 고장도 아닌 듯한데…. 오싹한 괴담. 섬뜩한 귀신. '괴담이나 이상한 소문은 전부 과학적으로 설명 가능하다'는 건 결국 인간중심주의가 낳은 환상이나 픽션이 아닐까요.

참고로 이 원고를 쓰고 있는 현재 오른쪽 눈이 묘하게 침침해서 거울을 들여다보니 눈꺼풀까지 온통 새빨갛게 부어올랐네요. …물론 우연이겠죠. 괴담 '잘린 목 온천'에 등장하는 '그 남자아이'와는 아무 상관 없을 겁니다.

[박스 제목]
완결 다음 화 예고

[박스 본문]
'산골짜기 기지', '십자단지', '동그란 집', '바이단', '붉은 옷을 입은

소년', '미츠나리', 그리고 '잘린 목 온천'. 이로써 주요 소재는 전부 클리어했다. 재미있었다! 무서웠다! 마이너한 괴담집에 실린 이야기들의 진실을 추적하는 취재 기사라는 무모한 자기만족형 연재가 드디어 완결!

…이라고 생각했건만 "무슨 소리야? 이렇게 인기가 많은데 여기서 끝낼 리 없잖아! 어서 다음 현장으로 출발해! 경비? 그런 건 모르겠고!"라는 본지 명예 고문 W 씨의 한마디에 연재를 계속하게 되었습니다. 역시 기획 회의 때 "이런 쓰레기 같은 기획을 받아주는 데는 우리밖에 없을걸. 뭐 열심히 해 봐"라고 했던 W 씨답네요(쓴웃음). 솔직히 이래저래 쉽지 않은 일이지만! 그래도 열심히 해 보겠습니다!

그리하여 다음 호에 실릴 제8화에서는 지금까지 다루었던 것들보다 임팩트는 조금 떨어질지 몰라도 은근히 무서워서 제가 특히 좋아하는 괴담, '공포술사'를 추적해 보고자 합니다. 현장이 어디냐고요? 그건 이제부터 찾아야죠!

위 내용은 지금은 폐간된 『영화지옥』이라는 잡지의 2002년 11월호에서 발췌한 것이다. 「기습 특집 괴사 천일야화」는 괴담의 배경이 된 장소 또는 괴담이 유행하는 지역에 기자가 직접 찾아가서 취재하는 코너로, 1년쯤 전에 중견 서브컬처 출판사에서 출간된 현대 괴담집 『괴사 천일야화』에 실린 이야기들을 소재로 삼고 있다. 편집 방침이 약간 B급이긴 하지만 어디까지나 '평범한' 영화 잡지에 실린, 영화와는 별 상관없는 괴담집을 토대로 한 기획 특집이라고 할 수 있다.

'박스 본문'에서는 다음 호에 실을 내용에 대해 간단히 언급하고 있다. 실제로는 어떻게 됐을까.

2002년 12월호의 권말 목차 페이지 한쪽 구석에 이런 안내 문구가 적혀 있다.

※ 「기습 특집 괴사 천일야화」는 휴재입니다.

실제로 잡지에는 「기습 특집 괴사 천일야화」가 실리지 않았다. 이듬해인 2003년 1월호에서 다시 연재가 재개되었으나 회차 표기가 '제8화'가 아닌 'SEASON 2 CASE 01'로 바뀌었고, 소재로 다루고 있는 괴담도 '공포술사'가 아니라 '유메코'다. '유메코'는 괴담집 『괴사 천일야화』에 실린 일곱 번째 에피소드로, 노인의 꿈에 등장하는 소녀에 관한 내용이다.

게다가 취재 및 집필도 다른 사람으로 바뀌었다. 모토이 미키오. 당시 『영화지옥』에서 아르바이트로 일하던 청년으로, 지면상에서는 편집장이나 선배 기자들에게 주로 '굼벵이 미키오', '모토이 이등병'이라는 호칭으로 불렸다. 필자 교체 이유에 대해서는 모토이 씨가 원래 이 코너의 담당 편집자였다는 간략한 설명이 덧붙여져 있을 뿐이었다.

『영화지옥』의 이전 호를 읽다 보면 다른 편집자나 기자들이 모토이 미키오 씨를 지나치게 함부로 대한다는 인상을 받게 된다. 편집부 안팎에서 모토이 씨에 대한 괴롭힘이 일상적으로 이루어졌고, 그것을 지면상에서 재미 삼아 아무렇지 않게 드러낼 정도로 구성원 모두가 뒤틀린 가치관을 공유하고 있었던 것으로 보이지만 이 점은 여기서는 일단 넘어가기로 하겠다.

우리가 주목해야 할 부분은 '제8화 공포술사'가 예고와는 달리 게재되지 않았다는 사실이다.

다음은 같은 해 3월에 동 코너의 과거 연재분을 모아서 펴낸 책 『기습 특집 괴사 천일야화 SEASON 1』의 후기에 해당하는 부분이다.

[제목]

뒤처리

[본문]

우선 『영화지옥』에 연재하던 「기습 특집 괴사 천일야화」를 도중에 그만두게 된 점에 대해서는 진심으로 죄송하게 생각하고 있습니다. 관계자 여러분, 그리고 지금까지 제 글을 재미있게 읽어주신 독자 여러분께 정말 죄송합니다.

사실 '공포술사'에 관한 소문이 떠도는 현장은 이미 다녀왔습니다. 다만 『괴사 천일야화』의 저자인 괴담 수집가 키토 로쿠로 씨가 알려준 곳은 아니고 다른 곳이었습니다.

연재 시작 후 다양한 괴담을 조사하는 과정에서 알게 된 사실 중 하나는 '공포술사'의 배경이 된 장소는 한 군데가 아니라는 겁니다.

다시 말해 괴담이 아니라 도시전설이라는 말이지요.

이 말을 듣고 실망하는 분도 계시겠지요. 저도 마찬가지였습니다. 괴담과 도시전설은 비슷해 보이지만 사실은 전혀 다른 것입니다. 이 둘을 헷갈리는 아마추어 괴담 애호가들에게 이번 기회에 똑똑히 알려줘야겠다, 그런 마음으로 연재를 시작했는데 연재에 참고한 괴담집에 도시전설이 실려 있었다니. 지나가던 개도 웃을 일입니다.

그러다 보니 '공포술사'의 현장을 찾아간 것도 사실 절반 정도는 될 대로 되라는 심정에서였습니다. 이곳뿐만 아니라 여러 현장을 동시에 취재해서 '공포술사'가 도시전설이라는 사실을 키토 씨에게 증명해 보여야겠다. 제8화는 대충 그런 방향으로 끌고 갈 생각이었습니다.

〈괴담에 대한 괴담 르포의 하극상!〉

〈전대미문의 괴담 쿠데타!〉

본문에 넣을 문구도 몇 개 생각해 두었습니다.

제가 찾아간 곳은 도쿄 내에 있는 모 지역이었습니다.

저는 그곳에서 소문의 구체적인 내용을 확인하고 깜짝 놀랐습니다.

학교에서 집단 괴롭힘을 당하던 아이가 자살했다.

그로부터 얼마 지나지 않아 가해 학생들이 미치거나 자살하는 일이 잇따라 벌어졌다.

알고 보니 피해 학생은 죽기 전 공포술사에게 가해자들을 공포에 떨게 해 달라는 부탁을 남겼던 것이다.

가해 학생 중 한 명은 현재도 근처에 살고 있다. 바로 ●●에 사는 ■■ 씨네 ▲▲ 군이다.

▲▲ 군은 매일 아침 일찍부터 밤늦게까지, 때로는 한밤중이나 새벽에도 동네 청소를 한다. 집단 괴롭힘의 증거가 언제 발견될지 몰라 불안하기 때문이다. ▲▲ 군을 그렇게 만든 사람은 바로 공포술사다….

사람 이름이나 주소 등 개인을 특정할 수 있는 정보는 가렸습니다. 여러분도 아시다시피 실재하는 인물, 그것도 멀쩡히 살아 움직이는 사람이 등장하는 괴담은 흔치 않습니다.

게다가 괴담집에 실린 내용과도 전혀 다릅니다. 소문이 전달되는 과정에서 세부 사항이 바뀌는 경우는 종종 있지만 이건 도저히 같은 이야기라고 볼 수 없을 정도입니다.

대체 어떻게 된 일일까.

의문이 든 저는 일단 정공법을 택하기로 했습니다. ▲▲ 군에게 직접 물어보기로 한 것입니다.

▲▲ 군을 만난 것은 새벽 3시였습니다. 제가 말을 걸자 그는 "

(죄송합니다. 급하게 나가 봐야 할 일이 생겨서 나머지 원고는 오늘 중으로 보내 드리겠습니다. 막판에 정말 죄송합니다.)

※ 편집부 ※

'뒤처리'라는 제목이 달린 이 원고 메일이 편집부에 도착한 후 홋타 씨로부터의 연락은 끊겼습니다. 자택 겸 사무실에도 찾아가 보았으나 아무도 없었습니다. 정말로 더는 기다릴 수 없을 때까지 기다렸지만 나머지 원고는 결국 마지막까지 오지 않았고, 내부 협의 끝에 일단 보내온 부분까지만 게재하기로 했습니다.

나시 홋타 씨(본명: 홋타 마사후미)의 소식이나 연락처를 아시는 분은 편집부로 연락 주시기 바랍니다.

이 책은 괴담 마니아들 사이에서 혹평을 받았다. 진짜 르포가 아니라 무명 라이터가 지어낸 픽션이라고 본 것이다. 고이즈미 야쿠모의 「찻잔 속」처럼 의도적으로 문장을 중간에 끊음으로써 공포스러운 분위기를 연출한 것이라고.

나시 홋타는 아무 일 없이 다른 필명으로 해당 잡지 및 다른 매체에서 계속 글을 쓰고 있다는 지적도 당시 인터넷 게시판에 자주 등장했다.

하지만 사실은 다르다.

나시 홋타 즉 홋타 마사후미는 정말로 행방이 묘연해졌다. 내가 『영화지옥』의 편집장이었던 코야마 토시야를 직접 만나 확인한 바에 따르면, 홋타의 유일한 가족인 할머니가 경찰에 실종 신고를 할 때 코야마도 함께 있었다고 한다.

지금으로부터 약 20년 전에 '공포술사'를 추적하던 사람이 실종되었다. 내가 본격적으로 '공포술사'를 쫓게 된 것은 바로 이러한 사실 때문이었다.

2

[제목]

공포술사

[본문]

회사원 S에게 들은 이야기다.

휴일 밤.

집에 있던 S는 아파트 계단을 뛰어 올라오는 발소리를 들었다. 그리고 누군가 S의 집 현관문을 쾅쾅 두드렸다.

문을 열자 회사 동료인 U가 서 있었다.

온몸이 피투성이였다. 옷도, 얼굴도, 손도. 평소와 다르게 올백으로 넘긴 머리도 피로 흠뻑 젖어 있었다.

아연실색하는 S에게 U는 이렇게 말했다.

"지금까지 고마웠어. 나 같은 인간이랑 친하게 지내줘서 고맙다는 말을 꼭 하고 싶었어."

U의 이에도 피가 묻어 있었다.

"…무슨 일이, 있었던 거야?"

"복수하고 오는 길이야."

U는 유능하고 인망도 두터운 상사의 이름을 댔다. U가 입사했을 때부터

잘 따르던 상대였다.

S는 이해가 가지 않았다.

"미안. 무슨 말인지 도무지⋯"

"공포술사에게 부탁했어."

이 부분만 유독 부자연스럽고 기괴한 느낌이었다. U의 무표정한 얼굴 때문에 으스스한 분위기가 더해진 탓인지 의미 불명의 이 한마디에 S는 가슴이 섬찟했다. U는 그러고도 한참을 더 말했지만 S는 무슨 이야기를 나누었는지 전혀 기억하지 못했다.

U는 짧은 인사를 남기고 돌아갔다.

S는 마치 꿈이라도 꾼 듯한 기분이었지만 아파트 복도에는 검붉은 발자국이 선명하게 남아 있었다.

이튿날 출근한 S는 어제 U가 말한 상사가 와이프와 함께 실종되었다는 소식을 들었다.

U는 출근하지 않는데 나중에 회사 창고에서 목매달아 죽은 상태로 발견되었다.

새벽에 몰래 창고에 침입하는 장면이 CCTV에 찍혔지만 경보 장치가 작동하지 않은 이유는 밝혀지지 않았고, U가 그전까지 어디에 있었는지도 확인할 길이 없었다.

이 책의 기획이 통과된 직후, S로부터 전화가 왔다. S에게 들은 이야기를 포함해 책으로 출판할 예정이라고 전하자 S는 '도움이 되었다니 다행입니다', '제가 직접 경험한 일이 괴담집에 실린다니 뭔가 신기한 느낌이네요' 등의 반응을 보인 후 이렇게 말했다.

"실은 얼마 전에 이직했어요. 저도 기회를 봐서 공포술사에게 부탁해 볼까 해서요."

부자연스러운 억양이었다. 앞뒤 맥락도 맞지 않았다.

무슨 뜻인지 다시 물어보려고 했으나 갑자기 통화가 끊겼다.

이후 S와는 연락이 닿지 않는다.

이것이 괴담집 『괴사 천일야화』에 실린 괴담 '공포술사'의 전문

이다. 앞서 설명한 『기습 특집 괴사 천일야화 SEASON 1』의 후기

'뒤처리'에서 홋타 씨가 재조사한 '공포술사'와는 전혀 다른 내용

이다. 『괴사 천일야화』의 저자인 키토 씨에게 확인해 본 결과, 자

신이 내용을 약간 다듬긴 했지만 기본적으로는 제보자인 '회사원

S 씨'에게 들은 이야기를 거의 그대로 썼다고 한다. 후일담도 사실

이라고 했다. 즉 실제 체험자인 S 씨를 취재하는 것은 불가능하다

는 말이었다. 키토 씨에게 부탁해 S 씨에게 다시 연락을 취해 보았

지만 답은 오지 않았다.

'공포술사'라는 이야기 자체는 꽤 흥미로운 내용이다. 객관적

으로 판단했을 때 괴담, 즉 괴이한 이야기임은 분명하다.

귀신이 등장한다거나 초자연적인 현상이 발생하는 것은 아니지

만 그래서 더 현실적이고 재미있다고 볼 수도 있다. 유명 괴담집에

실렸다면 좀 더 높은 평가를 받았을지도 모른다.

하지만 솔직히 말해서 전혀 무섭지 않았다. 주변에서는 무섭다

는 사람도 몇 있긴 했지만 나는 무덤덤했다. 당연히 소름이 돋는다

거나 식은땀이 난다거나 하지도 않았다.

애초에 나는 이런 종류의 이야기를 단 한 번도 무섭다고 느낀

적이 없다. 어릴 때부터 그랬다.

괴담, 호러, 도시전설.

책, 구연, 그림, 영상, 귀신의 집, 호러 게임.

장르나 표현 수단을 불문하고 기본적으로 나는 무언가를 무섭다고 느끼는 일이 없었다. 재미있다고 느낄 때는 있다. 어떤 것이 잘 만들어진 괴담이고 어떤 것이 그렇지 않은지 구분하는 것도 가능했다. 하지만 공포를 느낀 적은 단 한 번도 없었다.

어느 정도는 유전인 것 같기도 하다. 부모님 모두 이런 쪽으로는 전혀 관심이 없으셨고, 특히 친할아버지는 당신이 아무것도 무서워하지 않는다는 사실을 자랑스럽게 여기셨다.

전쟁터에서도 두려움을 느낀 적은 없다. 남방 전선에서 기아와 질병으로 고생할 때도 무섭지는 않았다. 무서운 것 따위 없다. 어떻게 하면 무서워할 수 있는지 누가 좀 알려줬으면 좋겠다.

할아버지는 술에 취하면 늘 이런 말을 했다.

말랐지만 탄탄한 체구, 딱 벌어진 턱과 부리부리한 눈. 강해 보이는 외모도 그렇지만 무엇보다 나는 할아버지의 내면을 동경했다. 진심으로 멋있다고 생각했다.

지금도 할아버지가 많이 그립다. 다시 만나고 싶은 친척은 할아버지뿐이다. 일찍 돌아가셨기 때문인지도 모르겠다. 할아버지는 내가 중학교 1학년 때 돌아가셨다.

할아버지를 향한 이런 마음이 '무서워하지 않는' 내 성격에 박차를 가했다. 그러니까 유전도 있지만 환경의 영향도 크다고 생각한다.

이렇게 말하면 이 분야 애호가들은 대개 이런 반응을 보인다.

'무섭다고 느끼는 건 상상력이 풍부하기 때문이다.'

'공포는 위험을 예측하는 능력이라고도 할 수 있다.'

이런 말을 처음 들은 것은 중학교 2학년 때였다. 상대는 동급생이었다. 아니, 어쩌면 그보다 더 전에 누군가 어른에게 비슷한 말을 들었는지도 모르겠다.

이런 말을 할 때 사람들은 대부분 무표정을 가장한다. 자신은 단순히 객관적 사실을 전달하고 있을 뿐이라는 것처럼 말이다. 하지만 많은 경우 입가에는 우쭐한 미소가 비어져 나오고, 눈동자에서는 연민이 느껴진다.

공포는 멋진 감정이고, 공포를 느끼는 자신은 멋진 사람이며, 공포심을 자아내는 작품은 대단하다고, 그러니 공포를 느낄 줄 모르는 사람은 불쌍한 존재라고 말하는 것 같다.

그럴 때마다 바보 같다고 생각했다. 대놓고 말한 적은 없지만 마음속으로는 늘 반박했다.

그들이 하는 말은 전혀 믿을 수 없었다.

공포만큼 쓸데없는 감정도 없기 때문이다.

타인을 차별하고, 공격하고, 배제하는 모든 어리석은 행동의 출발점이 바로 공포심이니까.

'결코 떳떳하게 밝힐 수 없는 괴담'이 세상에 얼마나 많이 존재하는지 알게 된 이후, 나의 이러한 인식은 더욱 공고해졌다.

저 집은 저런 일을 하니까, 이런 기괴한 모습을 한 아기가 태어난 거다.

그 마을 출신이니까 스물이 지나면 머리가 이상해질 거다.

타인에 대한 차별과 공포가 한데 섞여 만들어낸 망상. 대체 이런 감정의 어디가 멋지다는 걸까.

1923년 간토대지진 당시 '조선인이 우물에 독을 푸는 것을 보았다'는 루머가 돌아 수많은 조선인이 학살당했다. 학교에서 배우는 이 역사적인 사건 역시 공포가 얼마나 하찮은 감정인지를 보여주는 좋은 예라고 할 수 있다.

감당하기 어려운 대규모 재해에 대한 공포와 미래에 대한 불안에 떠는 사람들에게 '새로운 공포의 대상, 단 이번에는 이길 수 있는 상대'가 주어지면 사람들은 아무렇지도 않게 살인을 저지른다.

허술한 거짓말에 속아 절대로 넘어서는 안 될 선을 쉽게 넘어버린다는 말이다.

타인을 멸시하고 공격하게 만드는 상상력 따위는 필요 없다. 위험을 예측하는 주체는 감정이 아니라 이성이어야 한다.

이렇게 말로 표현할 수 있게 된 것은 어른이 되고부터지만 내 생각 자체는 예나 지금이나 변함이 없다.

그런데.

훗, 하고 나도 모르게 코웃음이 나왔다. 방 안에서 혼자 뭐 하고 있는 건가 싶었기 때문이다.

공포 따위는 하찮은 감정이다.

무서운 이야기는 더욱 하찮다.

그렇게 믿어 의심치 않는 내가 '공포술사'에 대해 조사하고 있다니.

이제 곧 마흔인데. 일하는 틈틈이 대학에서 주최하는 공개강좌를 찾아다니거나 지방 취재까지 다니면서.

나는 왜 이런 일을 하고 있는 걸까….

몇 년 전 공개강좌를 들었을 때 강사에게도 이 질문을 한 적이 있다. 기자였는지 평론가였는지 잘 기억이 나지 않는데 아무튼 재야에서 괴담이나 도시전설에 관해 연구하는 사람이었다. 강사는 내 질문에 난감한 듯 웃으며 이렇게 대답했다.

"글쎄요, 그런 걸 제게 물으셔도…. 뭐 가장 가능성이 높은 건 아무래도 지적 호기심이겠지요. 그건 그것대로 훌륭한 동기라고 생각합니다만…. 어쩌면 그냥 공포를 느껴보고 싶으신 게 아닐까요?"

"네?"

"그 공포술사라는 존재한테요."

그때는 그냥 웃어넘겼다. 농담이라고 생각했기 때문이다.

하지만 이제 와서 생각하면 맞는 말 같기도 하다.

나는 공포를 느끼고 싶은 건지도 모른다.

3

[제목]
학부모 여러분

[본문]

각 가정에 항상 건강과 행복이 가득하시길 기원합니다.

최근 학생들 사이에서 '공포술사'라는 괴담이 고학년을 중심으로 유행하고 있습니다. 어느 어느 절에 가서 무슨 무슨 주문을 외우면 '공포술사'가 나타나 자신이 싫어하는 사람을 무섭게 만들어 준다, 또는 싫어하는 사람을 대신 물리쳐 준다는 내용입니다.

물론 이런 종류의 소문은 어느 시대에나 존재하기 마련입니다만 이로 인해 아이들이 불필요하게 겁을 먹고 불안해할 가능성이 있습니다. 또 심한 경우 건강에 악영향을 미치거나 집단 히스테리를 일으킬 수도 있습니다.

학교 차원에서는 이번 소문과 관련해 소문의 진위와 상관없이 학생들이 상처 입는 일이 발생하지 않도록 보다 세심한 주의를 기울일 계획입니다.

학부모 여러분께서도 혹시 가정에서 자녀들과 이 소문에 대해 이야기를 나눌 기회가 있다면 확실하게 부정해 주시기 바랍니다. 또 자녀가 이로 인한 불안감을 호소하는 경우에는 따뜻한 마음으로 이야기를 들어 주시기를 거듭 당부 드리는 바입니다.

1998년 10월 1일
■■시립●●초등학교 교장 엔타 ××로

이것은 모 초등학교 가정통신문에서 발췌한 문장이다. 갱지에 인쇄되어 있다는 점에서 시대감이 느껴진다.

여기서 말하는 '공포술사'는 괴담이 아니라 전형적인 도시전설인 듯하다.

하지만 그렇다고 해서 내가 찾는 '공포술사'와 전혀 관계가 없다고 단언하기도 어렵다. 애초에 '공포술사'에 대한 정보가 너무 적기 때문이다. 다른 점이 있다는 이유로 제외하다 보면 아무것도 남지 않는다. 그러다 보니 이런 빛바랜 B5 종이 한 장을 버리지 못하고 있는 것이다.

학생들 사이에 떠도는 소문에 대해 학교 측에서 조례나 종례 때 언급하는 정도가 아니라 공식적으로 프린트물까지 만들어 학부모에게 공지하는 것이 이상해 보일 수도 있지만 사실 꼭 그렇지만도 않다.

과거 행운의 편지가 유행했을 때도 교사가 직접 학생이나 학부모에게 주의를 당부하는 경우가 많았다. 분신사바 때도 마찬가지였다.

이 가정통신문에 적힌 것처럼 학생에게 유해하다고 판단되면 '소문의 진위와 상관없이' 대책 마련에 나서는 학교는 적지 않다. 물론 대외적으로 어필하려는 목적일 수도 있겠지만 설령 그렇다 하더라도 의미가 없지는 않을 것이다.

나도 이것과 비슷한 프린트물을 받은 적이 있다. 학교는 아니고 영어 학원에서였다. 여기저기 분점을 둔 대규모 학원으로, 지금 생각하면 좋은 의미로도 나쁜 의미로도 교수법이 시스템화되어 있었다.

프린트물의 내용은 '빨간 책받침 파란 책받침'은 거짓으로 지어낸 소문에 불과하니 신경 쓰지 말라는 것이었다. '빨간 책받침 파란 책받침'은 당시 학원 화장실에 출몰한다는 귀신에 관한 이야기였다.

지금이라면 이것이 유명한 도시전설 '빨간 휴지 파란 휴지'의 변종이라는 것을 바로 눈치챘을 것이다. 유래를 찾으려면 제2차

세계대전 이전까지 거슬러 올라가야 한다는 유서 깊은 도시전설.

당시 학원에 다니던 다른 아이들은 모두 공포에 떨었지만 나는 물론 아무렇지도 않았다. 프린트물을 받았다는 사실 자체를 잊어버리고 있다가 며칠이 지나서야 겨우 기억해 냈을 정도다. 부모님은 집에 안 계셨기 때문에 그때 내가 그 프린트물을 제일 먼저 보여준 사람은 할아버지였다.

"흥!"

할아버지는 코웃음을 쳤다. 그러고는 나에게 버려도 되는 것인지 확인한 후 프린트를 꼬깃꼬깃 구겼다가 다시 펴서 팽 하고 코를 풀더니 휙 집어던졌다. 코 푼 종이가 커다란 포물선을 그리며 방 한구석에 놓인 휴지통 안으로 쏙 들어갔다.

할아버지와 나는 마주 보고 웃었다.

프린트물은 아무 잘못도 없지만 둘이서 힘을 합쳐 사악한 존재를 물리친 것 같은 짜릿하고 통쾌한 기분이 들었다.

그때 할아버지에게 손님이 찾아와 나는 2층에 있는 내 방으로 돌아왔다. 할아버지와 함께 있었던 시간은 1분이 채 되지 않았지만 그때 그 모습은 내 기억 속에 여전히 인상 깊게 남아 있다.

할아버지와의 소중한 추억에 잠겨 있던 나는 다시 눈앞에 놓인 프린트물을 쳐다보았다.

이처럼 '공포술사'에 관한 내용을 담고 있는 가정통신문은 지금까지 내가 파악한 것만 해도 총 네 군데 초등학교에서 배포되었다.

한 장은 지금 내가 가지고 있는 지바현 소재 공립 초등학교의 것이고, 나머지 세 장은 각각 니가타현 소재 공립 초등학교, 가고 시마현 소재 사립 초등학교, 그리고 홋카이도 소재 공립 초등학교의 것이었다. 표현은 조금씩 다르지만 내용은 대동소이하다.

즉 특정 지역에 한정된 도시전설은 아니라는 말이다.

반면 지명도는 매우 낮다. 그러니 TV나 라디오, 잡지 등 매체를 통해 퍼져 나갔다고 보기도 어려웠다. 혹시 몰라 당시의 잡지 기사와 TV 영상을 샅샅이 뒤져 보았지만 '공포술사'와 관련된 내용은 찾을 수 없었다.

내용 면에서는 어떨까. 나시 홋타가 조사한 것과는 겹치는 부분이 꽤 되는 듯하지만 『괴사 천일야화』와는 공통점이 전혀 없다.

이 사실이 의미하는 바는 무엇일까.

이성적으로 판단하자면 역시 단순한 우연이라고 봐야겠지만 그러면 너무 재미가 없으니 이 선택지는 제외하기로 하자.

다음으로 생각해 볼 수 있는 가능성은 '전학 간 학생이나 전근 간 교사가 새 학교에서 소문을 퍼뜨렸다'는 것이다. 딱히 악의가 있어서라기보다는 그냥 재미로. 소문을 퍼뜨린 사람이 한 명이 아니라 여러 명일 수도 있겠지만 아무튼 수가 그리 많지는 않을 것이다.

하지만 이 역시 가능성이 낮다는 사실을 곧 깨달았다. 어리석게도 내가 놓친 부분이 있었던 것이다.

바로 네 장의 프린트 중 세 장은 거의 동일한 시기에 배포되었고, 나머지 한 장은 그보다 20년 전에 배포되었다는 점이다.

구체적으로는 홋카이도, 지바, 니가타가 1998년 10월, 가고시마가 1978년 9월. 시기적 집중과 그 사이에 존재하는 20년이라는 공백을 생각하면 개인 또는 소수가 의도적으로 소문을 퍼뜨렸다고 보기에는 무리가 있었다.

유명한 도시전설 중 하나인 '빨간 마스크'가 유행한 것이 1979년이니 '공포술사'는 그보다 더 오래된 셈이다. 무려 내가 태어나기도 전이다.

의미 있는 발견이었지만 거기서 더 나아가지는 못했다.

프린트물의 출처는 당시 각 초등학교에 재학 중이던 학생들이었는데 네 명 모두 집 안을 청소하던 중에 우연히 발견하게 되었을 뿐 딱히 중요하다고 생각해서 보관해 둔 것은 아니며, 지금 다시 읽어보아도 별 느낌이 없다고 말했다.

네 사람과 각각 몇 번씩 만나 인터뷰를 진행했지만 새로운 이야기는 듣지 못했다. 초등학교 때 동창을 소개받기도 하고, 당시 교사였던 사람을 만나 보기도 했지만 별다른 수확은 없었다.

이쪽으로는 더 이상 알아볼 방도가 없다고 판단한 나는 다른 쪽을 파 보기로 했다. 다행히 얼마 지나지 않아 비교적 최근 정보를 손에 넣을 수 있었다.

지금으로부터 2년 전, 2019년 가을.

도쿄에서 개최된 한 괴담 이벤트에서 '공포술사'에 관한 이야기를 선보인 일반인 참가자가 있었다고 한다.

해당 무대를 본 관객들로부터 이야기를 들을 기회가 있었는데 모두 하나같이 "무슨 이야기인지 잘 모르겠더라"고 입을 모았다. 당시 '공포술사' 이야기가 끝난 직후, 기기 문제 때문인지 무엇 때문인지 갑자기 정전이 되어 공연장 내에 큰 혼란이 빚어졌는데 그 인상이 너무 강렬해서 그 전에 무슨 이야기를 들었는지 다 잊어버렸다는 사람도 있었다.

공연장으로 사용된 라이브 하우스는 작년 여름에 문을 닫았고, 오너와 스태프들도 모두 소식이 끊겼다.

막막해하던 내게 생각지도 못한 곳에서 연락이 왔다.

과거 내가 수강했던 공개강좌의 강사가 '공포술사'에 대해 아는 사람을 만났다며 연락해 온 것이다. 상대방은 37세 남성. 초등학생 때 '공포술사'에 관한 소문을 들은 적이 있다고 했다. 그가 다닌 초등학교는 시즈오카현에 있었다. 장소도 시기도 지금까지 조사한 것들과는 달랐다.

나는 강사에게 그 사람을 취재하고 싶다고 전했다. 문자와 메일을 보내고 음성메시지도 남겼다.

강사로부터 답이 온 것은 그로부터 일주일이 지나서였다.

답장에는 자기가 그를 만나 취재한 내용을 음성 파일로 첨부하니 일단 들어 보라고 적혀 있었다.

…아, 이제 말해도 되나요?

공포술사 말이죠?

어떤 한자를 쓰냐고요? 글쎄요, 귀로 들은 적은 있어도 글로 적힌 걸 본 적은 없어서 잘 모르겠네요.

게다가 남자애들은 대부분 다 흘려들었거든요. 주로 여자애들 사이에서 유행했던 걸로 기억합니다.

그래서 사실 자세히는…, 네, 가정통신문을 봐도 그런 소문이 돌았다는 건 기억하지만 구체적인 내용은 잘 기억이 안 난달까… 여자애들한테 물어보시는 게 빠를 겁니다. 아아, 네, 연락처라면 두 명 정도 알고 있습니다.

근데 이런 걸 조사해서 뭐 하시려고요? 이런 것도 연구 소재가 되나요?

그렇군요. 흠, 특이한 분이시네요.

죄송합니다. 별 도움이 못 되어서….

아, 그러고 보니.

딱 하나 기억나는 게 있습니다.

실제로 공포술사를 부른 녀석이 있다고.

아, 아니다, 공포술사에게 당한 녀석이 있다고, 그런 얘기가 돌았어요.

한 학년 아래였나.

돈 있는 집 외동딸인데 소문에 따르면 아버지가 구린 일을 한다고 했어요. 잘은 모르겠지만 사기꾼이나 조폭 뭐 그런 거였겠죠.

아무튼 그 아버지가 무슨 사고를 당했는데 다행히 목숨에는 지장이 없었지만 입원한 병원에서 계속 무섭다는 말만 되풀이하다가 다른 병원으로 옮겨갔다더라고요.

네, 이번에는 창문에 쇠창살이 달린 병원으로. 애들이니까 당시에는 훨씬 더 노골적인 표현을 썼죠. 소위 방송 금지 용어.

그리고 얼마 지나지 않아 딸이랑 어머니도 병에 걸려 입원하고, 입원한 병원에서 무섭다는 말을 반복하다가 아버지랑 같은 병원으로 옮겨갔다고.

옮겨간 병원에서도 매일같이 무섭다는 말만 하고 있다고.

아니, 제가 직접 본 건 아니고요. 그런 소문이 돌았다는 겁니다. 네, 그러니까 온 가족이 다 같은 병원에 입원하게 되었다는 부분까지는 사실일 거예요.

뭐 제가 직접 확인한 건 아니지만요.

머릿속에 커다란 그림자가 드리워진 기분이었다. 동시에 가슴이 한차례 일렁였다.

무슨 그림자인지는 알 수 없었다. 무슨 감정인지도 알 수 없었다. 다만 남자의 말이 내 기억 속 무언가를 자극했다는 것만은 분명했다.

방금 그건 무엇이었을까.

스마트폰으로 녹음 파일을 처음부터 다시 들어 보았다.

기억의 문이 열리려다가 닫혔다. 다시 살짝 열렸다가 이내 닫혀 버렸다. 몇 번을 들어도 마찬가지였다. 답답한 마음에 파일을 구간 반복으로 설정해 놓고 흘러나오는 소리에 가만히 귀를 기울였다. 어느샌가 새벽 5시를 넘어가고 있었다.

나는 스마트폰을 테이블 위에 내려놓고 기지개를 켰다. '공포술사'와 관련된 일을 하고 있으면 다른 건 눈에 들어오지 않는다. 이대로는 업무에 지장을 초래하게 될 것 같았다.

밥을 먹고 눈을 좀 붙였다가 집을 나섰다.

일을 마친 후 다시 조사를 재개했다.

4

공포술사 키노시타 쿠미코 씨, 연락 바랍니다.

도야마현 ▼▼시 ▼▼3동 ×-×

●야마 ★요 16세 고1

옛날 순정만화잡지 『틴즈 쇼콜라』 1982년 2월호 펜팔 모집 코너에 이런 투고가 실렸다.

잡지에 실린 주소에는 현재 투고자 본인도 가족도 살고 있지 않았지만 이웃에게 물어 어렵게 투고자와 연락이 닿았다. 『틴즈 쇼콜라』 잡지를 입수하고 3개월 정도 지났을 때였다.

당시의 음성 기록을 스마트폰으로 다시 재생해 보았다.

잡지 투고라고요? 글쎄요….

전혀 기억나지 않아요. 1982년?에 있었던 일 같은 건.

1982년 2월호니까 실제로는 1981년에 나왔을 거라고요?

어느 쪽이든 마찬가지예요. 제 나이가 이제 곧 예순인걸요. 그렇게 오래전 일을 기억하고 있을 리가 없죠.

아, 이게 그 잡지라고요?

어머, 정말 제 이름이 실려 있네요.

공포술사 키노시타 쿠미코 씨….

잘 모르겠는데요. 전혀 기억이 나지 않아요.

애초에 여긴 펜팔 모집 코너잖아요. 펜팔을 구하는 코너에 이런 글을 투고하는 건 이상하지 않나요? 네? 자신에게 물어보라고요? 그러니까 아무것도 기억나지 않는다니까요.

대체 뭐 하자는 건지 모르겠네요. 이만 실례하겠습니다.

취재는 일방적으로 중단되었다. 그녀는 시종일관 나를 수상한 눈으로 쳐다보며 마지못해 질문에 응하다가 내 눈앞에서 현관문을 닫아버렸다. 인터폰을 여러 번 눌러 보았지만 문이 다시 열리는 일은 없었다.

당시 내가 느낀 실망은 이루 말할 수 없이 컸다.

이제야 겨우 당사자를, '공포술사'와 직접 연결된 사람을 만났는데 만나자마자 거부당하다니.

대체 이유가 뭘까.

나는 스마트폰을 조작해 최근에 녹음한 음성 파일을 차례대로 확인해 보았다.

야마구치현 E시의 지역 생활정보지 「포로로」 1989년 2월호에 실린 '공포술사' 이야기. 당시 편집부 직원을 찾아서 그 사람한테서 투고자 연락처를 받아 취재를 진행했다.

1985년 여름에 발행된 『별책 유어 프렌드: 공포의 귀신대전』의 독자 투고란에 실린 '공포녀' 이야기. 심장이 멈춰버릴 정도로 무서운 이야기를 하는 정체불명의 여자에 대한 내용이다. '공포술사'와 유사한 부분이 많은 듯해 여기저기 수소문한 끝에 가까스로 투고자를 찾아내는 데 성공했다. 소녀들을 대상으로 하는 잡지였지만 투고자는 남자였다.

1972년 후루카와 나오미의 호러 만화 단편집 『진흙 요괴』에 실린 첫 번째 단편 「무서운 아이」. '공포녀'와 비슷한 내용으로 이역시 고생 끝에 저자 후루카와 나오미의 친척을 취재할 수 있었다.

그러나 다들 『틴즈 쇼콜라』의 투고자 ●야마 ★요와 마찬가지로 너무 오래전 일이라 기억이 나지 않는다고 말을 흐리며 서둘러 대화를 끝내고 싶어 했다. 왜 그러냐고 물어도 다른 약속이 있다는 둥 급한 일이 생겼다는 둥 뻔한 핑계를 댔다. 그러고는 모두 연락이 끊겼다.

취재 대상들의 짧은 녹음을 들으며 나는 기억을 되짚어 보았다.

정말로 기억하지 못하는 것 같지는 않았다. 무언가를 숨기고 있는 듯했다. 그게 아니라면 무언가를 두려워하는 것처럼 보였다. 어색한 미소. 불안하게 흔들리는 눈동자.

설마 공포술사를 두려워하는 건가.

존재하지도 않는 대상을 무서워하게 된 어떤 계기가 있었던 걸까.

수십 년이 지난 지금도 입 밖에 내기가 망설여질 정도로 무시무시한 일이.

의문은 깊어갈 뿐이었다. 동시에 기대와 호기심도 점점 더 커져갔다. 하지만 여기까지 와서 조사는 완전히 벽에 부딪혔다. 알아볼수 있는 것은 모두 알아보았고, 더는 취할 방법이 없었다.

방 안에 쌓인 자료들을 다시 찬찬히 훑어보아도 새로운 길은 보이지 않았다. 뭔가 알고 있을 것 같은 지인에게 전화를 걸어 보았지만 받지 않는다. 어떻게 해야 할까. 조금만 더 하면 닿을 것 같은데.

막막한 마음에 방 한가운데 우두커니 쪼그려 앉아 있는데 현관 쪽에서 소리가 났다.

나가보니 우편물 투입구에 봉투가 들어 있었다. 완충재로 포장된 크고 두꺼운 봉투였다.

보낸 사람은 예의 그 기자였는지 평론가였는지 잘 기억이 나지 않는, 과거에 수강했던 공개강좌의 강사였다. 보낸 사람 주소는 적혀 있지 않았다.

봉투 안에는 케이스에 든 CD, 오래된 카세트테이프, 그리고 반으로 접은 종이 한 장이 들어 있었다.

종이에는 갈겨쓴 필체로 이렇게 적혀 있었다.

말씀하신 공포술사에 대해 알아보던 중 이전에도 전국을 돌아다니며 동일한 조사를 한 사람이 있었다는 사실을 알게 됐습니다. 지금으로부터 약 30년 전. 1990년대 초반의 일입니다.

그 사람은 우연히도 제 지인이 운영하는 편집 회사에서 일했는데 어느 날 부터인가 갑자기 출근을 하지 않았다고 합니다. 책상 위에 있던 그의 소지품은 제 지인이 보관하고 있었는데 그중 임대 창고 열쇠가 하나 있었습니다. 확인해 보니 창고 사용료를 내지 않아 안에 있던 물건은 관리인이 전부 팔아치웠다고 하더군요.

그 가운데 일부를 얼마 전 인터넷 경매에서 발견했습니다. 거기서 낙찰받은 물건을 CD에 담아 보내드립니다. 공포술사를 만난 적이 있다는 사람을 인터뷰한···.

인터뷰가 담겨 있다.

나는 당장 읽던 것을 멈추고 여기저기 금이 간 낡은 플라스틱 케이스에서 카세트테이프를 꺼냈다. 60분짜리 테이프. A면과 B면 모두 사람 이름이 몇 개씩 적혀 있었지만 글자가 흐릿해져 잘 보이지 않았다.

서둘러 CD 케이스를 열어 안에 든 CD를 데스크톱 컴퓨터 드라이브에 넣었다. 재생이 시작될 때까지 기다리기가 힘들었다. 몇 분이 몇 시간처럼 느껴졌다.

모래 소리 같은 노이즈가 스피커에서 흘러나왔다. 간간이 뭉개진 사람 목소리가 섞여 나오는데 뭐라고 하는지는 알 수 없었다. 나는 바닥에 쌓여 있던 자료들을 한쪽으로 밀어 놓고 스피커를 집어 들어 먼지를 대충 털어낸 후 귀에 가까이 가져다 댔다.

…어. 살아…싶었…거든.

목소리가 점차 의미를 띠기 시작했다. 나는 온 신경을 집중해 노이즈 섞인 목소리에 귀를 기울였다.

두 사람이 대화하고 있는 듯했다.

한쪽은 차분한 여자 목소리. 이쪽은 비교적 알아듣기 쉬웠다.

반대로 알아듣기 어려운 것은 나이 많은 남자의 낮고 갈라진 목소리였다. 주로 여자가 묻고, 남자가 대답했다.

과거 '공포술사'에 대해 알아보고 다녔다는 사람은 나와 같은 여자였던 모양이다.

─…그렇게 해서 지금에 이르게 되었다는 말씀이시군요.

(심한 노이즈)

아아. 큰 병을 앓은 적도 없고 자식도 손주도 다들 건강해. 나도 오래 살았지. 그 녀석들 몫까지 살고 있는 느낌이랄까….

(다다미를 긁는 소리)

─아까 들어오면서 잠깐… 귀여…네요.

그렇지? 내가 아끼는 손녀라네. 손주는 여럿 있지만 가장 귀여운 건… 역시 …거든.

(노이즈가 이어짐)

자네도 조부모님은 전쟁… 것 아닌가. 보통 그런 이야기는 잘 하지 않으려나. 나도 누가 물어보면 대답은 하지만 … 건 …니까.

─자주 들었어요. 특히 제삿날 같은 때요.

음, 아무래도 그렇겠지. 그건 그렇고 아까 자네가 말한, 그, 뭐였더라.

─'공포술사'요.

아아, 그래. 꽤나 오래된 얘기야. 분명 들은 적은 있는데 어디서 들었는지 기억이 안 난단 말이지. 서고를 확인해 봤는데 책에도 안 실려 있고, 일기에 썼을까 싶어 창고도 다 뒤져 봤지만 아무 데도 그런 얘긴 적혀 있지 않더라고.

─…………..

왜 그러나?

─…………..

응? 그건 뭔가? 수통?

— 당신이라면 아실 텐데요. 여길 보시면.

(다다미를 긁는 소리. 도자기가 깨지는 소리)

자네! 이걸 대체 어디서?

— 할아버지께 물려받았습니다.

거짓말 말게! 그 녀석은 내가…….

— 당신이?

대화가 갑자기 끊겼다. 들리는 것은 노이즈뿐이고 다시 대화가 재개될 기미는 보이지 않았다. 긴장된 분위기가 스피커 너머로 전해져 왔다.

나는 그 자리에 얼어붙은 채 양손으로 입을 틀어막았다.

그렇게 하지 않으면 비명을 지를 것만 같았다.

아니면 당장이라도 울음이 터져 나올 것만 같았다.

그런 확신이 들었다. 전신이 부들부들 떨리고 식은땀이 비 오듯 흘러내렸다.

기억이 선명하게 되살아났다.

그날 무슨 일이 있었는지, 그날 할아버지가 어떤 모습이었는지.

영어 학원 프린트를 구겨서 버린 뒤 할아버지와 나는 마주 보고 웃었다. 그때 할아버지를 찾는 손님이 왔다. 할아버지는 손님을 맞으러 현관으로 나가고 나는 2층으로 올라갔다.

손님은 한 시간 정도 머물렀던 것으로 기억한다.

현관문이 열렸다 닫히는 소리를 듣고 나는 1층으로 내려갔다.

손님 신발이 없는 것을 확인한 후 할아버지 방에 들어갔다.

찻잔이 깨져 있었다. 탁자 위에 엎질러진 차가 다다미 위로 뚝뚝 흘러내렸다. 양반다리를 하고 앉은 할아버지가 새파랗게 질린 얼굴로 그 광경을 바라보고 있었다.

여름도 아닌데 할아버지 이마에 땀이 맺히고 입술은 부들부들 떨렸다. 눈동자가 튀어나올 정도로 눈을 부릅뜨고 있었다.

할아버지는 공포에 질려 있었다.

세상에 두려울 게 없던 우리 할아버지가, 불과 한 시간 전까지만 해도 내 영어 학원 프린트물에 적힌 '빨간 책받침 파란 책받침'을 보며 코웃음을 치던 할아버지가 무언가를 무서워하고 있었다.

그런 할아버지의 모습을 보고 있으려니 갑자기 온몸에 소름이 돋았다. 무서웠다. 할아버지가 무서워하는 모습을 보고 나까지 무서워진 것이다.

그래서 비명을 질렀…던 것 같다. 그 자리에서 도망쳤…을 것이다. 잘 기억나지 않는다. 그 부분만 기억이 통째로 사라진 것 같다.

다음으로 기억해 낸 것은 아직 해가 뜨지 않은 새벽, 앞마당 나무에 매달려 천천히 흔들리고 있는 할아버지의 모습이다.

목이 비정상적으로 길게 늘어났고, 입은 헤 벌린 채 혀를 쭉 내밀고 있었다.

다음 날, 아니 그다음 날이었다. 손님이 다녀가고 이틀 후에 할아버지는 스스로 목숨을 끊었다.

지금까지 까맣게 잊어버리고 있었다. 아니 기억의 저편으로 밀어

넣고 뚜껑을 덮어 두었다. 무서웠기 때문이다. 참을 수 없이 무서
워서. 기억이 나자 또다시 무서워졌다.

필사적으로 호흡을 골랐다. 주의를 다른 곳으로 돌려야 했다.
문득 방바닥에 놓인 아까 읽다 만 종이가 눈에 들어왔다.

…인터뷰한 내용입니다.

죄송하지만 더 이상 연락하지 않으셨으면 합니다. 저도 이제 한계입니다.
'공포술사'에 관심이 있다고 말씀드리긴 했지만 그렇다고 해서 이 일에 제 모든
시간과 노력을 다 쏟아붓기는 힘듭니다. 이런 일을 억지로 해야 한다는 것은
솔직히 견디기 어렵습니다. 앞으로는 혼자서 잘 해 보시기 바랍니다.

무슨 말을 하는 건지 이해가 가지 않았다.

공포는 조금도 가시지 않고 오히려 더 강하게 나를 옥죄어 왔다.

지금까지 뭘 하고 있었던 걸까.

나는 공포에 떨었던 기억을 봉인하고 있었다. 기억하고 싶지
않은 일을 두 번 다시 떠올리지 않도록. 그런데 '공포술사'라는
정체불명의 존재를 쫓다가 스스로 그 기억을 다시 깨우고 말았다.
감정이 되살아났다. 무섭다. 할아버지가 공포에 떨던 그 모습이
너무 무서워서 견딜 수가 없다.

나는 어두운 방 안에서 혼자 덜덜 떨었다.

노이즈에 섞여 여자의 목소리가 내 귀를 파고들었다.

…무서우셨나요.

옮긴이 남소현

연세대학교와 이화여자대학교 통역번역대학원에서 공부하
였고, 일본 문학 번역가로 활동하고 있다. 번역작으로《형사의 약속》,《여섯
명의 거짓말쟁이 대학생》,《설원》등이 있다.

기묘한
괴담
하우스

초판 2023년 2월 17일 2쇄
저자 사와무라 이치
옮긴이 남소현
ISBN 979-11-90157-74-2 03830

출판사 북플라자
주소 서울시 강남구 논현동 118-13 5층
홈페이지 www.bookplaza.co.kr